거짓말하는
어른

거짓말하는 어른

ⓒ 2016 김지은

1판 1쇄 2016년 1월 8일
1판 4쇄 2023년 2월 22일

지은이 김지은
책임편집 남지은 엄희정
편집 서정민 이복희
디자인 이은하
마케팅 정민호 이숙재 김도윤 한민아 이민경 안남영 김수현 왕지경 황승현 김혜원
브랜딩 함유지 함근아 박민재 김희숙 고보미 정승민
저작권 박지영 형소진 이영은
제작 강신은 김동욱 임현식
제작처 영신사

펴낸곳 (주)문학동네
펴낸이 김소영
출판등록 1993년 10월 22일 제2003-000045호
주소 10881 경기도 파주시 회동길 210
전자우편 kids@munhak.com
홈페이지 www.munhak.com
카페 cafe.naver.com/mhdn
트위터 @kidsmunhak
인스타그램 @kidsmunhak
북클럽 bookclubmunhak.com
대표전화 (031)955-8888
팩스 (031)955-8855
문의전화 (031)955-3578(마케팅) (02)3144-3235(편집)

ISBN 978-89-546-3917-0 03810

거짓말하는 어른

김지은 평론집

문학동네

거짓말을 하세요

어린이는 어른이 없는 사이에 자란다. 피곤한 엄마와 아빠가 텔레비전에 먼 나라의 축구 경기를 틀어놓고 깜박 졸 때, 아기는 슬쩍 몸을 뒤집고, 만져보지 못했던 것에 손을 대고, 키보다 높은 선반의 물건 끄트머리를 잡아당겨 쿵 떨어뜨리면서 조금씩 자란다.

선생님이 교무실에 놓고 온 자료를 가지러 내려갔을 때, 어른 안 계신 집에 아이들을 봐주러 온 삼촌이 너희끼리 잘 놀 수 있지 하며 애인 전화를 받고 잠깐 나갔을 때, 엄마야 미안해 오늘 야근이 생겨서 좀 늦는데 장조림에 저녁 챙겨 먹어, 밥은 밥통에 있어 하면서 전화를 걸어올 때, 어린이는 우리만 있네, 지금 내가 혼자구나, 뭘 해볼까 생각하면서 쑥 자라난다.

잘 다녀올게 큰소리치고 집을 나와 버스를 탔는데 반대 방향이었거나 소풍날 친구랑 장난치며 걷다보니 뚝 떨어져 둘만 남겨졌다는 걸 깨달았을 때 느껴지는 아득한 기분은 어떤가. 이 순간 어린이는 자기 마음으로부터 질문을 받는다. "괜찮지? 할 수 있지?" 그리고 스스로 대답한다. "다 컸는데 뭘. 내가 이것도 못할까봐."

아동문학은 어른이 없는 사이의 어린이를 다룬 문학이라고 생각한다. 어른의 보호가 없으면 어린이는 생존하지 못한다. 어린이를 잘 먹이고 재우고 위험으로부터 돌봐야 하는 것은 어른의 몫이다. 그러나 어른이 항상 지켜보고 있으면 어린이는 꿈꾸지 못하고 자라지 못한다. 어른의 마리오네트로 살아갈 뿐이다. 어린이에게 좋은 세계는 어른이 얼마쯤 눈길과 손길을 거두어도 편안하게 놀 수 있고 이것저것 마음껏 해볼 수 있는 세계다. 그런 세계에서 어린이는 '우리끼리 해봤는데 재미있는걸.' '조금만 더 하면 어른들이 만든 것보다 더 멋지게 되겠다.' 하면서 더 나은 세상을 향한 밝은 기운을 모은다. 좋은 아동문학에는 어른 문지기가 없다. 어린이들의 시끌벅적한 목소리가 가득하다.

지금 우리들의 모습은 어떨까. 어른들은 눈을 부릅뜨고 아이를 향한 줄을 단단히 부여잡고 있다. 험한 세상을 헤치며 내려온 그 줄은 오직 내 아이의 손발에만 닿아 있다. 불안이 엄습할수록 줄이 질겨지고 생존의 논리는 성장의 순리를 압도한다. 어린이는 발버둥치며 그 줄을 끊고 자신의 두 다리만으로 바닥을 디디려고 안간힘을 쓴다. 그래야만 자랄 수 있으니까, 그래야만 다른 누구도 아닌 내가 될 수 있으니까 최선을 다해서 어른 없는 곳으로 가려고 한다. 현실의 어른들은 너도나도 내 아이를 지키기 위해서 줄 달린 막대를 손에 쥐고 있느라 아이들이 다 함께 마음 놓고 달릴 수 있는 운동장을 만들어주지 못하고 있다. 삽을 들어 운동장에 모래를 깔고 공동체의 그물을 짜려면 어른의 힘 있는 두 손이 필요하다. 이대로라면 이 땅에서는 아무도 자라지 못할 것이다.

좋은 동화는 어떤 동화일까. 좋은 동화는 어린이의 아우성을 귀기울여 듣고 줄에서 사뿐히 벗어나 혼자 달리도록 격려할 것이다. 어른은 존중의 거리를 유지하면서 보이지 않는 곳에 조용히 서 있도록 할 것이다. 아이들이 서로의 말을 놓치지 않도록 조용히 해주고 설령 듣더라도 기꺼이 못 들었다고 말해줄 것이다.

동화라는 거짓말 안에서 어린이는 자유롭게 자란다. 어른이 없는 사이에 하고 싶었던 모든 가능성을 겨누어볼 것이다. 자고 일어나면 새로워지는 영원한 이야기 속에서 서럽게 울고 뒹굴며 웃을 것이다. 어린이는 그런 경험을 통해 이야기 밖에서 살아갈 용기를 얻는다. 동화작가는 작품을 쓰고 쥐도 새도 모르게 거짓말처럼 사라지는 어른이다. 이 이야기 안에는 너희만 있으니까 염려 말라고 상냥하게 거짓말해주는 어른이다. 독립적인 존재가 되고 싶어하는 어린이 독자의 욕망을 잘 이해하고 먼저 실천에 옮기는 재치 있고 믿을 만한 거짓말쟁이다.

나는 여러 식구가 복닥거리고 어른이 많은 집에서 자랐다. 서너 세대가 다닥다닥 붙어 함께 사는 비좁은 변두리 골목에는 아침부터 저녁까지 어른의 기척이 끊이지 않았다. 집집마다 아이들이 있었지만 아이들만의 공간은 없었다. 그래서 우리는 줄곧 어른 없는 곳에 모였다. 어른이 없는 사이에 우리끼리 놀았다. 다락방에 앉아 동화를 읽고 통쾌함을 나누면서 한 뼘씩 자랐다. 함께 손잡고 달렸던 동화의 주인공은 지금까지 내 마음에 있다. 엄마 아빠는 모르는 내 눈물, 내 환호성은 그들이 다 알고 있다. 천하의 거짓말쟁이들이었던 동화작가가 만들어준 어른 없는 안전한 시간들이 없었다면 나는 오늘을 살아갈 힘을 마련하지 못했을 것이다.

어린이는 결국 어른 없이 살아가야 한다. 우리는 왜 어린이에게 밥을 잘 먹으라고 할까. 왜 책을 읽으라고 할까. 언젠가 우리가 떠난 다음 그들이 행복하고 건강하고 즐겁게 살아가기를 바라기 때문이다. 동화작가는 내일이 더 나은 세상이기를 진심으로 바란다. 내 독자들이 살아갈 곳이기 때문이다. 책과 책에서 그들이 만난 상상 친구들은 그들이 어른이 되고 또다른 어린이를 키우면서 분투하는 날까지 변함없이 곁에 머물러줄 것이다. 그런 점에서 좋은 동화는 감쪽같은 거짓말이다. 어른이 만들었지만 어른이 만들지 않았다고 느껴지는, 어른이 지켜주고 있지만 어른이 간섭하지는 않는 태평한 세계다. 어린이들은 이런 동화를 읽으면서 비로소 어른 없는 미래를 용감하게 준비하고 맞이할 수 있을 것이다.

이 책에 실린 글은 2008년부터 『열린어린이』에 연재했던 원고를 모은 것이다. 가장 최근의 원고 한 편은 2015년 『내일을 여는 작가』에 실었던 것이다. 1997년 동화 한 편을 내놓으면서 작가라고 불리게 되었지만, 그보다 훨씬 전부터 지금까지 나는 동화의 독자가 나의 정체성이라고 생각하면서 지냈다. 여기에는 그동안 찾아다니면서 발견한 매력적인 거짓말들에 대한 이야기가 들어 있다. 공책에 적고 덮을 독후감이었는데 꺼내어 한 편씩 글로 쓸 수 있도록 지면을 내어주시고 오랜 기간 다정하게 격려해주신 『열린어린이』 편집팀과 조원경 선생님께 진심으로 감사드린다. 내가 이토록 오래 동화책만 읽고 살아갈 수 있었던 것은 '정신차려. 너는 동화책 읽는 사람이야!'라고 호통쳐주었던 가족들의 힘이 크다. 내가 글을 쓰는 동력은 '세상에 이렇게 좋은 동화책이 많은데'라는 안타까움이 첫째였다. 이 멋진 책들을 쓴 거짓말하는 어른들, 양심에 털 난 탁월한 그들을 진심으로 응원한다. 그리고 어른이 없는 사이에 씩씩하게 자라고 있는 이 땅의 모든 아이들아. 너희들 참 멋지다. 파이팅.

김지은

3부 꿈_ 책을 넘어서 사람을 향해

1부

부재_
우리가 잃어버린 것들

어린이의 상처를 직접 어루만지고 함께 굶주리는 일은
어떤 사설이나 보고서도 해낼 수 없는, 문학만이 할 수 있는 일이다.
아이들이 따뜻하게 잠들 수 있도록 이불을 덮어주고
곁에 누워주는 동화를 더 많이 만나고 싶다.

우리들의 알리바이

1. 나는 거기 없어요

"네, 안녕하세요. 자기소개 좀 해주세요. 어디 사는 몇 학년, 누구신가
요?"

"우리나라 어딘가에 사는 6학년…… 이름은 말 안 해도 되죠?" (『이정형외
과 출입금지구역』, 71쪽)

'현장부재증명'이라는 것이 있다. '알리바이'라고도 한다. 어떤 범죄가
일어났을 때 피의자가 범죄의 현장이 아닌 다른 장소에 있었다는 사실
을 주장하여 자신의 무죄를 입증하는 것이다. 범행이 일어난 순간에 현
장에 없었다면 그가 그 범죄를 행할 방법은 없다. 논리적으로 이것은
무죄를 증명하는 강력한 수단이 되므로 피의자는 어떻게 해서라도 '자
신이 거기 없었다'는 사실을 증명하려고 한다. 법원은 심판 대상에게 언

제나 범죄 당일의 행적을 가져오라고 한다. 방어의 권리를 보장해주기 위한 것이다. 궁지에 몰린 사람이 마지막으로 매달릴 수 있는 합법적 탈출 방법은 그 시간과 공간 어디에도 자신이 '없었음'을 증명하는 것이다.

우리 사회에는 누명을 쓴 가련한 피의자와 다름없이 살아가는 사람들이 적지 않다. 누군가는 종종 자신이 범하지 않은 잘못에 대해서 다짜고짜 자책하고 무조건 용서를 빈다. '제가 배운 게 없어서' '제가 못나서'라는 말로 주어진 삶을 한 뼘이라도 연장해보려고 한다. '제가 정신 차릴게요.' '더 열심히 할게요.'라는 말로 자신이 한 번도 스스로 원한 적 없는 일에 대한 맹목적 정진을 다짐한다. 다른 방법을 알 수 없기에 자포자기의 심정으로 부당한 책임이 자신에게 귀속되는 상황을 택하는 것이다. 그들에게는 버티다보면 좋은 날이 올 거라는 막연한 기대밖에 가질 게 없다.

'이게 어째서 제 책임인가요?'라고 묻지 못하도록 그들의 입은 교묘히 봉쇄된다. '왜 이런 불합리한 제도가 있는 거죠?'라든가 '왜 저에게 적용하는 원칙을 당신에게는 적용하지 않는 거죠?'라는 질문은 혐의를 가중시킬 수 있는 금칙어라고 이 사회는 가르친다. '당신이 죄인인지 아닌지 모르지만 일단 그렇다고 시인하라'고 설득한다. '당신의 항변은 우리 전체의 품격을 떨어뜨릴 뿐이고 그것은 결코 당신에게도 이로울 리가 없다'고 속삭인다. 여기서 '당신'은 대개 사회적 약자다. 어린이를 포함한.

그러나 강아지도 막다른 골목에 들면 범을 문다고 했다. 저지르지 않은 일에 대한 책임까지 짊어져야 하는 삶은 약한 자들을 돌이킬 수 없는 수렁으로 몰아넣는다. 약하다는 이유로 오히려 강력한 용의자가 되는 모순된 상황이다. 약자를 희생함으로써 강자의 안위를 보장하는 것은 가장 나쁜 재판의 예다. 이 나쁜 재판으로부터 빠져나가야 한다는 자각이 찾아오면 약자는 필사적으로 탈출을 시도한다. 그에게 남은 길은 '알리바이'를 찾는 것이다. 부재를 증명하는 것이다. 거기에 자신이 없었다는 것만 밝혀지면 이 천부당만부당한 연결 고리에서 벗어날 수 있다.

갈수록 경쟁이 치열해지는 현실에서 어린이라는 사회적 약자가 부당한 요구로부터 자신의 존재를 지탱하는 방식은 몇 가지 없다. 순순히 받아들이는 것, 때론 거칠게 반항하는 것, 가끔 따져 묻는 것 정도일까. 쉴 틈 없이 찾아오는 평가의 순간마다 '저는 아직도 부족한 어린이입니다.'라고 속죄하는 것이 일상이 되었다.

많은 어린이의 글에서 근거 없는 자기 비하의 글귀를 만난다. '제가 좀더 잘했다면 우리 가족이 지금처럼 불행하지 않았을 것'이라거나 '내가 아무개처럼 더 좋은 (성적을 받는) 아들이 되었다면 엄마와 아빠가 싸우지도 않았고 이혼하지도 않았을 것'이라는 참회가 한창 자라는 아이들의 독후감에서, 일기에서 툭툭 튀어나온다. 어린 존재들이 짓지도 않은 죄에 대한 속죄의 변을 마련하고 있는 순간에도 그들을 궁지로 몰아넣으려는 시도는 멈추지 않는다.

어린이들은 반항도 비판도 정해진 한계 안에서나 허용된다는 걸 안다. 그럴 때 그들의 마지막 방어는 '거기 없음'을 택하는 것이다. '제가 한 일이 아니에요.' 혹은 '저는 없었어요.'라고 말해버리는 것이다. 존재하지 않으면 된다. 부재를 증명하는 것만이 존재를 되찾는 길이라고, 우리의 어린이들은 생각해버리고 만다.

여기서 살펴볼 동화들은 '부재함으로써 자신의 존재가 입증되는 운명에 처한 사람들'에 대한 이야기다. 부재를 통해 자기 존재의 정당성을 말해야 하는 사람들 대부분은 역설적으로, 사회 안에서 '없는 사람'처럼 취급받아온 사람들이기도 하다. 언급하는 두 편의 작품에는 각각 다른 이유에서 부재의 증명을 시도하는 인물이 나온다. 이 글의 관심은 '누가, 왜 그들이 거기에 없도록 하였는가?'에 있다.

2. 지상에 없는 사람들

"그건 가능하지 않다. 아마 그 집에는 일본인 가족이 살기 전까지 한국인을 포함해 어떤 외국인도 발을 들여놓은 적이 없을 거야. 확실하지."(『봉주르, 뚜르』, 28쪽)

한윤섭의 『봉주르, 뚜르』(문학동네, 2010)는 봉주라는 프랑스 거주 한국인 어린이가, 미지의 낙서가 지닌 의미를 추적하는 이야기다.

뚜르 지방으로 이사한 봉주가 자신의 방 벽에서 희미한 낙서를 발견한다. 벽에는 또박또박한 한글로 "사랑하는 나의 조국, 사랑하는 나의 가족. 살아야 한다."라고 씌어 있다. 그러나 집주인 듀랑 할아버지는 지금까지 이 집에 단 한 사람의 한국인도 살지 않았노라고 단언한다. 한국인 친구가 방문했을 가능성조차 없다는 공간에 남겨진 알 수 없는 낙서는 봉주의 호기심을 자극한다. 게다가 그 글귀는 엄중한 내용이 아니던가. 봉주는 어쩌면 이 안에 숨겨진 독립운동의 역사라도 남아 있을지 모른다는 생각으로 글씨를 쓴 사람을 찾아 나선다.

의문의 낙서와 관련이 있을 것이라고 봉주가 짐작하는 아이는 같은 반의 유일한 동양인인 토시다. 일본인인 토시는 자신의 존재를 드러내지 않는다. 감춘다기보다 드러내지 않는다는 말이 맞다.

친구들이 물장난을 할 때도 토시는 "아무 표정 없이 혼자서 발 구르기"를 한다. 발 구르기를 열심히 하지도 않는다. 어떤 일이든 절대 흥분하지 않고 곧 입을 다문다. 토시의 정체를 의심하는 봉주가 큰 목소리를 낼 때도 토시는 아무 말도 하지 않거나 목소리를 낮춘다.

이야기는 파리에서 봉주네 집으로 놀러온 친구 준원이가 합류하면서 급물살을 탄다. 토시의 정체가 하나둘 밝혀지고, 봉주는 결국 그의 가족이 온 곳을 알아낸다. 예상대로 토시는 일본인이 아니었다. 그들이 온 곳은 '조선민주주의인민공화국'이었다.

토시네는 어떤 우여곡절로 인해 프랑스에서 국적을 숨기고 살아야 하는 조총련계 재일조선인 가족이었다. 정대세 선수가 북한 유니폼을 입고 나와 온 국민의 응원을 받는 시대임에도 불구하고 작품 속 토시의 입에서 '조선민주주의인민공화국'이라는 말이 나오는 장면에는 팽팽한 긴장이 감돈다.

"난, 조선민주주의인민공화국 사람이야."

'조선민주주의인민공화국 사람'이란 말이 귀에 잘 들어오지 않았다. 하지만 어색한 상황에서 되묻기보다는 그냥 가볍게 넘기는 게 낫다고 생각했다.

"응, 그렇구나."

나는 대답을 하고 '조선민주주의인민공화국'이 어디에 있는 나라인지 생각했다. 분명 들어본 적이 있었는데 어디쯤에 있는 나라인지 잘 생각나지 않았다. (같은 책, 162쪽)

봉주의 생각 안에서는 지상에 없는 나라인 조선민주주의인민공화국과 그 나라에서 온 아이 토시. 토시는 어쩌면 지상에 없는 아이였다. 우리는 그 나라가 없는 것처럼 살아가는 데 익숙하다. 봉주가 그 나라를 모르는 것도 무리가 아니다. 이에 대응해 토시가 자신의 의사를 표현하는 방식은 일관되게 '없음'이다. '말 없음' '결석' '사라짐'으로 대변되는 토시의 행동은 마지막 장면에 이르면 "책상과 의자를 치우"고 집까지 비우며 예고 없는 '이주'를 하는 것으로 마무리된다.

그는 자신을 향한 모든 의심을 벗기 위해 관련된 공간에서 없어지는 방법을 택한다. 텅 비어버린 토시의 자리를 보면서 봉주는 미처 몰랐던 토시의 마음을 읽는다. 토시의 존재와 토시가 살았던 반쪽 겨레의 존재를 깨닫는다.

이 작품에서 인물의 말과 행동 양식은 일관되게 '부재'를 중심으로 이루어지고 있다. 프랑스에 와서 살게 된 토시 가족의 사정은 끝까지 알 수 없다. 토시가 살았다는 그 나라에 대해서도 별다른 정보를 주지 않는다. 다만 토시와 그 가족이 보여주는 '없어짐', 혹은 '없음'의 행위는 그들이 지구 어딘가에 존재하는 우리와 똑같은 인간임을 더욱 뚜렷하게 드러내고 있다.

토시의 부재가 증명하는 것은 토시가 '있어야 하는 아이'라는 점이다. 토시가 봉주와 고요한 우정을 맺고 떠나면서 남긴 유일한 것이 있다면 편지 한 통이다. 그러나 토시는 마지막 편지에도 우표나 소인조차 남기지 않았다. 언제쯤 봉주와 토시가 허물없는 우정을 나누게 될까. 봉주와 토시의 '말'이 살아나는 날은 '관계'가 살아나는 날일 테고, 가려진 '존재'의 완전한 모습을 되찾는 날일 것이다.

3. 출입금지구역의 출입자

신지영의 『이정형외과 출입금지구역』(사계절, 2010)도 '부재'에 관한 이야기다. 주인공 진솔이는 수원 어느 거리에 있는 '이정형외과 3층'의 출입금지구역에 산다. 진솔이가 있어야 할 곳은 충청도 작은 마을에 있는 고향 집이다. 그러나 이미 많은 것이 그곳을 떠났고 진솔이네도 떠나왔다. 진솔이가 부재한 고향은, 있지만 없어진 곳이나 다름없다.

문제는 진솔이가 이사온 수원에서의 삶이다. 진솔이는 분명히 여기 있는데 진솔이는 여기에 없다. 진솔이의 거처가 '출입금지구역'이기 때문이다. 도시민이 되는 꿈을 품고 올라온 진솔이네 가족은 통제구역 안의 빈방에서 살아간다. 친척 형이 운영하는 병원의 이런저런 소일을 봐주면서 아이 둘을 키워야 하는 진솔이의 아빠로서는 어쩔 수 없는 선택이었을 것이다.

하지만 자신이 책 읽고, 이야기하고, 잠드는 공간이 '아무도 드나들 수 없는 구역'이라는 사실은 진솔이의 마음뿐 아니라 존재를 뒤흔든다. 사람들은 거기 사람이 없을 것으로 생각하지만 거기에는 사람이 있다. 이런 혼돈은 진솔이의 수월하지 않은 도시 정착과 맞물리면서 이야기를 엮어나가는 중요한 흐름이 된다.

진솔이네가 고향을 떠나야 했던 데는 분명한 이유가 있고 그건 진솔이도 잘 안다. "몇 년째 농사를 망쳐 돈을 벌기는커녕 빚만 늘었"고 "언니는 고등학교에 가야 하는데 가까운 곳에 고등학교도 없"는 형편은 그들이 오랫동안 뿌리내렸던 곳에 자신들이 '없음'을 택해야 하는 필사적인 선택의 근거다. 진솔이는 나중에 옛집을 찾아가는데 그때서야 비로소 그 집과 그 집에 있었던 자신의 생생한 존재를 깨달으며 펑펑 운다.

그 집은 더욱 뚜렷이 진솔이의 마음속에 들어와 아직도 '있음'을 호소한다. 하지만 진솔이는 '나는 거기 없어요.'라고 말하면서 이 고통스러운 결별을 아예 회피하려고 한다.

> 동네 아저씨였다.
> 나는 꿀꺽 울음을 삼키고 고개를 숙였다. 아저씨가 모른 체해주기를 바라면서.
> "진솔이여?"
> 아저씨가 가던 길을 멈추고 물었다.
> "네."
> 나는 잠긴 목소리로 겨우 대답했다. (『이정형외과 출입금지구역』, 34~35쪽)

진솔이는 사는 곳을 묻는 친구들이 두렵고 당황스럽다. '없는 곳'에 산다고 어떻게 말할 것인가. 출입이 금지된 그 방에서 한 칸 책꽂이라도 차지하여 자신의 존재를 증명해보고 싶지만 진솔이의 꿈은 허락되지 않는다. 상급생인 언니는 모든 것에서 우선이고 부재자들 속에서 상대적으로 '존재하는 자'의 지위를 부여받는다. 병원이 입, 퇴원 환자들이 이방 저방을 수시로 부유하는 공간이듯 진솔이의 정체도 병원의 어느 숨겨진 복도를 끊임없이 떠돈다. 진솔이는 스스로 '어딘가'에 사는 '이름 없는' 아이가 되기를 택하면서도 어떻게 하면 자신의 존재를 증명할 수 있을까 고민한다.

금지구역 안에서 상대적 존재감을 승인받은 진솔이 언니도 비슷한 고민을 품고 있다. 누가 진솔이 자매의 공인 인증자가 되어줄 것인가. 어딘가에서 신분 증명도 없이 소모되고 싶지 않다는 발버둥은 분노로 이

어진다. 진솔이보다 더 격렬하게 '존재 승인'을 희망하는 언니는 자신을 비롯한 모든 것을 없애버림으로써 그 존재감을 확인하고야 말겠다는 태도다.

"언니, 왜…… 그걸……. 잘못한 건 난데……."
"시끄러워."
언니가 싸늘하게 내뱉었다.
"넌 아무것도 몰라, 멍청아. 그러니까 꺼져. 내 눈앞에서 사라지는 게 날 도와주는 거야." (같은 책, 118쪽)

이 작품에서 부재자 진솔이는 거짓말과 회피의 전략을, 진솔이의 언니는 자살 기도라는 물리적 부재의 전략을 택하여 자신의 존재를 입증하려고 한다. '없어지면 알겠지.'라는 서늘하고도 아찔한 생각을 하던 진솔이와 언니는 그 고비를 겨우겨우 함께 이겨낸다. 말미에서 진솔이는 앞으로 어떤 일이 벌어지든 더는 도망치지 않고 자신에게 벌어지는 일을 받아들이겠다고 말한다. 이것은 '출입금지구역'으로 지정된 자신의 삶 안에서 배회하지 않고 '금지구역'을 박차고 나오겠다는 뜻으로 들린다. '없는 애'로 취급하고 '없는 구역' 안에 몰아넣은 주체들을 향해, 보다 적극적인 존재 증명의 기회를 스스로 마련하겠다는 뜻으로 들린다.

4. 술래는 누구인가

영화 〈델마와 루이스〉를 보면 두 주인공이 스냅 사진을 찍는 장면이

나온다. 그리고 그 사진은 자신의 영원한 부재를 입증하는 한 컷이 되고 만다. 이제 그들 두 사람은 거기 없다는 슬픔을 사진 한 장이 뚜렷이 보여주는 것이다. 이 세상에서 존재로서 존재하지 못했던 두 사람은 부재의 길을 택하면서 사진을 남겼다. 사진 속의 그들은 현재 없지만, 사진 안에서 그들은 영원히 있다.

철학자 레비나스는 '존재가 부재의 방식으로 나타난다'는 흥미로운 이야기를 들려준 바 있다. 존재는 끊임없이 어딘가에 있다가 없어지면서 '자리잡기'를 시도한다. 존재는 타인에게 자신의 존재를 '줌'으로써 비로소 이해될 수 있다. 존재가 존재를 주고 난 자리, 즉 존재가 없는 빈자리가 거꾸로 존재를 드러내고 증명하는 셈이다.

토시는 자신이 어떤 사람인가를 봉주에게 알려'주고' 자리를 떠나면서 자신의 존재를 나타냈다. 빈자리를 알아본 봉주가 없었다면 토시의 존재는 증명되지 못하고 사라졌을 수도 있다. 진솔이와 진솔이 언니는 자신들이 '존재의 자리잡기'에 실패할 거라는 불안에 시달렸다. 주위의 누구도 그들의 심리적 부재 상황을 알아채주지 않았기 때문이다. 결국 물리적으로 부재해버리겠다는 극단적 결심을 행동에 옮기기도 한다.

부재자들의 삶은 깜박깜박 명멸하면서 존재의 기회를 엿본다. 그들은 분명히 어딘가에 출입금지당해 '있거나' 망명하고 '있거나' 도피하고 '있기에' 여기에 '없다'. 우리는 이 사회에 수많은 부재자가 있음에 주목해야 한다. 그리고 그 숨은 자의 목소리에 귀를 기울여야 한다.

술래가 찾지 않으면 오히려 숨은 자가 지게 되는 이 곤혹스러운 형국에서 술래잡기 놀이의 규칙은 무효화된다는 한 연구자의 이야기*는 중

---

*이은정, 「부재의 존재론, 역설의 시학」, 『한국문예창작』 제 9권 1호, 2010, 91쪽. 김춘수의 시에 대한 논의에서 이 문장을 인용하였다.

요한 지침을 제시한다. 눈에 없는 존재들을 찾는 것은 술래, 즉 타인들의 몫이다. 숨은 진술이, 숨은 토시 들을 찾아내주고 그들의 정체성을 확인시켜줄 수 있는 술래는 우리들인 것이다.

길을 잃거나
잃지 않을 자유는
사라졌다

1. 독한 작가들

크누트 함순의 소설 『굶주림』이 발표된 것은 1890년이다. 벌써 100년을 훌쩍 넘긴 작품이다. 그를 모르는 사람이더라도 프란츠 카프카, 토마스 만, 베르톨트 브레히트 등이 숭배한 작가가 크누트 함순이었다고 말하면 그 존재감에 대해 짐작할 수 있을 것이다. 『굶주림』은 1886년 겨울 얼어붙은 땅 오슬로에서 그가 직접 겪은 굶주림을 묘사한 작품인데 그 표현이 대단히 처절하다. 작가는 여기서 굶주림을 만든 사회에 대한 분석이나 굶주림의 계기가 된 사건을 다루지 않는다. 오직 굶주린 자의 육체적 감각과 정신 상태만을 그린다. 경험해보지 못한 것에 대한 짐작, 이른바 '추체험'이 문학의 중요한 역할이라면 크누트 함순은 그 절정을 보여주는 작가다.

이은정의 『소나기밥 공주』(창비, 2009)와 유은실의 『멀쩡한 이유정』(푸른숲주니어, 2008), 이 두 권의 책은 역설적인 제목을 내세웠다는 점에서 비슷하다. '공주'가 특별한 정치·경제적 대우를 받는 귀한 신분을 나타내는 것이라면 『소나기밥 공주』의 결식아동 안공주는 전혀 공주가 아니다. 또한 '멀쩡한'이라는 말이 흠잡을 데가 없다는 뜻이라면 『멀쩡한 이유정』의 주인공은 결코 멀쩡하지 않다. 심한 길치이기 때문이다. 두 작가는 멍해질 만큼 가혹한 굶주림을 무심한 듯 촘촘히 그려낸다. 작가가 던져주는 문장을 척척 받아 읽고 있으면 가끔 배실배실 입이 벌어지다가 눈물이 나곤 한다.

동화가 위기에 처한 어린이의 고단한 삶을 그린 것은 어제오늘의 일이 아니다. 찢어지는 가난을 겪으면서 의연하게 동생을 돌본 '몽실 언니'도 있고(권정생, 『몽실 언니』, 창비, 1984), 조손가정에서 자랐지만 당당함을 잃지 않은 '깡패 진희'도 있었다(장주식, 『깡패 진희』, 문학동네, 2003). 꼼짝없이 난처한 처지에 놓인 어린이 주인공도 여럿 있다. 징글징글한 경쟁에서 성과를 내지 못하던 '준모'는 본인의 의사와 관계없이 그림 도둑으로 몰려 안절부절못했으며(오승희, 『그림 도둑 준모』, 낮은산, 2003), 엄마가 열일곱에 미혼모로 자기를 낳았다는 사실을 알게 된 '진영이'의 상황도 못지않게 서러웠을 것이다(남찬숙, 『안녕히 계세요』, 우리교육, 2007).

하지만 앞에서 언급한 두 작품이 고통스러운 경험을 그리는 방식은 좀 다르다. 결론부터 말하자면 자기 작품의 주인공으로서 안공주와 이유정을 대하는 작가의 태도가 다르다. 인물 자체는 몽실, 진희, 준모, 진영이와 크게 다르지 않은데 안공주와 이유정이 달라진 것은 그 까닭이다. 과거의 동화에서는 어린이 주인공들이 자신에게 주어진 고통을 이겨내는 과정이 매우 주체적이다. 작가가 그런 주인공으로 이끌었다. 그에 비해 공주와 유정이는 고통이나 위기 앞에 덩그러니 놓여 있다. 작가가 거기에 내다놓은 것이다. 작가가 부모고 책 속 인물이 자식이라고 한다면 참말 모진 부모들이다.

『소나기밥 공주』를 읽은 어린이가 이런 느낌을 털어놓았다. "책을 읽는데 안공주가 아니라 제가 굶는 것 같았어요." 그만큼 책 속에 굶주리는 자의 감정 상태가 살아 있다는 얘기다. 작가도 굶어보지 않았을까, 짐작해본다. 같은 뜻에서 『멀쩡한 이유정』의 작가는 상당한 길치였을 것 같다. 자장면을 그리워해본 적도 있는 것 같다. 그렇지 않다면 굶는 것이나 길을 헤매는 것과 관련해서 독자에게 이토록 생생한 추체험을 안겨줄 수 있었을까. 자신들이 실제 경험하지 않은 일을 이렇게 절절히 써낸 거라면 그 또한 대단한 일이긴 하다.

2. '소나기밥'과 '왕새우', 욕망의 문제

『소나기밥 공주』의 안공주에게는 밥이 없다. 박박 긁어보면 집 안 구석 어디쯤 쌀은 있지만 밥이 없다. 정확히 말하면 밥을 해주고 같이 먹어줄 사람이 없다. 공주에게는 밥이 있는 곳이 곧 사람이 있는 곳이다. 공주가 친구 현미에게 놀러가는 것을 좋아하는 까닭은 그 집에 밥이 있기 때문이다. 현미 엄마가 차려주는 김이 모락모락 나는 밥상은 공주가 애타게 그리워하는 '사람'을 상징한다. 공주의 아버지가 재활원에 있다거나 공주의 어머니가 집을 나간 지 오래되었다는 것은 이 작품의 주된 갈등 요소가 아니다. 부모 노릇을 제대로 해주지 못하는 집이 어디 공주네뿐이겠는가. 다세대주택에 다닥다닥 붙어사는 사람들은 지하 방에서 어린아이 하나가 밥 없이 살고 있다는 것을 전혀 알지 못한다. 공주에게는 밥만 없는 것이 아니라 이웃도 없다.

학교는 어떠한가. 공주가 '소나기밥'을 먹는 곳이 바로 학교다. 하루에 한 끼, 제대로 된 밥은 학교 급식에서만 나온다. 그러나 우걱우걱 밥을 몰아 먹는 공주의 식탐에 대해서 아무도 의아하게 생각하지 않는다. 공주가 날마다 소나기밥을 먹는데 왜 살이 찌지 않는지 묻지도 않는다. 선생님도 그저 체할까 걱정해주는 게 전부다. 늘 굶어서 단 한 번도 체해본 적이 없는 아이가 자신의 제자라는 사실을 짐작조차 하지 못한다. 소나기밥의 비밀을 아는 사람은 공주 혼자다. 학교에 밥은 있지만, 공주를 아끼는 '사람'은 역시 없는 것이다.

공주는 학교에서 소나기밥을 먹고 집에서는 내내 굶는다. 그 배고픔을 차마 견디지 못해 이웃집 시장바구니를 훔쳐 다시 소나기밥을 먹고 마음의 고통으로 체해버린다. 160쪽이나 되는 분량의 대부분이 굶거나 먹고 토하는 이야기다. 책을 읽는 동안 나도 함께 굶는 것처럼 그 감정선을 따라가게 되어 힘겹다. 실제로 목으로 뭐가 잘 넘어가지도 않는다. 공주가 생존의 위기에 놓여 있기 때문이다. 공주를 굶겨서라기보다는 내가 밥이 되어주지 못해서, 사람다운 사람이 되어주지 못해서 몹시 미안하다. 공주는 "다른 사람과 모여앉아 먹으니까 밍밍한 죽도 맛있었다"는데 우리는 겨우 모여앉아주는 것도 못 했다. 결식아동을 만드는 사회구조에 대한 분석에 앞서 미안함이 사무친다. 어찌 보면 이것이 문학의 힘이다.

한편, 『멀쩡한 이유정』에 실려 있는 단편 중에 「새우가 없는 마을」은 여러모로 『소나기밥 공주』와 견주어볼 만한 작품이다. 이 작품에는 태어나서 한 번도 중국집 자장면을 먹어본 적이 없는 손자 기철이와 자장면을 먹어봤지만 손자에게 사줄 형편이 못 되는 할아버지가 등장한다. 여기서는 밥이 아니라 '자장면과 새우'가 문제다. 집에 밥이 없다고 해서 배가 안 고플 수 없는 것처럼 돈이 부족하다고 해서 욕망이 없는 것은 아니다.

기철이에게는 할아버지도 있고 밥도 있기에 안공주보다는 나은 처지다. 아닌 게 아니라 당장 굶을 일은 없지 않은가. 그러나 생존의 최소 조건을 유지하며 살 수 있다는 것은 겨우 필요를 채운 것에 불과하다. 나날이 새로운 욕망을 창조하며 달리는 자본주의사회에서는 욕망을 채우지 못하면 늘 허기진 상태로 배를 움켜쥐어야 한다. 작가는 어린이의 욕망을 인정했을 뿐 아니라 욕망을 모두 채운다는 것이 허상에 불과할 수 있다는 점을 예리하게 파헤쳤다.

밥의 필요를 채운 기철이의 욕망은 자장면으로, 자장면을 먹은 뒤에는 왕새우로 움직인다. 왕새우를 먹고 싶다는 욕망을 채우기 위해 기철이는 할아버지와 기어코 읍내로 나간다. 하지만 그들은 막다른 골목과 마주친다. 이 마을에는 새우가 없었던 것이다.

"아저씨, 음…… 여기 왕새우 팝니까?"
할아버지가 생선 가게 주인에게 물었다.
"없는데요."
"음…… 그럼 어디 가면 있습니까?"
"아마 읍내에는 없을 겁니다. 전에는 공판장이 있었는데, 시내에 대형 마트 생기면서 망했어요."(「새우가 없는 마을」, 『멀쩡한 이유정』, 123~124쪽)

할아버지와 기철이가 시내로 나가는 버스정류장에 서서 가벼운 승강이를 벌이는 장면은 이 작품의 긴장감을 최고로 끌어올리는 명장면이다. 왕새우를 사려면 낯선 시내까지 나가야 하고, 이 읍내만큼이나 커다랗다는 대형 마트를 찾아야 하며, 그 마트에 들어가려면 큰 수레를 빌려야 한다. 이 엄청난 현실 앞에서 할아버지는 잔뜩 기가 죽는다. 할아버지는 자존심 다치지 않게 손자의 욕망을 가라앉히려고 애쓴다. 하지만 한번 커진 욕망의 바람은 잠잠해지지 않는다. 이미 기철이의 마음은 다쳤고 할아버지는 그걸 너무나도 잘 안다.

> "음…… 우리 손자, 이기철."
> "왜애!"
> "음…… 너는 나중에 왕새우가 있는 마을에서 살아라." (같은 책, 129~130쪽)

현실과 거리가 먼 욕망 앞에서 구차해지지 않기 위해서 우리는 자존감이라는 걸 지니고 산다. 물론 자존감은 일찌감치 내다버리고 욕망만을 좇으며 사는 사람도 많다. 깊은 산에서 도를 닦는 것이 아니라면 어느 정도 자신의 욕망에 귀기울이는 것도 자연스러운 모습일 것이다.

「새우가 없는 마을」에서 작가는 먹고 입고 자는 데 필요한 것에서 한 단계 더 나아간 문제를 건드린다. 할아버지와 기철이를 통해 '없어서 참는 것'이 아니라 '없어도 지키는 자존감'의 경지를 보여주는 것이다. 내가 새우를 찾으러 가는 게 아니라 새우가 내가 사는 곳에 있게 하라는 할아버지의 마지막 말은 우스꽝스럽고 슬프면서도 현명하다.

하지만 뒷맛이 쓸쓸한 것은, 기철이의 욕망이 언젠가 기철이를 혼자서라도 시내로 나가게 할 것이며 기철이의 욕망은 왕새우에서 그치지 않을 것임을 예측할 수 있기 때문이다. 욕망에 대한 고민을 한바탕 들쑤셔놓은 작가는 이쯤에서 손을 뗀다. 이야기의 문을 닫아버리고 우리들에게 생각할 거리를 한 짐 안겨준다. 옛 어르신들의 훈육을 따르자면 기철이는 공주 같은 아이의 어려운 처지와 자신을 견주어 필요의 적정선을 깨닫고 현재에 만족하며 욕망을 절제해야 한다. 그러나 과연 그렇게 마무리될 수 있는 것일까? 욕망의 문제는 그만큼 까다롭다.

3. 길을 잃거나 잃지 않을 자유

유은실의 단편을 더 살펴보자. 「멀쩡한 이유정」은 표제작일 뿐 아니라 소재가 특별해서 눈여겨보게 되는 작품이다. 우리 동화의 갈등 구조는 한동안 빈곤, 왕따, 경쟁과 타율적 교육, 가족과 성 문제를 벗어나지 못했다. 그런데 이 작품에서 작가는 사뿐하게 그 모든 묵직한 이야깃거리를 뛰어넘었다. '길을 못 찾는 어린이'라는 소재는 경쾌하면서도 깊은 의미를 담고 있다.

이 작품의 주인공 유정이는 유난히 길눈이 어둡다. 빽빽한 고층 아파트 단지로 이사를 온 다음에는 학교 갔다 집에 오는 길도 정확히 기억하지 못해 동생을 슬쩍 따라다닌다. '몇 동 몇 호'라는 주소는 알지만 그것만으로는 집을 찾지 못한다. 아파트는 다들 너무 비슷하게 생겼고 이 골목 저 골목이 다 똑같아 보이기 때문이다. 아직도 길에 혼자 나서면 우왕좌왕인데, 어쩌면 좋은가, 하굣길에 동생을 놓치고 만 것이다.

열한 살 어린이가 학교에서 집으로 가는 길을 기억하지 못한다는 것은 누가 알면 부끄러운 일이다. 그렇기에 유정이는 어떻게든 집을 찾아가려고 바득바득 애를 쓴다. 하지만 집에 가는 길을 기억하려 하면 할수록 머릿속은 더 뒤죽박죽이 된다. 이때 유정이네 집에 레슨하러 오시는 선생님을 마주친다. 휴우, 다행이다. 그런데 선생님이 먼저 입을 연다.

"유정아, 잘됐다. 나 너희 집 좀 데려다줘."
"예에?"
"아파트 단지를 10분째 헤매고 있었거든." (「멀쩡한 이유정」, 같은 책, 89쪽)

이 순간 유정이는 "운동장 한가운데에 서서 좌향좌를 하는 것처럼 손에 진땀이 났다"고 고백한다. 유정이의 고백을 듣는 독자도 등에서 식은땀이 난다. 유정이는 이 난처한 상황을 어떻게 극복했을지 궁금하다. 하지만 작가는 여기서 이야기의 문을 닫는다.

유정이는 '분실과 망각의 시대'를 대변하는 인물이다. 초등학교 교실 바닥에 연필이 굴러다녀도 아이들이 줍지 않는다는 말을 들은 지 오래다. 꼭 연필이 아니더라도 우리는 많은 것을 분실하고, 또 찾지 않고 살아간다. 무엇을 갖고 싶었는지, 어디로 가고 싶었는지, 무엇을 가지고 있었는지 자꾸 잊거나 잃어버린다. 간절한 욕망은 어느새 새로운 욕망의 품목으로 대체된다. 내가 욕망하지 않았던 것이 내 손 안에 들어와 있는 것을 뒤늦게 발견하기도 한다. '당신은 이러저러한 신제품을 욕망해야 한다'고 누군가가 나에게 명령을 내린다.

그 명령이 너무 많아서 정신을 차릴 수 없을 때도 있다. 점점 내 욕망의 대상을 내가 분실한다. 내가 무엇을 향해 가야 하는지를 조절하는 주체는 이제 내 바깥에 있다. 쉽게 말해 휴대폰의 기기 변경은 이미 주인의 의지와 상관없이 휴대폰 제조 회사나 통신사의 스케줄에 따르게 되어버렸다. 이렇듯 복잡다단하고 수동적인 삶이 계속되면 분실과 망각은 습관이 되고 천성이 된다. 어디에 가든 늘 헤매는 것이다.

길을 헤매는 유정이의 모습은 어찌 보면 기철이의 미래다. 유정이네 집이 "높은 건물이랑 더 높은 아파트" 사이에 숨어 있는 것은 뜻하는 바가 크다. 유정이는 재개발구역이 되어버린 옛 동네를 그리워한다. 그곳에서는 유정이가 지금처럼 심하게 길을 헤매지 않았다. "비슷한 집도 담벼락 낙서, 금이 간 모양, 바랜 자국, 마당에 심은 나무"가 조금씩 달랐다. 유정이가 바라는 것이 무엇인지 발견할 수 있었고 그것을 향해서 걸어가는 일은 그렇게 어려운 일이 아니었다.

하지만 다채로운 욕망이 한껏 충족된다던 신도시는 더욱 획일적인 모습으로 유정이의 발걸음을 막아선다. 그 안에서 유정이는 길을 잃고 헤맨다. 집에 가는 길을 망각하고 자신의 존재를 분실한다. 멀쩡한 유정이에게 날마다 바뀌는 새로운 가게 간판은 혼란 그 자체다. 유정이가 길을 잃는 것인지 길이 변덕을 부리는 것인지 잘 모르겠다.

이야기의 끄트머리에서 유정이가 선생님을 만나는 장면을 보면 작가가 '길 찾기' 안에 어떤 의미를 숨겨두었는지 알아챌 수 있다. 그 전까지 길을 못 찾는 것은 죽 유정이의 탓인 것 같다. 그러나 길은, 선생님도 모른다. 10분째 헤매고 있다는 선생님의 말에서 지금 이 아파트 단지가, 이 시대가, 누구에게나 망각을 일으키는 곳임을 깨닫는다. 어디로 가고 싶은가를 생각하고 갈까 말까를 결정하는 것은 읍내에 있던 기철이에게는 가능한 일이었지만 대도시의 유정이에게는 어려운 일이 되어버렸다. 길을 잃거나 잃지 않을 자유는 사라졌다. 다만 헤맬 뿐이다.

4. 굶주린 아이들, 길을 찾는 동화작가

공주나 기철이나 유정이는 모두 다 소중한 우리 아이들이다. 공주는 밥을 먹어야 하지만 밥만 먹으면 안 되고, 기철이에게도 왕새우를 먹는 기쁨을 안겨주어야 옳으며, 유정이는 좀 덜 빽빽한 곳에서 길을 헤매지 않고 자랄 권리가 있다. 조금씩 차이가 있지만 세 어린이는 한결같이 굶주려 있다. 그런데 그동안 동화는 그들의 굶주림 자체를 인정하고 받아들이기보다는 굶주림의 원인과 배후를 분석하는 일에 더 부지런을 떨었다는 생각이 든다. 사실 이 글도 그 요란한 부지런의 한 축인 셈이다.

하지만 이런 생각을 해본다. "무슨 4학년이 1학년 때부터 다닌 학교도 못 찾냐?"는 호통을 듣고 "머릿속에서 사이다 뚜껑이 터지는 것 같았다"는 유정이, 중국집에 처음 온 아이처럼 보이는 게 싫어서 물컵을 들어보지도 않고 꾹 참은 기철이, 텅 빈 냉장고를 보면 텅 빈 제 뱃속을 보는 것 같아서 싫다는 공주의 속말에 귀기울여줄 수 있는 것은 동화밖에 없다.

어린이의 상처를 직접 어루만지고 함께 굶주리는 일은 어떤 사설이나 보고서도 해낼 수 없는, 문학만이 할 수 있는 일일 것이다. 『소나기밥 공주』와 『멀쩡한 이유정』은 이미 그런 길을 찾고 있는 듯하다. 공주와 기철이와 유정이가 따뜻하게 잠들 수 있도록 그날 밤 이불을 덮어주고 곁에 누워주는 동화를 더 많이 만나고 싶다.

행운은
행복일까

1. 쥐를 먹는 사람들

아프리카 대륙의 작은 나라 말라위 사람들은 쥐를 먹는다. 영국의 한 방송사는 다큐멘터리 프로그램을 통해 이 사실을 보도했다. 방송을 본 사람들 대부분은 비슷한 생각을 했다. 얼마나 굶주렸으면 쥐까지 잡아먹을까. 그렇게 지독한 배고픔 속에 사는 사람들은 얼마나 '불행'할까. 안됐다. 나는 그 나라에서 태어나지 않아서 '행운'이고 따라서 '행복'하다. 이런 생각 말이다.

하지만 말라위 사람들이 쥐를 먹는 이유는 굶주림 때문이 아니다. 꼬치에 꿰어 구운 쥐는 말라위 사람들이 좋아하는 오래된 간식이다. 우리가 술안주로 산낙지를 즐기듯 그들은 말린 쥐 구이를 즐기는 것이다. 쥐를 먹으면서 말라위 사람들이 느낄 행복을 불행으로 착각할 권리란 누구에게도 없다.

책에서 말라위 사람들이 쥐를 먹는 이유에 대한 이야기를 읽으면서 여러 가지 생각이 들었다. 우리는 얼마나 자주 다른 사람의 행복과 불행에 대하여 제멋대로 짐작해버리는 것일까. 행복과 불행에 대한 우리의 기준은 어디로부터 온 것일까. 우리가 행운이라고 믿는 것이 사실은 우리에게 큰 불운일 가능성은 없을까. 행복은 개인적인 것일까, 아니면 사회적인 것일까.

또 하나 생각해보게 되는 것은 행복과 행운의 관계다. 사람들은 어떤 불편하고 부족한 상태에 놓여 있을 때, 불운하기 때문이라고 여겨버리는 경우가 많다. 행복해지기를 원한다면서 무작정 행운을 기다린다. 그러나 사전에 나오는 뜻으로만 봐도 행복과 행운은 뚜렷이 다르다. 행복은 '몸과 마음에서 충분한 만족과 기쁨을 느끼는 상태'를 말하는 데 비해 행운은 '좋은 운수'를 뜻한다. 운수는 '이미 정해져 있어서 사람의 힘으로 어찌할 수 없는 일'을 말한다. 상태는 나의 노력으로 얼마든지 만들어갈 수 있지만 운수는 그렇지 않다. '행복'과 '행운'을 혼용하거나 인과적으로 연결하여 생각하는 일은 옳지 않다. '지금 배가 고파서 불행하다'는 말과 '너는 운이 없어서 굶주린다'는 말은 천지 차이다.

그런데도 오늘날 우리가 삶을 대하는 방식에서 '행복'은 점점 더 '행운'에 의존하는 것 같다. 어른은 '행복해지기 위해서' 로또에 당첨되면 좋겠다는 말을 서슴없이 내뱉고 아이는 '운이 없어서' 시험을 못 보았기 때문에 죽을 만큼 '불행하다'고 말한다. 젊은 유명인이 사업에 실패해 스스로 목숨을 끊었다는 기사를 보면서 사람들은 그 사람 참 '운이 없다'고 말한다. 이런 분위기 속에서 운을 빌고 운을 묻는 상품은 다양한 형태로 개발된다. 행운 관련 상품을 구매하면서 진지하게 그 안에 자신의 감정을 투영한다. 어린이들 사이에서도 유행하는 각종 점괘 카드도

운과 행복을 연결하려는 시도다. 더 나아가서 모든 경쟁에서의 승리가 운의 결과물인 것처럼 인식되기도 한다. 운만 가져다준다면 혼이라도 팔겠다는 태도는 운이 좋으면 경쟁에서 이길 수 있을 테고 이기면 행복할 거라는 도식에서 나온다.

행복이란 무엇일까. 행운에 대해서 좀 다르게 생각해볼 수는 없을까. 김종렬의 『길모퉁이 행운돼지』(다림, 2006), 유영소의 『행복빌라 미녀 사총사』(문학과지성사, 2008), 은이정의 『난 원래 공부 못해』(창비, 2008)를 읽으며 곰곰이 헤아려보았다.

2. 행운을 얻으라, 불행할 것이다

『길모퉁이 행운돼지』의 진달래 시 작은 마을 길모퉁이에서 정체를 알 수 없는 가게가 문을 연다. 가게 이름은 '행운돼지'. 가게가 문을 여는 날 사람들은 너도나도 가게 앞으로 몰려든다. 행운이라는 말은 그 내용물이 무엇이든 간에 사람을 잡아끄는 마력을 지녔다. 가게가 내걸고 있는 것은 '행운을 차지하는 사람은 하루에 딱 열 분입니다.'라는 벽보 한 장뿐이었다. 사람들은 그 앞에서 밤샘 줄서기를 하고 자리다툼 끝에 멱살잡이에 나동그라지기도 한다. 행운에 홀린 사람은 동네 어른들만이 아니었다. 행운의 말뜻이 무엇인지조차 정확히 모르는 어린이들도 뒤숭숭하기는 마찬가지였다.

수업 시간 내내, 내 머릿속은 온통 행운돼지에 들어간 사람들 생각뿐이었다. 공짜로 행운을 얻게 된 사람들이 정말 부러웠다. 조용해 선생님이 읽기

수업을 하고 있었지만 내 귀에는 아무 소리도 들리지 않았다. (『길모퉁이 행운 돼지』, 23쪽)

주인공은 공짜로 얻는다는 그 행운의 정체를 궁금하게 여긴다. 물론 행운돼지가 나눠준 행운을 차지하는 사람이 늘어나면서 행운의 내용도 밝혀진다. '걸어도 걸어도 닳지 않는 구두'라든가 '한 번 주름을 펴면 영원히 구겨지지 않게 하는 신비의 다리미' 같은 것이다. 하지만 주인공이 궁금해하는 것은 그 물건의 성능이 아니었다. 도대체 그 물건으로 인해 어떤 행운이 오는지가 궁금했다. 왜냐하면 그가 관찰하기에 행운돼지에 다녀온 사람들의 얼굴에서는 한결같이 이상한 조짐이 엿보였기 때문이다.

신비한 물건을 공짜로 얻었으니 얼굴 위로 미소가 번지는 게 당연할지도 몰랐다. 하지만 왠지 그 미소를 어디선가 보았다는 생각이 들었다. (같은 책, 46쪽)

과거에 어디선가 오늘의 이 모습을 보았던 것 같은 기분, 기시감이라고 부르는 이 기분은 곧 미래에 대한 불길한 예감으로 연결된다. 아귀다툼 끝에 주인공의 엄마도 행운돼지의 물건 하나를 얻게 되는데 그 물건은 '하나만 넣으면 두 개가 되는 항아리'였다. 이 항아리를 움켜쥔 엄마는 즐거운 비명을 지르며 주인공에게도 멍청히 앉아 있지 말고 가서 뭐든지 받아오라고 윽박지른다. 집집마다 대화는 고함이 되고 마침내 행운돼지에서 가져온 행운의 물건을 노리는 연쇄 범죄가 일어난다. 진달래 시 당국에서는 범죄에 대한 비상사태를 선포하지만 실랑이는 점점 더 커진다.

이 작품이 행운을 둘러싼 실랑이만을 다루고 있다면 많이 보아온 행운에 대한 우화와 별로 다르지 않았을 것이다. 실제로 이 작품은 우화의 스타일을 활용하고 있다. 고유명사가 잘 등장하지 않는 것, 시공간적 배경이 모호한 것도 우화의 특성과 닮았다. 하지만 『길모퉁이 행운돼지』는 좀더 심층적으로 행운의 본질을 파고들어가 '보이는 것'과 '보이지 않는 것' 사이의 대결을 시도한다. 주인공은 자신이 어디선가 보았다고 느꼈던 야릇한 표정이 행운돼지 가게 앞에 있는 돼지 조각상의 표정이라는 것을 알아차린다. 사람들이 너도나도 돼지를 닮아가고 있는 것이 주인공의 눈에 똑똑히 보였던 것이다. 행운에 정신이 팔린 어른들은 자신들이 어떻게 변해가고 있는지 보지 못한다. 보이는 사람과 보이지 않는 사람. 보이지 않는 사람은 절대다수고 보이는 사람은 아주 드물다. 소수의 보이는 사람조차 자신은 보지 못한다고 외치면서 진실과 맞서기를 꺼린다.

"너도 보이는 거지? 돼지로 변한 사람들 말이야."
나도 모르게 목소리가 커지고 말았다. 반장의 얼굴이 새파랗게 질리기 시작했다.
"아냐, 아무것도 안 보여!"
반장이 느닷없이 고함을 지르더니 복도를 내달렸다. (같은 책, 63쪽)

주인공이 보았던 것은 무엇일까. 그것은 단순히 사람들의 표정이 돼지 상을 닮아간다는 겉모습의 변화만은 아니었다. 그는 '행운'이 '불행'을 가져오고 있다는 진실을 보았던 것이다. 이 진실의 파급효과는 누구나 믿고 싶지 않을 정도로 끔찍해서 대개는 진실을 목격하게 되더라도 외면하거나 무시해버린다. 차라리 행운의 마력 앞에 눈이 멀기를 선택한다. 하지만 주인공은 눈을 부릅뜨고 결국 사람들 사이를 돌아다니는 행운돼지와 정면으로 마주한다.

이 책의 매력은 여기에 있다. '보는 것'과 '보지 않는 것'의 차이에 대한 통찰 말이다. 사람들은 누구나 '행운'만을 보려고 하고 '행복'을 보려고 하지 않는다. 불행을 뻔히 보면서도 그것의 원인까지는 보려고 하지 않는다. 그러나 행운이 쏟아내는 빛의 세례 앞에서 눈감지 않는 자만이 행복의 진실을 볼 수 있고 행운의 이면을 보는 자만이 불행으로부터 자신을 구할 수 있다. 이것이 이 이야기의 더 큰 열쇠다.

눈부신 것 앞에서 눈을 감지 않는다는 것은 대단한 인내와 결심을 필요로 하는 일이다. 작가는 독자들에게 이렇게 요구한다. 당신에게 빛나는 행운이 찾아왔는가? 그렇다면 그 행운의 실체를 똑똑히 보라고 말이다.

3. 행복이란 강력한 고린내

손녀와 할머니, 그들과 같은 빌라에 사는 세 할머니의 박력도 없고 갈등도 없이 살아가는 이야기라니 싱겁기만 하다. 그러나 『행복빌라 미녀 사총사』를 펼쳐서 덮을 때까지 내내 입꼬리에서 웃음이 떠나지 않는다. 박장대소는 아니지만 낄낄거리다가 히죽거리다가 흠흠 표정을 가다듬으면 책이 끝난다. 이 요란한 할머니들은 웃음이 헤프다. 그러면서 기분 좋은 일이 있으니 이리 와서 한번 보라고 독자의 손을 잡아끈다. 글자가 말소리의 음높이를 나타내주지는 않지만 상상해보면 보통 사람보다 한 옥타브 높거나 약간 듣기 좋게 달떠 있다. 전자레인지 안에서 팝콘이 터지기만 해도 "아이고, 꼬순 냄새!" 하면서 추임새를 넣고 요만한 좋은 일이라도 생기면 너도나도 몰려들어 박수를 치고 어디서 재미있는 일이 있으면 "아이고, 아줌니!" 하면서 부산을 떤다. 높고 명랑한 목소리 못지않게 이야기 속의 인물들이 외치는 말속에도 웃음의 비결이 있다.

'나한테 좋은 생각이 있어.' '그래그래, 그게 좋겠다.' '다 같이 하면 얼마나 재미있는데요.' '괜찮아, 괜찮아.' '정말 다행이야!' 같은 말이 곳곳에서 읽는 사람의 마음을 편안하게 무장해제시킨다. 주인공들의 호들갑을 따라 엉거주춤 여행을 떠나다보면, 기분이 좋아지고 마음의 주름이 좀 펴지는 느낌을 받는 것이다.

사실 이들이라고 해서 부족함이 없거나 불편함이 없는 것이 아니다. 삶의 그늘이 만만치 않고 변변한 힘도 가진 바 없다. 자식은 연락도 없고 돈도 없는 데다 너무 늙었다. 거창한 행운 같은 것은 아예 이 집에 들락거리지도 않는다. 무슨 조무래기 권력이라도 없으면 허깨비로 취급받는 모질고 뺀질뺀질한 세상에서, 가진 것 없어 보이는 행복빌라 미녀 사총사가 행복한 이유는 무엇일까.

그것은 욕망을 줄였기 때문이다. 고대 그리스 철학자 에피쿠로스는 이렇게 정리했다. 행복은 '성취'를 '욕망'으로 나눈 값이라는 것이다. 성취(분자)를 키우거나 욕망(분모)을 줄이면 행복의 값은 커진다. 자본주의사회는 쉼 없는 경쟁을 권한다. 공부를 열심히 해서 성적을 올리든 돈을 많이 벌어 물질적 성취를 늘리든 개인기를 닦아 사회적 인기를 얻든 성취를 키움으로써 행복을 키우라고 말하는 것이다.

그러나 행복을 늘리기 위한 또다른 방법이 있으니 그것은 욕망을 줄이는 것이다. 욕망을 줄이면 당연히 행복의 값은 늘어난다. 광고는 '신상품을 구입하는 당신은 행복한 사람'이라고 우리를 유혹하지만 신상품에 대한 욕망이 커질수록 내가 가진 행복의 값은 작아질 뿐이다. 우리는 왜 더 많은 욕망과 성취를 위해 달려야 하는가. 누구를 위한 욕망과 성취인가. 약분하면 같아질 그 값을 위해 오늘 내 앞에 놓인 웃음도 챙길 여유를 없애는 것이 더 나은 삶인가.

행복빌라 미녀 사총사들은 최고급 호텔의 뷔페 대신 청국장 파티를 택했다. 청국장 파티가 주는 행복의 값은 뷔페 식사 못지않다. 할머니들이 두부랑 김치를 뚜걱뚜걱 썰어넣어 끓인 뚝배기 청국장, 마치 발 고린내 같은 청국장 냄새는 한입만 먹겠다는 다세대주택의 이름 모를 이웃을 불러들이고 결국 동네 사람 여럿 잡고도 남을 넘치는 행복을 안겨준다. 성취를 늘릴 것인가, 욕망을 줄이겠는가. 행복빌라 사람들이 우리에게 묻는 물음이다.

4. 공부를 못해서 불행하다고요?

교육방송에서 대한민국 초딩들의 이야기를 담은 짧은 다큐를 본 적이 있다. 그 다큐에 비친 초딩들의 소원은 '학원을 조금만 다니는 것'이었다. 자신이 가장 잊고 싶은 두려움은 '시험 점수'이며, 자신의 가장 큰 결점은 '공부를 못하는 것'이라고 믿는 우리의 아이들. 그들에게 불행의 원천은 딱 한 가지, 자신이 공부 경쟁에서 남을 이기지 못하고 있다는 사실이다. 이 어린이들에게 주어진 것이라고는, 불행인 줄 알면서도 그 경쟁으로 온몸을 던질 권리뿐이다.

『난 원래 공부 못해』에 주목하는 것은 대한민국 초딩들의 불행 공식에 정면으로 딴지를 거는 작품이기 때문이다. 당당하게 공부를 못하는 찬이는 새로운 캐릭터다. 심하게 공부를 잘하는 친구 진경이가 안달복달을 하고 지지고 볶아도 찬이의 당당함은 쉽게 누그러들지 않는다.『까막눈 삼디기』(원유순, 웅진주니어, 2007)와 같은 작품에서 나타났던 공부 못하는 주인공을 도와주는 친구들의 구도와 영 딴판이다. 원래 공부 못하는 아이가 있다는 사실을 도무지 인정하려 들지 않는 의욕에 찬 담임교사는 학습 기회를 주면 찬이도 공부를 잘하게 될 거라는 주장을 굽히지 않는다. 찬이가 알파벳과 구구단을 술술 외워야 하는 이유를 백 개도 더 댈 수 있다는 담임교사는 찬이가 흑염소를 잘 키우는 이유, 닭이 낳아놓은 알을 잘 찾는 이유에 대해서는 잘 알지 못했다. 알지 못했다기보다 알고자 하지도 않았다는 것이 옳겠다. 하지만 교사는 찬이를 알게 되면서 놀라고 또 놀란다.

만약 작가가 '공부를 못해도 뭔가 잘하는 것이 있을 수 있다'는 식의 결말로 이 이야기를 끌고 갔다면 순진하다는 비판을 피해갈 수 없었을 것이다. 공부는 못하지만 기술은 좋구나, 이런 말이 얼마나 폭력적인가는 들어본 사람만 안다. 그러나『난 원래 공부 못해』가 빛나는 부분은 다른 곳에 있다. 우리들이 왜 행복하지 않은가를 꾸준히 묻고 있는 것이다.

잘한다는 것은 무엇인가. 맹목적인 경쟁이 이어지는 한 나보다 더 나은 성과를 거두는 단 한 사람이 있다면 나는 언제나 못하는 사람이 아닌가. 이 이야기는 공부든 뭐든 '욕심'을 키우기보다는 '놀라움'을 발견하라고 권한다. 흥미로운 대안이다. 교사가 아이들의 학업 경쟁을 부추기기 위해서 만든 '오오오 공책'은 찬이와 진경이의 제안으로 '와와와 공책'이 된다. 축구를 잘하고 싶은 성현이는 자신이 얼마나 놀라운 기술을 익히려고 노력하고 있는지를 '와와와 공책'에 적는다. 학급 친구들이 모두 다 똑같이 영어 단어 세 개, 한자 세 개를 적어서 검사받아야 했던 '오오오 대작전'이 획일적인 욕심을 키워가는 과정이었다면, 자신이 잘하고 싶은 일을 발견하여 적는 '와와와' 체제는 한결 유연하고 풍부한 과정이다.

공부하고 싶은 사람은 공부를, 운동하고 싶은 사람은 운동을 하면 된다는 말은 우리 사회에서 그렇게 쉽게 내뱉을 수 있는 말이 아니다. 하지만 이 책은 '왜 우리는 우리 자신 안의 놀라움을 모르고 지나가는가.'라는 작은 물음 하나로 행복으로 가는 길은 승리라는 맹신을 되돌아보게 만든다.

5. 행복과 행운의 상관관계

행복이 누구도 가질 수 없는 것이 되어버리면 사람들은 행복해지기를 포기하고 행운에 매달린다. 많은 어린이가 자신의 삶을 행운에 내걸게 되는 것, 이것은 그들이 공부를 잘 못한다는 사실보다 더 큰 불행이다. 자신의 행복을 포기하는 아이들과 어떻게 미래를 만들어나갈 것인가. 지금 부추기는 서열식 공부 경쟁은 어린이들에게 가질 수 없는 행복을 향한 줄달음과 포기만을 가르치는 독약이 되기 쉽다. 행운을 쫓아 삶을 탕진하는 사람으로 가득찬 세상을 만드는 것이 목표가 아니라면, 어리석은 행진은 이쯤에서 그만두는 것이 좋겠다는 생각이 든다. 그걸 진심으로 깨달을 수만 있다면 우리 모두에게 더이상의 큰 행운은 없을 것이다.

작은 세계,
연결된 사람들

1. 세계는 얼마나 작을까?

'한두 다리만 건너면 다 안다.'라는 옛 속담이 있다. 집성촌에 옹기종기 모여살던 시절이나 오붓한 시골 장터라면 모를까 요즘 듣기에 좀 과장된 것처럼 들린다. 세상이 얼마나 넓은데 어떻게 고작 한두 다리를 건너서 '다 안다'는 말인가. 한 골목을 쓰는 이웃집끼리도 김씨인지 박씨인지 모르고 사는 세상이 아닌가. 출근 시간마다 크고 높은 빌딩을 오르는 통근자들은 어떤가. 고작 1제곱미터 남짓한 좁은 승강기에 어깨를 맞대고 서 있으면서도 그 안의 사람들은 서로 완전히 분리되어 있다고 느낀다. 상대방을 알지 못하고 알 필요가 없다고 생각하면서 오르내리는 몇십 초를 함께 보낸다.

한두 다리도 안 되는 공간 안에 놓여 있지만 사람들은 있는 다리도 모르는 척하는데, 하물며 수백, 수천 킬로미터가 떨어진 거리에 사는 사람들끼리 서로 알고 지낸다는 건 얼토당토아니한 이야기처럼 들린다.

그런데 사회적 그물망, 이른바 '소셜 네트워크 서비스(SNS)'라면 이야기가 다르다. 소셜 네트워크 덕분에 사람들은 '너와 나 사이의 거리'에 대해 전혀 다른 체험을 하고 있다. 다른 대륙으로 이민을 떠난 친구는 일주일째 얼굴을 부딪친 적도 없는 옆집 청년보다 훨씬 자주 내 전화기에 얼굴을 비친다. 소셜 네트워크 서비스에 가입하여 창을 열면 우리가 언제 이렇게 연결되어 있었나 싶을 정도로 촘촘한 세상의 연결 고리가 떠오른다.

1967년 미국의 사회심리학자 스탠리 밀그램은 네브래스카 주의 오마하 시에 사는 사람 160명을 무작위로 골라 소포를 건네준 다음, 매사추세츠 주의 보스턴 시에 사는 어떤 한 사람에게 인편으로 전해주라는 부탁을 했다. 보스턴 시의 모르는 수신자에게 다리를 놓아보라고 한 것이다. 이 과정을 거쳐 그가 주장한 것이 '6단계 분리 이론'이다. 실험에 참가한 사람들의 절반 이상은 다섯 명 정도의 중간 전달자를 거쳐 무사히 소포를 전달했다고 한다. 스탠리 밀그램은 이 실험으로 세상 사람들은 최대 6단계 이내로는 연결되어 있다는 주장을 펼쳤다. 1998년 물리학자 덩컨 와츠는 이 주장을 수학적으로 설명한 '작은 세계론'을 내놓기도 했다. 인터넷과 스마트폰이 없던 1960년대에도 6단계로 세계가 연결되었다면 지금은 훨씬 더 짧은 단계만 거쳐도 서로 연결될 수 있기에 아주 작은 세상에서 살게 되었다고 생각할 수도 있겠다.

정말 우리는 작은 세계 속에서 사는 것일까? 경기도 과천에 사는 세 명의 중학생 김상윤, 김솔빈, 이상윤은 이 궁금증을 푸는 일에 도전했다. 『링크』(강병남·김기훈 옮김, 동아시아, 2002)라는 책을 펴냈던 헝가리의 세계적인 학자 앨버트 라슬로 바라바시와 연결을 시도해보기로 한 것이다. 소셜 네트워크를 이용한 그들은 불과 두 사람을 거쳐서 바라바시와 연결된 다음 그로부터 직접 "흥미로운 과학적 질문을 증명하는 데 소셜 네트워크 서비스를 창의적으로 이용한 당신들의 시도를 격려하고 축하한다."라는 메시지를 받는 데 성공했다. 만약 인터넷망에서 연결되는 것이 어느 정도 의미 있는 연결이라고 볼 수만 있다면 개인과 개인 사이의 거리는 점점 짧아질 전망이다.

이야기는 관계를 다룬다. 마음으로 느끼는 세상의 크기는 관계의 밀도와 범위를 결정하는 중요한 조건이 된다. '세상 참 좁다'고 말할 때 우리는 우리를 둘러싼 관계에 대해 좀더 선명하게 둘러보게 되고 더 깊게 책임감을 느낀다. 관계의 거리를 가깝게 혹은 멀게 만들어주는 역할은 '소통'이나 '연결'이 담당한다.

1980년 5월 18일 광주에서 일어났던 비극에 대해서 많은 사람이 오랫동안 무심할 수 있었던 것은 그 무렵의 광주가 아주 멀리 있는 것처럼 철저히 봉쇄되고 세상으로부터 격리되었기 때문이었다. 오랜 시간이 지난 지금까지도 광주의 진실과 당시 시민들의 정신이 충분히 공유되지 못하는 것은 여전히 당시의 역사의식과 진정한 '소통'이나 '연결'을 할 수 없도록 가로막는 지역감정 조장, 언론의 왜곡 보도와 같은 단절의 장치가 우리 사회 안에서 작동하고 있기 때문이다. 반면 북아프리카의 몇몇 나라들에서 일어났던 시민들의 봉기와 참혹한 현실은 훨씬 가까운 일로 느낄 수 있었다. 각종 매체가 이곳의 일을 실시간으로 연결하여 전달해주었기 때문이다. 서로 다른 대륙에서 파업을 벌이던 노동자들이 상대방의 시위 현장에 피자를 배달시키는 세상이다. 연대의 마음만 있다면 소통의 도구를 활용할 수 있고 관계의 거리는 얼마든지 짧아질 수 있다.

우리 어린이책은 이 같은 '작은 세계'의 모습을 어떻게 다루고 있을까. 디지털 시대라는 말은 이제 우리 어린이들의 삶에서 단순한 '과학적 변화'만을 의미하지는 않는다. 성장하는 그들의 미래는 지금까지 지내왔던 세계와 다른 시공간의 축을 향해 움직이고 있다. 준거의 틀이 달라지는 것이다. 우리 어린이들은 지금의 어른들보다 훨씬 큰 세계와 가깝게 연결된 상태로 살아가게 될 것이다. 관계의 범위와 밀도가 달라진다면 그들이 궁금해하는 이야기도 달라질 수 있다. '분절'과 '고립'에 대한 고민 또한 더욱 깊어질 것이다. 우리 어린이책에서 이 문제는 어떻게 표현되고 있는지 살펴보고자 한다.

2. 같은 공간, 너와 나의 연결

김혜연의 『코끼리 아줌마의 햇살 도서관』(비룡소, 2011)은 하나의 공간에 연결된 다섯 사람에 대한 이야기다. 나이도 다르고 성별도 다르고 고민도 다르지만, 자신의 공간에서 고민을 혼자 부둥켜안고 있는 일이 어렵고 외롭고 막막하다고 느낀다는 점에서 같다. 그런 그들을 보이지 않는 끈으로 맺어주고 그 연결을 연대로 이끌어주는 공간이 바로 '도서관'이다.

누군가 그네를 밀어주면 좋겠는데 놀이터에는 아무도 없어 하루하루가 심심하고 따분한 주인공 진주의 거주지는 '펄 헤어숍'이다. 펄 헤어숍은 진주 엄마의 일터이기도 하다. 앞면이 유리로 되어 있어서 밖에서 안이 훤히 들여다보이는 구조다. 길을 지나는 사람이라면 누구나 진주네가 사는 모습을 볼 수 있다. '보이는 것'이 '연결되는 것'이라고 한다면

펄 헤어숍은 세상과 스스럼없이 연결된 공간이다.

친구들은 진주를 '벙어리 딸'이라고 부르며 따돌린다. 미용사 진주 엄마는 말을 더듬기 때문에 손님과 편안하게 소통하지 못한다. 진주는 엄마와 손님의 연결을 도와야 하고 그런 처지 때문에 친구들과 연결이 끊긴다. 진주 엄마가 늘 미용실 안에 햇살이 가득 들어오도록 가리개를 걷어두는 것은 세상과 소통하고 싶은 마음을 나타내는 것처럼 보인다. 하지만 손님들은 엄마가 해준 머리가 마음에 들지 않으면 '소통'을 하려 들지 않고 '호통'을 친다. 진주는 그럴 때마다 "엄마가 이렇게 말하고 싶어 해요."라고 끼어들어서 중재하는 역할을 맡는다. 엄마에게 진주는 고마운 딸이지만 일찌감치 소통의 어려움을 느끼면서 자란 진주 자신은 또래 친구들과 말을 나누는 것에 두려움을 느낀다. 엄마처럼 더듬거리게 될까봐 정작 친구들 앞에서는 입을 잘 떼지 못한다.

펄 헤어숍에 머리를 자르러 온 정호는 축구 선수가 되고 싶다. 하지만 몸집이 잘 자라지 않아서 날마다 코치한테 핀잔을 듣는다. 머릿속은 온통 축구 선수들과 축구공에 대한 생각으로 가득한데 엄마는 정호가 축구를 하기에는 너무 '쩨깐'하다고 기를 죽인다. 정말 키가 작으면 축구 선수가 될 수 없을까, 나는 그런 도전을 할 수 있는 의지를 가진 사람인가, 스스로 물어보지만 확신이 없다. 주위 사람들은 다들 앵무새처럼 같은 말만 되풀이할 뿐 정호의 꿈과 소통해주려고 하지 않으니 답답한 마음만 쌓여간다.

'혼자만 있을 수 있는 방'을 꿈꾸는 수정이는 언제나 누군가와 맞닿아 있다는 사실이 오히려 짜증스럽다. 아주아주 작은 수정이네 아파트에서는 어디 가서 한바탕 울고 싶어도 보는 눈이 많아서 울 수가 없다. 무슨 일을 하든 공간의 우선순위는 언니에게 돌아가고 식구들은 다들 들러붙어 있으면서도 별 불만이 없다. 이 지겨운 연결을 벗어나서 제발 좀 혼자 있으면 좋겠다는 것이 수정이의 소망이다.

펄 헤어숍의 원장인 진주 엄마는 수다쟁이가 되는 것이 꿈이다. 좋은 친구가 딱 세 명만 있었으면 좋겠고, 그 친구들과 손뼉도 치고 웃으면서 막 떠들면 좋겠다. 수다쟁이가 되려면 말을 더듬지 않아야 하는데 사람들과 있으면 '마음속에 있던 말이 입술까지 올라오다가 멈칫거리면서' 밖으로 나오지 않는다. 진주 아빠는 화를 내고 억지로 힘을 써서 진주 엄마의 속도를 고치려고 했다. 그럴수록 진주 엄마는 더욱 진주 아빠와 마음을 연결하기 어려웠다. 진주 아빠와 진주 엄마의 사이는 그렇게 끊어졌다.

각자 다른 이유로 '연결'에 어려움을 겪던 책 속 인물들은 동네에 '이금례 도서관'이 생기면서 변화를 맞는다. 김밥 할머니의 기부로 세워진 이 작은 도서관은 펄 헤어숍처럼 유리로 되어 있어서 안이 들여다보이고 햇살이 환하게 들어온다. 미용실처럼 어른들의 이야기만 있는 것이 아니라 진주가 읽고 상상할 수 있는 어린이들의 이야기가 가득하다.

이 도서관은 축구 선수 정호가 박지성 선수를 만난 곳이기도 하다. 코치 선생님한테 야단맞고 주눅이 들어 있던 정호는 책 속에서 "내가 이 경기장에서 최고다. 이 그라운드에서는 내가 주인공이다. 여기 스물두 명의 선수가 있지만 나보다 나은 녀석은 아무도 없다."는 박지성 선수의 글을 읽고 해보겠다는 의지를 얻는다. 고독을 원하는 수정에게 혼자만의 공간을 마련해준 것도 이 도서관이다. 비좁은 공간에 엉겨붙어 있으면서 정작 서로에게는 관심도 없는 지겨운 가족관계와 단절되기를 소망하던 수정의 바람이 이루어진 것이다. 도서관에 숨어 식구들을 골려주기로 한 수정의 실험은 깜박 잠이 드는 바람에 심야의 실종 소동으로 이어지고, 수정은 그토록 원하던 '혼자만의 밤'을 보내면서 고립의 두려움을 알게 된다. 아무와도 연결되지 않은 시간을 보내면서 '이건 무서운 거지, 고독한 게 아니잖아.'라고 생각한다.

이금례 도서관의 중심에는 '코끼리 아줌마'라고 불리는 사서 진숙씨가 있다. 그는 혼자 남은 두려움과 외로움을 누구보다 잘 아는 사람이다. 어린 시절 홀어머니를 잃고 처절한 고립과 단절을 경험한 진숙씨를 세상과 다시 연결되도록 도와준 것은 '책'과 '책을 읽게 해준 국어 선생님'이었다. 끊어질 듯 안타깝게 깜박이던 진숙씨의 구조 신호를 세상이 발견해준 것이다.

긴박한 단절을 경험한 진숙씨는 사람들을 연결해주는 햇살 같은 존재가 되어 작은 동네에 온기를 공급한다. 외로워하면서도 무의미하게 스쳐가던 사람들은 도서관 진숙씨를 통해서 '우리가 연결되어 있다'는 것을 깨닫는다.

사람들이 얼마나 단절되어 있는지, 소통에 목말라하는지는 앞서 말한 소셜 네트워크 서비스에 들어가보면 느낄 수 있다. '거기 누구 없어요?'를 외치는 목소리에는 남녀노소, 밤낮이 따로 없다. 존재의 확인을 바라는 모스부호는 마음의 무인도로부터 쉼 없이 발신된다. 어린이들은 세상의 흐름을 누구보다 절박하게 느끼고 있다. 손에 쥔 휴대폰이 사라지면 일 나간 엄마, 아빠와 영원히 관계가 끊겨버릴지 모른다는 두려움을 안고 혼자 터덜터덜 학원 버스에 오른다. 문자가 오지 않으면 우정이 끝나버릴까봐 짝꿍의 번호를 두드리고 또 두드린다.

『코끼리 아줌마의 햇살 도서관』은 사람의 마음이 통하는 연결, 우리가 꿈꾸는 연결의 이상적인 형태를 보여줌으로써 그런 어린이들의 마음을 느긋하게 다독여주고 안심시켜준다. 이야기가 있는 한 우리는 연결되어 있고, 우리가 연결되어 있는 한 두려울 것이 없다. 이는 인터넷 따위가 없던 시절부터도 알고 있던 수천 년 된 진리다.

3. 같은 시간, 너와 나의 연결

백희나의 그림책 『어제저녁』(책읽는곰, 2014)은 같은 시간, 서로 동떨어져 살아가던 사람들 사이의 연결을 다룬다. 크리스마스를 앞둔 어느 날 저녁 6시 정각에 시작된 한 아파트의 작은 소동은 우리가 다 따로따로 사는 것 같아도 결코 그렇지 않다는 당연한 사실을 명백하게 보여준다. 빨랫줄에 앉았다가 날아가버린 참새가 407호의 양말 한 짝을 떨어뜨린다. 그 양말은 막 잠들려던 아기 토끼 여덟 마리의 잠을 깨우고 얼룩말의 스케이트 나들이를 늦추고 개 부부의 평화로운 노래 연습을 망치고 양 아줌마의 귀가를 막고 산양과 여우의 저녁 파티를 방해한다. 하지만 이 소동을 해결하는 것도 결국은 '연결된 이웃들'이다. 얼룩말이 양 아줌마를 도와주지 않았더라면, 생쥐 부인이 양말을 주워주지 않았더라면, 고양이 택배원이 케이크를 가져다주지 않았더라면 누구도 행복할 수 없었다는 사실은 우리가 이웃의 작은 불행에 눈감지 말아야 하는 이유이기도 하다.

우리는 연결되어 있으므로 겨우 살아가고 있다. 어린이들은 이 작은 삶의 원리를 누구보다 잘 안다. 따라서 친구가 떨어뜨린 연필이 굴러가면 집어주고 준비물을 잊어버리고 온 친구를 따라서 지각하더라도 함께 문방구에 가준다. 그런데 어른들은 이것이 '내 삶의 효율성'을 해치는 행위라고 여기고 '생존의 기술'을 발휘해 '눈을 질끈 감고' 지나쳐버린다.

자신만 그러는 것이 아니라 어린이들에게도 그렇게 하라고 가르친다. '너는 왜 쓸데없이' 그런 일에 끼어드느냐는 것이 어른들의 잔소리 가운데 큰 비중을 차지하며 그 빈도는 점점 높아지고 있다. 도대체 쓸데 있는 일이란 무엇일까. '끊어져서 살 수 있다면 그렇게 하라.'『어제저녁』이 숨기고 있는 예리한 경고는 그것이다. '이어져서 살아가니 얼마나 행복한가.'『어제저녁』이 숨기고 있는 따뜻한 메시지는 그것이다.

4. "연결이 되지 않습니다."

『가족입니까』(바람의아이들, 2010)는 김해원, 임태희, 임어진, 김혜연이 함께 쓴 한 권의 연작소설집이다. 이 안의 단편들은 서로 다른 작품이지만 가족이라는 주제와 동일한 시공간으로 연결되어 있다. '가족애'를 주제로 한 휴대전화 광고를 촬영하기 위해서 만난 네 명의 광고 모델은 정작 자신의 가족 안에서 무심하고 삭막한 관계를 유지하고 있다. 그들이 출연하는 광고 안에서 휴대전화는 현대사회에서 가족을 연결해주는 최적의 매개물처럼 포장되어 있다. 이 말은 아주 틀렸다고 볼 수도 없는 게 현실이다. "연결이 되지 않습니다."라는 말에서 가슴 철렁하는 좌절을 느낀 것이 어디 책 속의 일이기만 했을까.

그러나 이 책이 일러주는 더욱 중요한 메시지는 다른 곳에 있다. 그 연결은 '지금' 하지 않으면 쉽게 복원할 수 없다는 것이다. '내가' 하지 않으면 누구도 대신해주지 않는다는 것이다. '많은 사람이' 나처럼 연결을 기다리고 있다는 것이다.

연결된 삶에 대한 욕망, 연결된 삶에 대한 두려움, 연결된 삶으로부터 얻는 희망을 직접적으로 느낄 수밖에 없는 일이 지구촌 곳곳에서 벌어지고 있다. 후쿠시마의 원전 폭발은 지구가 거대한 랩으로 포장된 하나의 접시에 불과하다는 걸 알려주었다. 우리는 이 연결된 공기 속에서 무엇을 믿고 무엇과 연대할 것인가. 자연과 단절되지 않도록 노력하고 사람과 연대하면서 과거와 미래를 연결하기 위해서 노력하는 것이 지금 우리가 할 일이라는 점을 이 작품들은 분명하게 일러주고 있다.

나는 새다

1. 그들의 비명

상상해보자. 나는 새다. 고층 빌딩이 즐비한 대도시에 살고 있다. 내 목숨을 가장 자주 위협하는 것은 무엇일까. 호주 IT 전문 잡지 『기즈맥』에 실린 기사에 따르면 나는 특히 '유리창'을 경계해야 한다. 해마다 1억 마리 이상의 새가 하늘을 날다가 유리창에 부딪혀 죽기 때문이다. 새들의 횡사를 막기 위해서 독일의 한 유리 회사는 특수한 유리창을 개발하였다. 이 유리창에는 사람의 눈에는 보이지 않는 자외선 흡수 격자무늬가 코팅되어 있다. 사람과 달리 새에게는 이 '자외선'이 보인다. 막스플랑크 조류 연구소에 따르면 이 유리를 사용할 경우 새의 충돌을 75퍼센트까지 줄일 수 있다고 한다.

꼭 첨단 소재를 쓰지 않더라도 방법은 있다. 독일 사람들은 집에 커다란 유리창을 달 때 새의 윤곽을 빼닮은 검은 스티커를 붙인다. 다른 새가 이미 앉아 있다고 생각한 새들은 이 스티커만 보고도 어느 정도 비행 속도를 줄인다. 간단한 배려지만 여러 생명을 살릴 수 있다. 사람인 우리가 다른 동물의 처지를 생각한다는 것은 어떤 의미일까. 아무리 헤아린들 얼마나 알 수 있을까. 다만 같은 '살아 있는 것'으로서 상대에 대한 기본적인 예의를 갖출 수는 있다. 그러자면 일단 낮고 존엄한 비명에 귀를 기울이는 것부터 시작해야 할 것이다.

한윤섭의 『해리엇』(문학동네, 2011)의 배경은 어느 다른 나라의 동물원이다. 픽션이지만 다윈이 갈라파고스에서 데려왔다는 실존 거북이 '해리엇'이 등장한다. 그 거북이가 오스트레일리아의 동물원에서 살았다는 기록이 있으니 이 작품의 배경도 그 어디쯤일까 짐작해볼 수 있겠지만, 작가는 '동물원'이라고만 할 뿐 구체적 장소를 언급하지 않았다. 장주식의 『바랑골 왕코와 백석이』(상수리, 2011)는 남한강 자락의 한 농촌 마을의 축사를 둘러싸고 벌어지는 이야기다. 저자가 실제 살고 있는 여주의 농가를 떠올릴 수도 있겠지만, 이 또한 명시되어 있지는 않다. 구제역의 이름으로 송아지들이 살처분되었던 곳이라면 어디에 있는 독자든 자신들의 이야기로 읽을 것이다. 두 작품은 모두 동물과 인간의 관계에 관한 '보편적인 고민'에서 출발한다.

'동물원'과 '축사'는 인간의 필요에 의해 동물을 가두어 키우는 곳이다. 이곳에서는 탄생만큼이나 죽음이 일상이다. 동물원은 얼핏 낭만적인 공간처럼 보이지만 냉정히 생각하면 인간이 쾌락을 위해서 어떤 짓까지 저지를 수 있는가를 증명하는 장소다. 동물들은 각각 떨어져 사람이 정해준 영역에서 살고 있다. 동물원의 거북이 '해리엇'이 말하듯 그 안에서 아무리 영역 다툼을 해봤자 사람이 가둬둔 우리라는 사실은 변하지 않는다. 그걸 알기에 맹수는 자신의 본능을 억누르고 철창 안에

쭈그려 앉아 기이한 식사를 받아들인다. 아침마다 냉동고에서 꺼낸 '아이스 쥐'가 독수리의 소화기관으로 들어가고 비단뱀은 죽은 채 던져진 토끼의 귀와 머리를 삼킨다. 이 살아 있는 시간은 100분의 1초도 걸리지 않는다. 그리고 시체나 다름없이 영업시간을 견뎌야 한다. 사람들은 솜사탕이며 풍선을 들고 서서 그들의 가두어진 삶을 즐긴다.

환경은 다르지만 '축사에 있는 소'를 대접하는 일도 인위적이기는 마찬가지다. 『바랑골 왕코와 백석이』의 만석은 오래 산 짐승은 함부로 하는 게 아니라는 부친에 맞서, 소 한 마리를 일소로 키울 때와 지금의 축산은 다르다면서 소를 식구처럼 대했던 것은 먼 옛날의 일이라고 주장한다. 비좁은 우리에서 수십 마리씩 부대끼며 살을 비비던 소는 내다팔릴 날이 정해지면 대뜸 실려나가야 하는 것이 현실이다.

비슷한 여건의 공간을 배경으로 한 두 작품은 전혀 다른 방식으로 이야기를 풀어나간다. 좀더 바짝 두 작품을 견주어보기로 하자.

2. 동물들의 밤과 사람들의 낮

두 작품의 가장 큰 차이점은 시간이다. 『해리엇』은 동물원이 완전히 문을 닫은 '밤'에 중요한 사건이 진행되는 반면, 『바랑골 왕코와 백석이』는 축사와 마을의 긴박한 상황을 관찰할 수 있는 '낮'시간의 이야기를 주로 다룬다. 얼마 되지 않는 밤조차 사람들이 펼치는 음모의 시간이다.

『해리엇』은 '낮'이 사람들의 시간이라면 '밤'은 동물들의 시간이라는 것을 보여준다. 아무리 사람이 동물을 가두었다고 해도 '밤의 자유'까지 막아설 수는 없다. 『해리엇』은 주인공인 꼬마 원숭이 찰리가 밤의 자유를 틈타 동물원의 동물들에게 '자신이 누구인가'를 자각할 수 있는 계기를 제공하고 동물들 사이의 사회적 연대를 이루어내는 이야기이다. 그 첫발을 내딛도록 도와준 것은 거북이 해리엇이다.

좁은 시야에 갇혀 동물 사이의 거시적인 연대를 이룰 수 없도록 방해하는 개코원숭이 스미스는 이야기 초반부에 찰리와 적대적인 관계로 치열한 갈등을 빚는다. 하지만 그는 마침내 찰리의 스스럼없는 동반자가 된다. 사육사가 퇴근하고 동물원 유리 천장에 달빛이 쏟아지면 갇혀 지내는 동물들은 잠시나마 자유에 대한 갈망으로 꿈틀댄다. 이것은 종종 같은 처지의 상대방에 대한 폭력으로 나타나기도 한다.

"생각해보세요. 사육사가 불을 끄고 나가면 이 실내 우리가 자유로운 세상이 되는 거라고요."
"누구를 위해서? 너희 개코원숭이들을 위해서?"
"모두를 위해서예요."
"네가 다른 동물들을 지배하려는 걸 난 안다."(『해리엇』, 74쪽)

그러나 우리 안에서 누릴 수 있는 자유란 제한적이다. 진짜 자유는 우리 바깥에 있다. 그리고 그 자유를 얻으려면 시간의 벽이 아니라 공간의 벽을 넘어야 한다. 찰리는 그 벽을 넘을 수 있는 '열쇠'를 가지고 있다. 찰리가 가진 열쇠는 간절하면서도 두려운 것이다. 하지만 찰리와 동물들은 그 모순을 무너뜨리고 더 넓은 세상으로 나간다.

『바랑골 왕코와 백석이』의 낮은 온전히 사람들의 시간이며 밤조차 사람들이 음모를 꾸미는 시간이다. 동물원의 동물들이 조금이나마 야생의 삶과 유사한 '자연 수명'의 특혜를 누리고 있다면 축사의 동물들에게는 '기대 수명'이라는 것이 없다. 동물원에서 해리엇과 찰리 등이 보장받았던 '밤의 자유'는 가축인 왕코와 백석이에게는 허용되지 않는다. 양계장의 닭은 밤에도 전등 불빛 아래서 알을 낳아야 하고 소들을 살처분하겠다는 결정은 '깊은 밤'에 걸려온 전화 한 통으로 알려진다.

"좀 조용히 혀. 오밤중에 정신 사납게."라고 제일 큰 어르신인 할아버지가 물리쳐보았자 가족 같은 소 왕코와 백석이의 생명 연장은 허락되지 않는다. 경제 원리에 따라 사육된 동물은 죽음 앞에서도 '빠른 일 처리'의 대상이 된다. "우리 소는 병에 걸리지 않았어요."라는 샘골댁의 절규는 '절차와 규정' 앞에서 무력해진다.

구제역이라는 폭풍을 만나 별안간 생명을 빼앗기게 된 왕코와 백석이의 고삐를 풀어 농막으로 보내주는 것은 어린 천석이와 형기의 손이다. 어른들이 모두 회의에 매달린 시간을 틈타 아이들은 일을 저지른다. 왕코와 백석이는 '경제의 기본 원리'보다 '우리 소'가 더 급한 아이들을 따라 안전한 농막으로 가고 그들이 사라진 것을 미처 알아차리지 못한 어른들은 별이 빼곡하게 뜨는 밤늦은 시간까지 '빠르고 편안한' 살처분에 매달린다. 비명의 밤은 그렇게 애꿎은 동물들의 목숨을 앗아간다.

3. 끌고 오는 사람, 보내주는 사람

'갈라파고스'라는 말은 스페인어로 '거북이'라는 뜻이다. 그곳을 탐험했던 비글호의 다윈은 거북이 해리엇과 다른 동물들을 데리고 귀국길에 오른다. 『해리엇』에는 끌고 오는 사람의 이야기가 그다지 자세하게 묘사되지 않았다. 다윈을 비롯한 사람들은 그림자처럼 이야기 속에서 스쳐지나가고, 이야기를 만들고 엮어가는 것은 동물들이다. 거북이 해리엇이 죽음의 순간까지도 위험을 무릅쓰고 갈라파고스의 동료들에게 알리고 싶어하는 것은 "사람들은 우리와 같은 동물이 아니다."라는 사실이다. 『해리엇』이 보여주는 인간 대 동물의 구도는 '동물의 주체적 시각'을 강조하는 서사 속에서 날카롭게 갈라선다.

"사람들이 만들어놓은 상자는 거북의 힘으로는 빠져나올 수 없"다는 해리엇의 말이나 마지막에서 스미스가 동물원으로 되돌아가기를 선택하는 것을 보면 작가는 일단 일어섰던 동물들을 주저앉히는 것처럼 보인다. 하지만 이 이야기의 매력은 결코 거기에서 동물들의 '혁명'이 끝나지 않는다는 데 있다. 그들이 '갈라파고스'를 잊지 않는 한 그들은 떠날 곳이 있고 억지로 끌고 왔던 사람으로부터 도망칠 자유가 있다. 찰리와 스미스와 일군의 동물들은 다시 우리 안으로 되돌아왔지만, 그들은 여전히 '열쇠'를 가지고 있다. 우리를 떠날 것을 선택할 수 있는 것이다. 결국 힘을 모아 해리엇을 바다로 떠나보낸 간밤의 사건을 통해 그들은 '새로운 날'을 맞았다.

작가는 그들이 영원히 동물원 안에서 살았다고 기록하지 않았다. 해리엇은 죽음을 앞두고서야 비로소 바다로 떠났지만 찰리와 스미스와 친구들은 언제 어떻게 자신의 길을 찾아 떠날지 아무도 모른다. 우리에서 벗어나는 삶을 택할 것인지 벗어나지 않는 삶을 택할 것인지를 결정할 수 있다는 것은 대단한 일이다. 이제 그들은 대단한 동물이 되었고 사람은 무기력한 파수꾼이 되었다. 독자는 '동물'을 통해서 여러 현실에 얽매인 자신을 본다. 자신도 엉터리 파수꾼을 무력하게 만들고 '열쇠'를 가질 수 있다는 희망을 얻는다.

『바랑골 왕코와 백석이』의 경우는 어떠한가. 이 작품은 철저하게 천석이와 형기 또는 수의사 주은애, 샘골댁 등 동물을 식구처럼 아끼는 사람의 시각으로 그려진다. 살기가 뚝뚝 떨어지는 살처분 현장 묘사는 '우리가 이만큼 너희를 아끼고 있다'는 작가의 역설적인 고백으로 느껴질 만큼 섬뜩하다. 독자는 이 작품을 읽으면서 천석이나 주은애 같은 인물에게 자신의 감정을 건네줄 것이다. 그렇다고 하여 왕코나 백석이의 입장이 드러나지 않는다는 말은 결코 아니다. 여기서는 천석이의 마음이 곧 왕코의 마음이고, 할아버지의 마음이 곧 백석이의 마음이다. 사람들에게 이용당하면서 외로웠노라 말하는 해리엇과 비교할 때 이 작품 속 말 없는 왕코와 백석이는 적어도 외롭지 않아 보인다.

동물들이 펼친 한밤의 연대가 늙은 거북이 한 마리를 바다로 보내는 개가를 이루었고 그 장면에서 독자는 짜릿한 해방감을 느낀다. 그러나 왕코와 백석이는 사랑하는 천석이의 손에 고삐를 맡긴 채 자신들의 네 발로 걸어서 농막으로 간다. 누가 누구를 벗어나 탈출하는 구조가 아닌 것이다. 말 없는 왕코와 백석이의 마음은 묻지 않고 듣지 않아도 독자에게 전해진다. 소와 소의 주인이, 왕코와 천석이가, 너와 내가 하나라는 생각이 바탕에 깔려 있다. 왕코의 죽음은 곧 나의 죽음이다. 비록 언젠가 목숨을 가져올지언정 우리는 황소와 돼지와 암탉과 누렁이와 그렇게 한 몸처럼 살아왔다.

이것은 서양의 동물-인간 관계와 좀 다른 것이다. 일소를 키우지 못하고 '축사의 소'를 키우면서 '한 몸뚱어리'처럼 부둥켜안고 살아갈 수 없는 현실이 닥친 이상 죽음은 왕코와 백석이만의 것이 아니다. 왕코가 죽고 백석이가 죽으면 우리도 죽는다. 소와 인간의 전통적인 관계를 바꾸어놓은 기업형 축산은 구제역 광풍을 몰고 오면서 우리가 어떤 죽음의 노름을 벌이고 있는지 똑똑히 보여준 바 있다.

작품 말미에서 할아버지는 왕코와 백석이에게 이렇게 말한다. "이왕 풀렸으면 멀리 가지……." 왕코와 백석이도 구제역 살처분을 피해갈 수는 없었다. 그러나 이들이 농막으로 떠나 잠시나마 누렸던 평온한 시간은 우리가 이 모든 '처분'을 잠시 늦추고 되돌려 '한 몸뚱어리'였던 삶을 되찾아볼 수는 없는가 물어보는 시간이다. 비극적인 결말임에도 독자가 희망을 품고 책을 덮게 되는 것은 '농막에서 보낸 며칠'이 꿈이 아니었다는 사실 덕분이다. 그 며칠을 마련한 것이 어린 천석이와 형기였다는 사실 덕분이다. 독자는 이번에는 어쩔 수 없었지만 다음 언젠가 우리는 또다시 '보내주는 사람'이 될 수도 있겠다는 가능성을 본다.

4. 위험한 동물, 병든 사람

꼬마 원숭이 찰리는 "사람들은 위험하다고 들었어요."라고 말한다. 샘골댁은 "우리 소는 병에 걸리지 않았소."라고 말하며 수의사들을 가로막는다. 오늘날 인간은 분명히 위험한 일을 저지르고 있다. 그 때문에 얼마나 많은 동물이 병들어가고 있는지 모른다.

천석이 할아버지는 한 집 건너 한 마리씩 소를 키우던 옛날, 일하는 소들이 얼마나 건강했는지 말한다. "열하루만인가. 병을 툭 털고 일어났지. 다시 논도 갈고 밭도 갈고 튼튼하게 살았어."

그러나 지금은 그렇지 않다. 축사에는 소가 우글우글하다. 이토록 많은 소가 필요한 이유가 무엇인가. 그 많은 소가 '많기 때문에' 더 아프고 '많기 때문에' 다른 생명을 아프게 만든다. 왜 인간은 이러한 위험한 질주를 계속하고 있는가.

이대로 밀고 나가는 한 어느 순간 모든 게 역전될 것이 분명해 보인다. 인간과 동물이 자리를 바꾸게 될 것이라는 말이다. 이미 우리는 그럴 조짐을 충분히 목격했다. 우리 아이는 병에 걸리지 않았다는 절규는 머지않아 사람의 것이 될지도 모른다.

그전에 우리는 무엇을 물어야 하고 무엇을 행해야 할까. 수의사 주은애는 간단한 답을 들려준다.

"겨우 돈 때문에 그럴 수 있나요?"

『해리엇』의 핀치도 이렇게 물어본다.

"네가 그 새장 안에서 얼마나 살 것 같아?"

그러게 말이다. 나는 새다. 우리는 새다.

자유,
살게 하는 힘

1. 무엇이든 말해보세요

이태준 선생은 우리말을 자연스럽고 자유롭게 구사한 대표적인 작가로 꼽힌다. 말은 삶과 떨어질 수 없으므로 삶이 변하는데 말이 변하지 않을 수는 없다고 보았다. "언어는 고요한 자리에 놓고 위하기만 하는 미술품이 아니"며 "철두철미 생활용품"이라는 것이 그의 생각이었다. 그의 문장론이 담긴 『문장강화』(창비, 2005 개정)의 한 대목을 보자.

새말을 만들고 새말을 쓰는 것은 유행이 아니라 유행 이상 엄숙하게, 생활에 필요하니까 나타나는 사실임을 이해해야 할 것이다. 커피를 먹는 생활이 먼저 생기고, 파마식으로 머리를 지지는 생활이 먼저 생기니까 거기에 적응한 말인 '커피' '파마'가 생기는 것이다. (『문장강화』, 36쪽)

동화를 쓰는 작가가 겪는 가장 큰 고민은 '어떤 말을 쓸 것인가?'다. 동화의 독자인 어린이는 가장 자연스러운 말을 구사하는 사람들이다. 격식이나 지식의 권위 같은 겉치레에 매달리지 않기 때문이다. 어린이는 가장 자유분방한 문장을 쓰는 사람이기도 하다. 머릿속에 떠올린 것은 모두 말이 되어 튀어나온다. 신기하거나 놀라운 것이 있으면 바로 말이 된다. 말의 규칙을 바꾸어놓기도 한다. 그 예로 한 개그 프로그램에서 시작된 "반갑습니다람쥐!" 같은 말놀이는 어린이의 자유로운 입을 통해서 빠르게 번져나갔다.

세태를 선명하게 반영하는 것도 어린이들의 말투다. 언제부터인가 '허걱' '헐' 등의 추임새만으로 얼버무려 대화하는 어린이가 늘고 있다. 이런 경향에서는 어떤 일에 대해 주관을 가지고 비판하거나 평가하지 않는 방관자적 태도를 읽을 수 있다. 요즘은 납득하기 어려운 일이 거듭되어도 그에 대한 뚜렷한 의견을 표명하기가 쉽지 않다. 자칫 집단적 공격의 표적이 될 수도 있고 무엇보다 사회 전반적으로 표현의 자유가 위축된 상태이기 때문이다. 어린이들 사이에 '와!' '우와!' 같은 긍정적 추임새보다 '헐'과 같은 부정적 추임새가 많아진 것에도 주목할 만하다. 반가운 일보다 답답한 일이 많은 것은 어린이들에게도 마찬가지인 것이다.

우리 동화에서 인물의 목소리가 점점 잦아들고 우물거림이 많아진다거나 인물의 동선이 좁은 영역에서 움을 파는 소극적 구성이 많아지는 것은 아이들의 처지는 물론 글을 쓰는 어른들의 우울함과도 관련이 있을 것이다. 긴말을 덧붙일 여력이 없는 팍팍한 경쟁의 나날, 어딜 가도 비슷해 보이는 사정이 이야기의 맥을 약화하고 있다. 기운이 펄떡펄떡 뛰던 신나는 옛이야기는 다 어디로 갔을까? 배꼽 잡게 만드는 건강한 웃음의 말이 왜 잘 들리지 않을까? 지금보다 엄혹했던 시절에도 이렇지는 않았던 것 같다. 1970년대 조흔파의 유머는 어린이의 웃음보와 더불어 배짱을 키워주었다. 일제강점기 현덕의 이야기는 어떤가. 어른들이 숨기고 떨어뜨린 말을 야무지게 주워 담는 똑똑한 어린이들이 이야기를 쥐고 흔들지 않았던가.

신나는 목소리가 쨍강쨍강 울리는 작품을 찾아보았다. 김기정의 '명탐정 두덕씨' 시리즈(총 3권, 미세기, 2012)를 먼저 보았다. 이 작품은 추리물이기 때문에 이야기 전개에서 감추는 부분이 있다. 하지만 인물들만큼은 참 솔직하다. 한 박자 늦지만 호기심을 참지 못하고 할말은 꼭 한다. 그런 자유로움이 이야기에 흥을 돋우고 맥을 살린다. 김경민의 『거미소년 우기부기』(웅진주니어, 2012)와 김소민의 『캡슐 마녀의 수리수리 약국』(비룡소, 2012)에서도 거침없는 자유로움을 읽을 수 있었다. 이 두 작품에는 일단 이야기의 전개를 타고 자기만의 방식으로 달려가는 분방한 주인공이 등장한다. 너스레도 만만치 않다. 넉살은 용기가 있어야 가능한 것이다. 이들의 이야기에서 들리는 어린이들의 목소리는 기가 살아 있다. 무엇이든 불쑥 말해버리는 천연덕스러움이 있다. 그 너스레들이 이야기를 어떻게 이끌고 가는지 작품별로 살펴보자.

2. 인물의 자유, 이야기의 자유

첫번째로 살펴볼 '명탐정 두덕씨' 시리즈(『멍청한 두덕씨와 왕도둑』『탐정 두덕씨와 보물창고』『명탐정 두덕씨와 탈옥수』)는 따로따로 읽을 수 있지만 하나의 이야기로도 연결된다. 이 작품에 등장하는 인물은 저마다

'자기 자신에 대한 사랑'에 빠져 있다. 외톨이에 말더듬이인 주인공 두덕씨는 마을 사람들이 멍청이라고 놀리는데도 탐정의 길에 뛰어든다. '잘되리란 보장은 없지만 포기하는 것보다 백번 낫다'는 게 그의 각오다. 스스로 굉장히 똑똑하다고 생각하는 도둑괭이는 '좀생이 도둑'이라는 말이 듣기 싫었다. 그래서 '왕도둑'이 될 만한 거창한 범죄를 모의한다. 젊었을 때는 보물 사냥꾼이 되어볼까 했던 오소리 영감, 겁쟁이지만 누구에게도 기죽지 않는 들쥐 지지, 두덕씨를 칭찬하면서도 자기가 더 낫다고 생각하는 족제비 경찰서장까지 다들 '어쩜 나는 이렇게 근사할까?'라고 생각한다.

자기를 사랑하는 마음은 행동에 날개를 달아준다. 자유의 바탕이 되는 것이다. '나는 하고 싶은 것을 벌써 하고 있고, 또 지금도 내가 참 재미있다'는 마음이야말로 앞으로 더 재미있는 일에 뛰어들게 만드는 원동력이다. 남들은 대수롭지 않게 여기는 통조림 한 통을 도둑맞았을 뿐이지만 두덕씨에게는 그것이 '가장 아끼는 것'이기 때문에 두덕씨는 탐정이 될 용기를 낸다. 마을 아이들이 놀리기 위해 만든 '두덕두덕 멍청이'라는 노래의 가사를 바꾸어 자신을 위한 콧노래를 부른다.

♬ 멍청한 두더지, 탐정이 된다네. 정말 할 수 있을까, 믿거나 말거나 두고 보면 알겠지. 라라 라라라 라랄라랄라라. ♬ (『탐정 두덕씨와 보물창고』, 25쪽)

자기가 좋아하는 일에 뛰어들어 문제를 해결하는 경험을 쌓으면서 두덕씨는 비로소 누구에게도 주눅이 들지 않게 된다. '자유와 자존감'이 얼마나 긴밀하게 연결되어 있는지 알 수 있다. 두덕씨가 던지는 몇 마디, "난 내 걸 찾을 권리가 있쥬!"라든가 "워때요, 내 말이 맞쥬?"와 같은 말에는 중요한 함의가 있다. 이 말들은 주위 사람들보다 몇 발짝 느리다는 이유로 움츠러들었던 아이들에게 든든한 응원가가 된다.

두번째 작품 『캡슐 마녀의 수리수리 약국』은 변신 모티프를 가진 이야기다. 변신은 자유의 수단이다. 현실 공간에서 자유롭지 못한 아이들에게 '변신'은 해방을 향한 유일한 통로가 된다. 나비라거나 호랑이라거나 뭔가 지금 나를 가두는 것으로부터 탈출할 수 있도록 근사하게 변신하면 제일 좋을 것이다. 하지만 가장 실현 가능해 보이는 변신은 '성장'이다. 어린이는 '어른이 되는 것'을 통해서 해방을 꿈꾼다. 문제는 하루아침에 성장을 이룰 수 없다는 것이다. 기다리는 자에게 하루가 얼마나 긴가를 생각해보면 어른이 된다는 건 아득한 꿈으로 여겨질 것임이 틀림없다.

이 동화에는 두 가지 변신 이야기가 나온다. 하나는 주인공이 원한 변신이고 다른 하나는 주인공이 원하지 않은 것이다. 여동생 묘묘보다 팔뚝도 가늘고 기운도 약한 동동이는 어떻게 해서라도 태권도 대련에서 묘묘를 이기고 싶다. 체격도 체격이지만 지금 동동이의 배짱으로는 어림없는 일이다. 이런 동동이에게 마녀의 멋진 제안이 들어온다. 영혼을 바꿀 수 있는 캡슐이 있다는 것이다.

> "얼마 전에 고양이와 쥐에게 이 약을 먹였거든. 그랬더니 그다음부터 고양이는 쥐만 보면 오줌을 지리면서 도망다닌다니까. 쥐는 날카로운 앞니로 고양이를 물어버리려 하고 말이야."
> "그 약, 저 주세요!"(『캡슐 마녀의 수리수리 약국』, 17쪽)

마녀는 이 캡슐을 주는 대신 게임 아이디와 비밀번호를 달라고 요구한다. 게임을 무척 해보고 싶은데 주민등록번호가 없어서 할 수가 없었다는 것이다. 동동이는 흔쾌히 이 거래를 받아들인다. 그런데 동동이가 준비한 변신 캡슐을 동생 묘묘가 아닌 아버지가 먹어버린다. 아빠와 영혼을 교환한 아들에게는 어떤 일이 일어났을까. 동동이는 성장의 꿈을 단시간에 이룬 셈이 되었지만 이것은 썩 달가운 일만은 아니었다.

'헉!'

오줌을 누려고 바지를 내리다가 깜짝 놀랐습니다.

작고 귀여운 내 고추는 어디로 간 것일까요. 아빠 것은 좀 이상합니다. 커다란 고추 주위에는 털도 숭숭 나 있습니다. 눈을 옆으로 돌리고 일단 오줌을 누었습니다.

'어른이 되면 털이 이렇게 많아지는 건가?'

(…)

'키도 크고 힘이 세지는 건 좋은데, 이렇게 털이 많으면 불편하지 않을까?'

(같은 책, 41~42쪽)

변신 모티프를 다룬 동화는 많았다. 갑자기 성별이 바뀌거나 어른이 되는 것은 영화에서도 익숙하게 보아온 장면이다. 하지만 이 작품의 생명력은 거침없이 자신의 변신 소감을 말하는 동동이로부터 나온다. 아빠 대신 민숙자씨와 데이트를 하러 나온 동동이는 어서 좋은 새엄마를 맞이하고 싶은 마음에 요즘 말로 '오버'를 한다. 하지만 동동이의 실수는 어른 흉내가 아니고 온전히 동동이다운 행동이어서 더욱 매력적이다. 아빠 모습을 한 동동이는 데이트 상대가 매운 음식을 좋아한다는 말에 떡볶이를 먹으러 가고, 떡볶이 국물이 상대방 원피스에 튀자 "민

숙자씨. 얼른 닦으세요. 찌찌 있는 부분에 국물이 튀었어요."라고 말해
준다. 이 작품을 읽으면서 터져나오는 폭소는 대부분 동동이의 솔직하
고 자유로운 태도에서 기인한 것이다. 택시를 타고 만 원어치 드라이브
를 주문하는 동동이의 당당함을 보면서 독자는 신이 난다. 엉망이 된
데이트를 수습하는 과정에서 동동이가 민숙자씨에게 보낸 편지의 문장
도 그렇다.

> 아름다운 당신의 원피스에 떡볶이 국물이 튀어 제 가슴이 찢어지는 것 같
> 았습니다. 우리 아버님께서 사랑은 걱정하는 마음이라고 하셨습니다. 평생
> 당신을 걱정하며 살고 싶습니다. (같은 책, 70쪽)

아무리 흉내를 내도 숨길 수 없는 본연의 모습이야말로 우리를 웃거
나 울게 한다. 이 작품은 웃음의 코드를 건드리는 이야기다. 변신 이야
기의 매력은 '변신으로 얻은 자유'와 '변신해도 변신할 수 없는 주체의
모습' 사이의 갈등을 통해 만들어지는데, 동동이의 변신 대처법은 정확
히 그 사이를 달리고 있다. 우리도 한번 어른들처럼 마음껏 해보자는
욕망을 자극하면서도 '어이쿠, 나 어떡해.'라는 당황스러움을 감추지 않
는다. 이 작품의 말미에서는 동동이가 또다른 변신에 말려들 것을 암시
하고 있는데 '명탐정 두덕씨'처럼 다른 시리즈가 등장할지 지켜볼 일이
다. 동동이가 변신을 하든 말든 이미 독자의 마음은 수리수리 약국을
찾고 있을 것이 틀림없지만 말이다.

세번째 작품 『거미소년 우기부기』는 만화와 동화의 결합을 통해서 말
하기의 자유, 이야기의 자유에 도전한 작품이다. 엄마의 열애와 함께 갑
자기 새아빠와 새 동생을 맞이하게 된 진욱이는 눈치보지 않고 당당한

두 사람의 행동에 질려버린다. 아들이라는 말을 서슴없이 내뱉는 새아빠 조동필씨나 대수롭지 않게 내 방에 걸레질을 해대는 새 동생 조민기를 어떻게든 이 집에서 내쫓고 싶다. 하지만 그걸 차마 자신의 입으로 말할 수가 없다. 그때 진욱이의 마음이 엉뚱한 곳에서 소리가 되어 들려온다.

마치 쌀과자 씹는 소리 같았다.
이게 무슨 소리지?
가만히 귀를 기울여보았다. 아무 소리도 들리지 않았다.
그래, 별거 아닐 거야. 내가 너무 예민해져서 그래.
나는 숨을 쉬어보았다. 그때 또 이상한 소리가 들렸다. (『거미소년 우기부기』, 16쪽)

진욱이의 귓속에 거미가 들어와 말을 하기 시작한 것이다. 거미는 진욱이처럼 조민기에게 원한을 품고 있었다. 조민기가 함부로 방 청소를 하는 바람에 거미는 엄마를 잃어버렸다. 진욱이와 거미는 '우기부기' 커플이 되어 함께 조민기를 내치는 일에 힘을 모으기로 한다. 이 작품의 흥미로운 부분은 바로 이 두 개의 목소리에 있다. 진욱이가 조민기에게 하고 싶은 말을 거미가 대신해준다. 진욱이와 거미의 대화는 진욱이와 진욱이의 대화이기도 하다. 그런데 더욱 재미있는 것은 이 거미가 조민기와도 연결 고리를 가지고 있다는 것이다. 조민기는 '엄마를 잃은 아이'다. 엄마가 없다는 외로움을 견디면서 오랫동안 지내오다가 진욱이 엄마를 새엄마로 맞이하면서 비로소 행복해지기 시작한 아이다. 거미가 진욱이의 귀에 대고 간절하게 호소하는 '엄마를 찾고 싶다'는 말은 사실

조민기의 말이기도 하다. 그래서 진욱이와 거미의 대화는 진욱이와 조민기의 대화이기도 하다. 거미는 진욱이의 마음속 응어리를 풀어주는 대화 상대이면서 조민기의 마음을 알려주는 전달자이기도 한 것이다.

작가는 여기에 하나의 장치를 더 보탠다. 진욱이의 적나라한 속마음이 담긴 말은 거미와 진욱이의 대화보다 진욱이가 그린 만화에서 더 잘 들을 수 있다. 책 속의 책이기도 한 '진욱이의 만화책'은 '진욱이의 겉말 < 거미에게 털어놓는 진욱이의 속말 < 만화에 쓰인 우기부기의 더 깊은 말'이라는 삼중 구조를 완성한다. "조민기는 악당이다! 피부는 시커멓고 얼굴에 칼자국도 있다!"라는 만화 속 문장은 조민기를 향한 진욱이의 질투가 담긴 생생한 그림과 함께 중간중간 등장해서 본문과 통쾌한 협주를 벌인다. '검은 람보(조민기)가 사라지는 날이 이 땅에 평화가 오는 날이다.'라는 우기부기 만화책의 이야기는 진욱이가 차마 말하지 못하는 가장 깊은 곳의 말이다.

이러한 장치는 독자에게 더욱 정직하게 자신의 내면과 마주할 기회를 제공한다. 마음속 깊은 곳에는 분노만 잠들어 있는 것이 아니다. 입에 담을 수 없는 분노와 더불어 자신의 부끄러운 욕망, 나 자신도 이해할 수 없는 모순된 사랑까지 여러 결의 감정이 파묻혀 있다. 작가는 그것을 '진욱이의 만화책'을 통해서 독자가 대신 읽어보도록 했다. 만화책 속 우기부기(진욱)는 '엄마를 구하고 싶다'는 마음 하나로 정의의 용사가 되어 검은 람보(조민기)를 물리친다. 우기부기가 해독제를 구해서 엄마를 정상으로 되돌리는 장면은 이 모든 과정을 견디기 힘들며, 되돌리고만 싶은 진욱이의 마음을 나타낸 것이다. 아무리 좋은 새아빠, 친절하고 똑똑한 새 동생이라고 해도 진욱이에게는 힘겨운 것이 당연하다. 하지만 누구도 그런 진욱이의 솔직한 심정을 받아들여주려고 하지 않는다. 좋은 새 식구가 생겨서 얼마나 다행이냐고, 네가 이해하라고 말할 따름이다.

만화책 속 우기부기는 거미줄을 뽑아서 검은 람보를 잡는 데 성공한다. 엄마가 검은 람보에게 맛있는 음식을 해주면서 그가 불쌍하다고 말하는 장면은 화해를 암시하는 마무리다. 진욱이가 그동안 겪었던 마음의 괴로움을 이겨내고 새 가족을 받아들일 준비를 하고 있음을 보여준다. '알고 보니 검은 람보는 엄마의 사랑이 그리웠던 거다. 엄마가 검은 람보를 토닥토닥 안고 달래준다. 검은 람보가 어린아이처럼 엉엉 운다.'라는 맨 마지막 장면은 진욱이가 마음으로나마 조민기에게 한 발 성큼 다가가는 모습을 상징한다.

3. 작가의 자유로움

만약 『거미소년 우기부기』에서 거미가 없어서, 만화책이 없어서 진욱이가 자유롭게 자신의 마음을 말하지 못했다면 어땠을까. 아니면 동화의 본문 안에서 '알고 보니 조민기는 엄마의 사랑이 그리웠던 거다.' 같은 문장을 고스란히 말하도록 했더라면 어땠을까. 말을 하지 못하는 진욱이는 이야기를 만들지 못하는 진욱이이며 자유롭지 못한 진욱이다. 자유롭지 못한 진욱이가 새 가족 받아들이기라는 어려운 일을 해내기란 정말 힘들었을 것이다. 본문 안에서 진욱이의 속마음을 다 말해버리는 구조란 독자 입장에서 짜맞춘 결말이면서 답답한 이야기이고 자유롭지 않은 동화다. 따라서 진욱이의 마음에 공감하면서 흔쾌히 책을 덮기란 정말 힘들었을 것이다.

앞의 세 작품을 통해서 작가가 이야기의 자유로움을 추구한다는 것이 얼마나 큰 힘이 되는가를 다시 한번 생각해보게 된다. 작가가 표현하는 자유는 낱말의 자유에서 문장의 자유로, 주제의 자유와 형식의 자유로 나아간다. 그 이야기를 읽는 독자는 자신을 더욱 사랑하고 더욱 자유로워지고 싶다는 의지를 갖게 된다.

그런 점에서 거미 북이가 조민기한테 간 것처럼 표현한 『거미소년 우기부기』의 결말은 의미심장하다. "북이야? 너 조민기한테 간 거야? 푸하하하, 복수라도 하고 싶었냐? 그러지 마라, 북이야."라고 말하면서 호탕하게 웃는 진욱이의 모습에서 우리는 자유로움이 얼마나 큰 변화와 용기를 가져다주는지 알 수 있다. 내가 나 스스로 자유를 얻고 문제를 극복하고 나면 누군가에게 의지하지 않고도 어려움을 헤쳐나갈 수 있다. 그것이 우리가 자유로운 동화를 끊임없이 읽고 싶어하고 그런 작품을 손꼽아 기다리는 이유다.

귀신 이야기의
다양한 진화

1. 대관령에서 귀신을 보았다

요즘처럼 어린이를 위한 책이 충분하지 않던 시절, 이야기가 고픈 어린이들은 말맛을 아는 어른을 붙잡고 뭔가 근사한 걸 얘기해달라고 조르곤 했다. 뭐니뭐니해도 가장 인기가 좋은 것은 으스스한 '귀신 이야기'였다. 상상만 해도 기분 나쁜 달걀귀신부터, 무용실 귀신을 비롯한 온갖 학교 귀신, 이웃나라에서 온 강시, 흡혈귀까지 이야깃감은 수도 없이 많았다. 언제 어디서 어떤 자세로 듣느냐에 따라 무시무시한 이야기가 도통 안 무서운 이야기가 되기도 하므로 날깃날깃 해진 담요라든지 거미줄이 무성한 다락방과 같은 몇몇 속 보이는 연출도 필요한 터였다. 하지만 가장 결정적인 것은 이 한마디이다. "이거 진짜로 있었던 일인데 너한테만 얘기해주는 거야. 어디 가서 말하지 마."

귀신 이야기는 대표적인 환상 이야기다. 듣는 사람도 그걸 뻔히 알면서 듣는다. 그런데 그 환상이 사실일 가능성이 있다니 이처럼 흥분되는 일이 어디에 있겠는가. 흥분을 부추기는 또하나의 열쇠는 '너한테만'이라는 말이다. 다른 사람은 모르는 으슥한 비밀의 공간에 접근할 수 있는 권한을 얻었다는 것만으로도 등골이 오그라든다. 공포는 고립감과 관계가 깊다. 어릴 때 듣고 지금도 가장 무서운 이야기로 꼽는 것은 '출장길에 대관령에서 직접 귀신을 보았다'고 고백한 사촌 오빠의 이야기였다. 그 얘기를 들으면서 정말 대관령에 귀신이 살고 있을 것 같아 몸서리를 쳤다. 그후로 혼자 집을 지킬 때마다 오빠가 들려준 대관령 귀신의 형상이 떠올라 괜히 들었다고 후회하던 기억이 생생하다.

귀신 이야기는 예나 지금이나 어린이들을 사로잡는 이야깃거리임에도 불구하고 한동안 우리 동화는 귀신 이야기를 옛이야기의 영역에 놓아두고 큰 관심을 보이지 않았다. 그러나 귀신 이야기야말로 사실 세계와 환상 세계를 연결해주는 흥미진진한 이야기의 영토이면서 동화작가들이 도전해볼 만한 섬세한 이야깃감의 보고다. 그래서인지 최근 몇 해 동안 귀신을 데리고 동화를 쓴 작가들이 부쩍 눈에 띈다. 단지 귀신을 소재로 한 작품이 아니라 귀신을 매개 삼아 신선하고 다채로운 이야기본을 선보이고 있다. 그중 몇몇 작품을 살펴보면서 '귀신 옛이야기'가 어떻게 '귀신 새 이야기'로 진화하고 있는지 짚어보겠다.

2. 친근하고 유쾌한 귀신

그동안 동화작가들이 도깨비 이야기는 쓰면서도 귀신 이야기를 잘 쓰지 않았던 건 어린이에게 불필요한 공포감을 주지 않겠다는 배려 때문이었을 수도 있다. 그렇게 본다면 이경혜의 귀신 이야기는 동화에 나와도 좋은 유쾌하고 친근한 귀신을 발굴했다는 점에서 뜻깊다. 「귀신친구」(『달려라, 그림책버스』, 이경혜 외, 문학과지성사, 2004)는 조금도 무섭지 않으며 오히려 정이 가는 귀신이 등장하는 따뜻한 이야기다. 세상에서 둘째가라면 서러울 정도의 겁쟁이 미솔이가 어느 날 밤 화장실에서 귀신과 맞부딪친다. 그런데 이게 어쩐 일인가. 귀신은 사람이 무서우니 제발 불을 켜지 말아달라고 더듬더듬 사정한다. 미솔이보다 더 어리고 훨씬 겁 많은 귀신 토희는 오히려 미솔이 덕분에 귀신으로 살아가는 일에 조금씩 적응하게 된다. 옆집 아줌마 귀신의 헐렁한 소복을 빌려 입어보지만 사람들에게 겁을 주는 귀신의 본분에 적응하려면 아직 멀었다. 그런 토희를 달래고 도와주면서 미솔이는 한결 씩씩해진다.

　이 작품은 '귀신'이라는 장치를 통해 이승의 어린이와 저승의 어린이가 나누는 우정을 그렸다는 점에서 재미있다. 미솔이에게 귀신이 익숙하지 않듯 토희에게는 사람이 익숙하지 않다. 둘은 그 낯선 마주침 속에서 서로를 이해하며 자연스레 의기투합한다. 옛이야기에 나오는 귀신은 주로 저승에 적응하지 못해서 구천을 떠도는 불쌍한 존재였다. 삶의 대척점에 놓인 죽음은 항상 불길한 것이었고 이승의 사람은 저승 귀신의 한을 풀어줘야 했다. 하지만 토희는 좀 다르다. 귀신의 세계에서 해야 할 본분이 있는 밝은 존재다. 미솔이가 살아가는 모습과 크게 다르지 않게, 죽어서 지내고 있을 따름이다. 미솔이는 토희를 애처로워하지만 토희는 산뜻하게 그 걱정을 물리친다.

　"아직 어린데, 어쩌다 귀신이 됐어?"
　"그건 나도 몰라. 귀신이 되면 살았을 때 기억은 다 잊어버리거든." (「귀신

친구」, 『달려라, 그림책버스』, 141쪽)

이들이 대척점에 놓고 있는 것은 삶과 죽음이 아니라 어린이와 어른
이다. 귀신 세계든 사람 세계든 어린이들이 지내기에 불리한 것은 마찬
가지다. 그래서 어린이끼리 서로 보듬어주고 정답게 격려해준다. 이경혜
는 귀신을 유쾌하게 다룬 또다른 단편을 선보이기도 했다. 「귀신이 곡
할 집」(『귀신이 곡할 집』, 이경혜 외, 바람의아이들, 2007)은 사람도 울리고
귀신마저 울려버린 장난꾸러기 물건들의 이야기다. 사람들이 정신을 판
사이에 미슬이랑 슬미네 집 안의 모든 물건은 달리기와 숨바꼭질을 즐
긴다. 물건도 사람처럼 좀이 쑤신다는데 숨바꼭질쯤 하면 어때랴. 하지
만 리모컨을 못 찾아 사람이 울듯 버선을 못 찾아 귀신도 울었다는 대
목에 이르면 웃음이 절로 난다. 원래 '귀신이 곡할 집'이라는 표현은 사
람과 귀신의 대결 구도를 전제로 한 것이지만 이 작품에서는 그 둘이
동병상련이다. 사람과 귀신이란 한 존재의 두 가지 다른 국면인 것이다.
삶과 죽음을 심각하게 분리하지 않는 작가의 태도는 이 작품에서도 똑
같이 나타난다.

3. 섬뜩한 귀신의 현대적 복원

유쾌한 귀신들이 귀신동화의 새 출발을 열었다면 섬뜩한 귀신들은
동화의 지평 자체를 넓혀놓았다. 방미진의 「금이 간 거울」 「기다란 머리
카락」(『금이 간 거울』, 창비, 2006)이나 선자은의 「개구리」(『공주의 배냇저
고리』, 선자은 외, 바람의아이들, 2007)는 귀신 옛이야기가 어떻게 현대적

으로 탈바꿈되고 있는지 보여주는 작품이다. 이들 작품은 어린이에게 충분한 공포감을 안겨주는 내용을 담고 있다. 전해내려오는 귀신 옛이야기들도 상당한 수위의 무시무시한 내용들로 가득하다는 걸 생각해보면, 귀신 새 이야기가 '무섭고 섬뜩하다'고 해서 새로울 것은 없다. 그럼에도 방미진이나 선자은의 작품에 주목하게 되는 건 오랫동안 우리 동화가 공포의 감정을 단호하게 외면해 왔기 때문이다.

그런데 왜 그동안 동화에서는 무서운 이야기를 별로 다루지 않은 걸까. 어린이의 감정이 흐르는 길을 어른이 자의적으로 차단하거나 보호할 수 있다는 생각이 깔려 있었기 때문 아닐까. 물론 세상에는 어린이에게 굳이 보여주고 싶지 않은 일이 틀림없이 있다. 하루가 멀다고 거리 전광판에 올라오는 참혹한 사건 사고의 목록 앞에서는 눈을 가려주고 싶고 지나치게 자극적인 어떤 장면은 감당할 나이가 될 때까지 가능하면 숨겨두고 싶다.

하지만 어린이의 감정이 흐르는 길에도 순한 것과 거친 것이 함께 있다. 웃음 뒤에는 비탄이 있고 호기심의 끝에서 공포를 직면하기도 한다. 어린이의 마음에 버젓이 있는 다양한 감정을 어른의 경험 위에서 바람직한 것과 그렇지 않은 것으로 나누고 바람직한 것 중심으로만 재편하려는 태도는 눈 가리고 아웅 하는 것이나 다름없다. 지금 이 순간에도 어린이들은 마음속에서 일어나는 자연스러운 감정의 골을 따라 문방구에서 산 잔혹한 이야기 시리즈를 찾아 읽는다. 동화가 공포감을 외면한 결과다.

그런 점에서 필자는 무서운 동화의 출현을 반기는 입장이다. 어린이 독자에게도 자신들의 마음 밑바닥에 존재하는 공포감이 어디에서 온 것인지 더 깊게 들추어볼 권리가 있다. 방미진의 「금이 간 거울」은 읽고 있으면 서늘해진다. 주인공과 내가 이 불길한 거울을 두려워하는 이유가 무엇인지 생각해보게 한다. 단순히 말초적인 자극으로 치닫지 않는다. 귀신 옛이야기에서도 거울은 자주 쓰였다. 밤에 거울을 보면 칼을 물고 피를 뚝뚝 흘리는 귀신이 나를 바라보고 있더라, 그런데 자세히 보니까 그게 바로 나더라는 설정은 고전 급에 속한다. 하필이면 왜 거울일까. 나를 있는 그대로 들여다본다는 것은 그만큼 섬뜩한 일이기 때문이다.

> 내가 집어던져 깨버린 거울이 화장대 위에 놓여 있었다. 거울에는 깨진 흔적은커녕, 흠집 하나 없었다. 금이 하나 더 늘어 있을 뿐이다. 금 네 줄이 꼭 거미줄처럼 가운데에서부터 사방으로 퍼져 있었다. 숨이 막히는 것 같았다. (「금이 간 거울」, 『금이 간 거울』, 45쪽)

거울은 주인공의 도벽을 알고 있다. 주인공은 거울에서 도망치고 싶지만 도망칠 수 없다. 귀신 같은 거울은 계속 주인공을 따라다닌다. 따지고 보면 거울은 주인공 자신이다. 못 본 척하려고 해도 자꾸 들여다보게 되는 또하나의 나이다. 방미진의 다른 작품 「기다란 머리카락」은 더욱 본격적으로 귀신동화에 도전한다. 집 안 곳곳에서 발견되는 정체 모를 기다란 머리카락은 읽는 사람의 잠재적인 불안감을 예리하게 자극한다. 그 머리카락이 무서운 이유는 그것이 어디에서 왔는지 도통 알 수 없기 때문이다. 가족들은 저마다 기다란 머리카락을 불쾌하게 여기면서도 '그것이 어디에서 왔는지'를 드러내놓고 묻지 못한다. 정체를 알았다가 더 큰 두려움을 만나게 될까봐 무섭기 때문이다. 아빠는 머리카락을 무시하고 엄마는 아빠를 의심하고 나는 엄마에게 토라진다. 식구들이 각자 날이 선 마음만 겨루는 사이에 공포는 최고조에 이른다.

안타까운 것은 여기부터다. 주인공은 방바닥에서 자라고 움직이는 머리카락 귀신을 보는 순간 불현듯 깨닫고 만다. 깨달을 뿐 아니라 작품 속에서 명시된 언어로 그 정체를 분석하고 해설하기까지 한다. "머리카락을 자라게 하는 건, 집이 무너져버리기를 바라는 내 마음이었다. 가족들을 향한 원망과 분노가 이미 빠져버린 머리카락을 자라게 하고 있었다."라고 말해버린다. 독자들의 긴장과 공포에 대한 배려는 온데간데 없다.

옛 귀신 이야기의 결말도 종종 맥이 빠지는 경우가 있다. 그동안 마을 사람들을 괴롭혔던 무시무시한 붉은 띠 귀신의 정체가 사실은 효심 깊은 요절 처녀의 댕기였다, 뭐 이런 이야기 말이다. 댕기를 들고 처녀의 효심을 설명하는 이장님 앞에서 마을 사람들은 고개를 끄덕이겠지만 독자는 맥이 풀려버린다. 「기다란 머리카락」에서 머리카락 귀신을 앞에 두고 반성하는 주인공의 모습은 그런 구태의연한 결말로부터 크게 나아간 것 같지 않아서 아쉽다. 선명하게 끌고 온 긴장의 끈을 적당히 유지할 수 있었다면 전형성을 탈피한 더 세련된 새 귀신 이야기가 탄생했을 것이다.

한편 선자은의 「개구리」는 귀신 이야기라기보다는 추리동화에 가깝다. 담력 훈련이라든가 시골 폐가, 삐거덕거리는 대청마루와 귓가에 쟁쟁 울리는 개구리 울음소리와 같은 귀신 이야기의 단골 소재를 활용하면서도 새로운 이야기로 나아가는 데 성공했다. 이 이야기가 성공을 거둘 수 있었던 열쇠도 작품 안에 깃든 나 자신에 대한 통찰이다. 주인공은 담력 훈련을 하기 위해 폐가에 갔다가 귀신이 무서워 도망나온다. 도망치는 내내 논두렁에서 개구리 울음소리가 귓전을 때린다. 개구리 소리는 괴물 같기도 하고 괴이한 귀신 울음 같기도 하다. 겨우 집에 돌아와 잠든 주인공이 모든 사태를 이해하게 되는 것은 아침이다. 정신없이 집으로 달려오는 동안 주인공은 수없이 많은 개구리를 밟아 죽이고 말았던 것이다.

작가는 자연이 질러대는 비명을 모른 척하는 사람들의 귀를 열어주고 싶었을 것이다. '어디 한번 들어봐라. 이게 너희가 한 짓이다.'라고 경고하고 싶었을 것이다. 사람들은 귀신을 무서워하지만 귀신보다 더 무서운 것이 사람이다. 작가에게 이와 같은 문제의식이 있었기에 그저 흔한 폐가 모험담에 그칠 뻔한 동화 한 편이 새로운 귀신 이야기로 한걸음 나아갔다. 아쉬움이 있다면 작품에 나타난 폐가의 긴장 상황이 썩 무섭지 않았다는 것이다. 무서움을 더 무섭게 느끼게 하는 것이 귀신 이야기의 성공 요소라면 그 부분에서는 앞서 본 방미진의 역량이 더 정교했다는 생각이 든다.

4. 귀신 이야기이면서 귀신 이야기가 아니면서

많은 귀신 이야기는 기억의 문제를 다룬다. '한'이라는 것도 실은 잊을 수 없는 아픈 기억이다. 우리 귀신 중에는 나름대로 한이 없는 귀신이 없으니 이 땅에서 귀신은 기억 때문에 존재하는 셈이다. 기억의 문제와 기억에 관한 전문가인 무당 얘기를 본격적으로 다룬 작품이 김려령의 『기억을 가져온 아이』(문학과지성사, 2007)다. 판타지 형식을 취하고 있는 이 작품은 사라진 기억 속에 파묻혀버린 귀신들 입을 빌려 이야기를 끌어간다. 꼬마 무당 다래는 산신을 만난 아이다. 그래서 신엄마랑 같이 산다. 우리 무속에서는 '신'과 '귀신'의 차이가 그다지 크지 않다. 민속신앙에서는 서양 종교처럼 하나의 신을 모시지 않기에 이 귀신, 저 귀신 모두 내가 지성으로 섬기면 신이 된다. 작품 속에 나오는 '기억의 호수'는 바위 뒤의 딴 세상으로 설정되어 있지만 따지고 보면 저승이나 다름없다. 다래는 이승과 저승의 나들이에 함께 따라가주면서 차근이와 할아버지의 끊어진 기억을 이어준다. 삶과 죽음이 동전 하나의 양면이라지만 그래도 가까운 사람이 죽었을 때 가장 슬픈 것은 더이상 둘의 기억이 이어지지 않는다는 것이다. 작가는 이 점을 잘 포착하여 귀신 아닌 귀신이 나오는 재미있는 이야기를 일구어냈다.

은이정의 『나를 찾아줘』(교학사, 2007)도 주목할 만한 귀신 이야기이다. 교문 기둥에 남은 '나를 찾아줘.'라는 말은 곰곰이 생각하면 아찔하다. 아무 일 없이 살아 있는 사람이라면 누가 과연 나를 찾아달라는 낙서를 남긴단 말인가. 귀신임이 틀림없다. 실종된 김진수가 귀신이 되어 자신을 찾아달라며 전교에 낙서하고 다닌다는 소문이 퍼지기 시작한다. 사라진 김진수에 대한 흉흉한 소문까지 떠돈다. 정작 귀신은 제 모습을 드러내지 않지만 귀신의 낙서를 둘러싸고 수상한 아이들이 하나둘 늘며 긴장감이 높아진다.

이 작품에서 작가가 말하고 싶은 것은 가족과 인간관계의 문제다. 가족이 서로 사랑하지 않는 집은 흉가나 다름없다. 친구의 사랑을 받지 못하는 어린이는 같은 교실에 있되 귀신이나 다름없다. 작가는 오늘날 집에서도 학교에서도 나를 찾지 못하고 귀신처럼 살아가는 우리 모두의 이야기를 썼다. 귀신 이미지는 이를 말하기 위해 활용된 도구다. 우리가 무관심하던 사람의 얼굴을 제대로 보았을 때 그의 존재는 귀신을 만난 것보다 더 큰 놀라움으로 다가올 수 있다.

5. 귀신 이야기의 진화를 꿈꾸며

가장 끔찍한 악몽은 우리 현실 속에 있다. 현실을 이야기하는 것이 귀신 이야기를 들려주는 것보다 더 무섭고 고통스럽다. 그렇기에 작가들이 더 많은 귀신 이야기를 시도하려 하는지도 모르겠다. 신문을 펼쳐 들면 차라리 귀신이면 모를까, 사람이면 이럴 수 없겠다는 생각이 드는 험악한 사건이 한둘이 아니다.

그런 점에서 귀신 이야기는 오늘날의 무시무시한 문제를 한 겹 걸러 보여주면서 성찰을 도와줄 수 있는 지혜로운 틀이다. 앞서 살펴본 작품들을 바탕으로 정리해보자면 귀신 이야기는 과거의 한과 기억을 넘어 미래에 한이 될 만한 일에 대해서 오늘 어떻게 하면 잘해볼 것인가 하는 전망을 담고 있다. 하필이면 왜 귀신 이야기냐고 물었을 때, 단지 완전히 다른 스타일로 동화를 써보면 재미있겠다는 욕심에서 출발한 작품도 있겠고 귀신을 통해 형이상학적인 주제를 파고들고자 한 작품도 있겠다. 어떻든 귀신 이야기의 진화는 우리를 즐겁게 해준다. 우리는 예로부터 그 누구보다 다채로운 귀신 이야기를 즐기던 민족이 아닌가.

2부

목소리_
나에게 말을 걸어준 동화

내 마음을 넘어서서 상대방의 마음을 구체적으로 상상하고,
사회적 마음을 상상하는 일은 소중하다.
우리가 타인의 삶에 대해 상상하는 어려움을 감수하지 않는다면
우리 삶의 어떤 중요한 부분은 영원히 달라지지 않는다.
동화는 그것을 일러준다.

여린 목소리의 힘

1. 주인공의 목소리

아스트리드 린드그렌의 '삐삐 롱스타킹' 시리즈에서 주인공은 단연 삐삐다. 책을 읽고 나면 삐삐의 당찬 말씨와 또랑또랑한 목소리가 귀에 울린다. 그의 친구인 토마스와 아니카는 신명나게 퍼붓는 삐삐의 얘기에 가끔 추임새를 넣어주는데 다소곳한 태도에 모기만한 소리여서 크게 부각되지 않는다.

삐삐가 큰 목소리로 웅변하고 있는 것은 당대의 모든 권위적이고 억압적인 가치관에 대한 비판이다. 학교와 교육 현실의 부조리, 탄압받는 어린이의 인권, 가족제도의 모순, 다른 성과 문화에 대한 편견 등을 향해 정면으로 나팔을 불고 주먹을 날린다. 삐삐의 애독자들은 전면에 나선 삐삐의 뒷전에 서서 환호한다. 어릴 때 삐삐를 우러러본 경험은 자라면서 그의 삶 속에서 힘이 된다. 어떤 부당한 일이 자행되는 것을 목격

할 때마다 삐삐였다면 이렇게 했겠지 하면서 크고 작은 용기를 불끈 내보기도 하는 것이다.

그동안 적지 않은 동화의 주인공은 강하고 단단한 존재였다. 외유내강이든 내유외강이든 듬직하고 선명하고 강렬했다. 개인의 역경이나 사회의 장벽 앞에서 굴하지 않고 맞서는 전통 영웅형의 주인공은 시대를 뛰어넘어 여전히 존경을 받고 있다. 도발적인 언어로 풍자와 냉소를 구사하는 까칠한 개성의 소유자도 인기가 높았다.

사람들은 왜 강한 목소리의 주인공을 좋아하는 것일까? 작은 속삭임을 들을 여유가 없기 때문이다. 삶의 정겨운 틈은 경쟁과 속도에 밀려 사라진 지 오래이며 칼을 겨누어야 할 문제가 산처럼 쌓여 있는 시끌벅적한 세상이다. 이 시대에 드리워진 나약함에 대한 경계 심리가 작동한 것일 수도 있다. 삶의 터전이 밑그림부터 훼손되고 있으나 우리는 무기력하다. 따라서 더 나빠지기 전에 강한 목소리의 주인공이 나타나 흩어지는 개인들에게 용기를 주면 좋겠다는 기대를 품는다. 현란한 방식으로 이미지와 언어를 쏟아내는 매체 환경도 문제다. 좀더 강하고 자극적인 인물이나 충격적인 사건을 배치해서 어린이들의 눈길을 잡아두려고만 한다.

그러나 한편에서는 예전에 보기 드물었던 조용하고 소심하며 여린 목소리를 가진 주인공이 작품의 전면에 나서고 있다. 주인공의 같은 반 친구쯤으로나 등장하고 말았을 그림자 같은 인물들 말이다. 이들은 자신을 괴롭히는 문제 앞에서 가만가만 중얼대거나 몇 마디 툭툭 건네다가 슬쩍 돌아선다. 말도 제대로 못하면서 줄줄 눈물 흘리기도 하고, 아예 말을 안 하는 경우도 있다. 이들을 둘러싼 현실의 문제가 큰 목소리로 외칠 줄 아는 주인공이 맞부닥뜨렸던 것과 본질적으로 다른 것은 아니다. 어쩌면 이들 앞에 놓인 현실의 골은 더 깊으며 주인공의 고통과 분노는 엄연하다. 다만 저항을 표현하는 방식과 그 볼륨이 다를 뿐이다.

동화에서 본격적으로 등장하고 있는 여린 목소리의 주인공들을 어떻게 볼 것인가. 그들에게는 어떤 소리조차도 내고 싶지 않은 이유가 있고 큰소리칠 엄두도 낼 수 없는 상황이 있다. 함성으로는 정리할 수 없는 속생각과 현실이 복잡하게 얽혀 있기도 하다. 눈치를 보지 않으면 아예 살아남을 수 없는 경우도 있다. 여기서 소개하는 몇몇 작품 속에서 그런 주인공을 만날 수 있다.

2. 떨리는 목소리, 혜원이

김양미의 「멸치」(『털뭉치』, 사계절, 2008)에 나오는 혜원이는 멸치를 좋아하는 3학년이다. 마른 멸치를 발라먹으며 숙제도 하고 책도 본다. 과자는 거들떠보지도 않는다. 그 나이에 단것을 철저히 멀리하다니, 그 대신 멸치라니, 설마 진심일까. 무슨 다른 사정이 있는 것은 아닐까.

혜원이가 멸치를 좋아한다는 것은 그가 어떤 아이인가를 단적으로 말해준다. 혜원이의 아빠는 과자나 사탕 나부랭이를 먹으면 머리가 나빠지며, 그런 것을 사주는 것은 애들을 위하는 일이 아니라고 침을 튀기며 열변을 토하는 사람이다. 그의 지극한 아이 사랑은 '텔레비전 꺼!'와 같은 권위에 가득찬 명령으로 나타난다. 그가 열변을 토하느라 흘린 침을 닦는 것은 엄마이며 아이들은 사탕 먹을 시간에 한 자라도 더 배워야 한다. 아빠의 호통에 익숙해진 혜원이가 잘하는 행동은 입술에 손가락을 대는 일이나 안방 쪽을 흘끔 보는 일이다.

하지만 혜원이의 내면에는 자랑스러운 딸이 되고 싶고 좋은 누나가 되고 싶고 화목한 가족을 갖고 싶다는 욕망이 들어 있다. 그러기 위해서 혜원이가 선택한 일은 '멸치 좋아하기'다. 혜원이에게 멸치는 짜도 맛있다. 왜 그런지 이유를 몰라도 그냥 맛있다. 똥이 잘 발라질 것 같은 멸치를 보면 절로 군침이 나올 정도다. 멸치를 먹으면 아빠가 야단을 치지 않기 때문이다. 혜원이는 아빠 앞에서는 말을 하지 않는다. 시킨 대로 움직이는 것에 더 익숙하다. 동생에게만 조금씩 자기 생각을 말하는데 그것도 아주 작은 목소리로 소곤거릴 뿐이다.

그런 혜원이가 시식하는 기분으로 동네 시장에서 멸치 한주먹을 집어들었다가 큰 봉변을 당한다. 멸치 도둑으로 몰린 것이다. 가뜩이나 멸칫값이 하늘 높은 줄 모르고 뛰는 판에 3학년짜리 아이가 멸치에 군침이 돌아서 좀 먹어보려고 했다는 말이 통할 리 없다. 주인은 펄펄 뛰고 혜원이는 기어들어가는 목소리로 말한다. 멸치를 좋아한다고.

"뭐? 멸치만 좋아해? 너 간뎅이가 부었구나. 훔친 멸치 빨리 내놔!"
(…)
"거짓말치고 있네. 빨리 앞장서. 한 대 더 맞기 전에."(「멸치」, 『털뭉치』, 89쪽)

혜원이의 진심은 어른의 귀에서 거짓말이 되어버린다. 혜원이는 떨리는 목소리로 집 전화번호를 대고 시장에서 쫓겨나온다. 집에 돌아와 자신이 어버이날 선물한 효자손으로 한바탕 두드려 맞고 찾아간 놀이터에서 동생 동우에게 겨우 털어놓는 혜원이의 속마음은 말이 아니라 눈물로 먼저 터져나온다. 그것도 소리나지 않는 눈물이 되어 줄줄 흘러내린다. 몸은 아빠가 시킨 대로 멸치를 좋아하게 되었지만 혜원이가 주인인 혜원이의 마음만큼은 아빠의 훈육대로 되지 않는다. 놀이터에서 흘리는 혜원이의 눈물은 그런 마음이 분출되는 최초의 신호다. 소리가 없기에 더 서럽고 거세다.

예나 지금이나 어른들은 아이들을 잘 키우겠다고 다짐한다. 잘 가르치겠다면서, 묻지도 않고 듣지도 않는다. 묻지 않는 어른 앞에서 어린이는 입을 잃어버린다. 이 경우 입은 오직 대답하기 위해서만 존재하는데, 훈련된 대답은 말이 아니다. 말을 할 수 없는 입은 몸에서 사라진 기관이나 다름없다.

얼마나 많은 혜원이들이 우리 곁에 있는가. 아이에게 좋은 것을 주고 싶다는 부모 욕심은 아이의 말을 가로막으면서 진행된다. 소통을 무시할 때면 아무리 현명한 주장도 봉건적인 통제와 다름없는 폭력이 된다. 하물며 지금은 과거에 비해 더욱 첨예한 경쟁 시대가 아닌가. 경쟁의 속도전에서 진지한 소통이 한가한 얘기로 취급되는 한 우리 곁의 혜원이는 점점 늘어날 것이다.

3. 말 못 하는 삼례와 말하지 않는 경학이

양연주의 『자라나는 돌』(바람의아이들, 2008)은 말을 하지 않는 경학이와 말을 하지 못하는 삼례의 우정 이야기이다. 교통사고로 엄마 아빠를 동시에 잃은 경학이는 말할 필요를 별로 느끼지 않는 아이다. 충격으로 마음의 문을 닫았기 때문이다. 경학이가 집중하는 것은 오직 인체에 관한 책뿐이다. 마음을 움직이지 않는 경학이에게 몸은 유일한 관심의 대상이다.

이 집에는 목소리가 아주 큰 두 사람이 사는데 경학이 할머니와 삼례 엄마다. 이 두 사람은 같은 얘기를 일곱 번씩 하면서도 질리지 않고 수다를 떤다. 아들 며느리를 동시에 잃은 경학이 할머니와 어려운 형편에 심장이식을 받은 딸을 홀로 키우는 삼례 엄마에게 말은 자기 치유의 통로다. 소리라도 크게 내어서 가슴속 한을 씻어내리는 것이다.

그에 비해 두 아이는 말이 없다. 경학이는 누구의 소리도 듣지 않으려 한다. 할머니는 말귀를 알아들어야 사람이라고 호통치지만 경학이는 이 세상에 듣고 싶은 말이 별로 없어서 듣지 않는다. 듣지 않는 사람에게 말은 큰 의미가 없다. 어차피 말이란 소통의 수단이기 때문이다. 경학이가 소통의 도구로 말을 사용하는 것은 삼례에게 마음을 열게 되면서부터다. 삼례는 말을 듣지 못하고 어버버 소리밖에 내지 못하지만 귀가 없어도 들을 줄 아는 따뜻한 아이다. 삼례와 강아지 누렁이의 마음을 알아듣기 위해 경학이는 말을 건네기 시작한다. 그 과정에서 사람과 사람의 일은 무엇이든 '입에서부터 시작'이라는 것을 깨닫게 된다.

삼례와 경학이의 입과 귀를 틔워준 것은 심장이었다. 삼례는 경학이 아버지가 기증한 심장을 지니고 살아가는 아이였다. 어떤 면에서 경학이와 하나의 마음을 공유하고 있는 셈이다. 외롭게 남겨진 경학이에게 삼례의 마음은 아버지의 마음처럼 듣고 싶고 알고 싶은 마음이었던 게다. 삼례와 마음의 대화를 나누면서 경학이는 책에서 눈을 들어 세상의 소리에 귀를 기울인다. 또 경학이는 종종 삼례의 입이 되어주기 위해서 부지런히 입을 연다.

말에는 두 가지가 있다. 소리나는 말과 소리나지 않는 마음속 말이다. 말 없는 두 주인공이 나오는 이 작품 안에서 우리는 물리적인 소리만이 마음의 전달자가 아니라는 사실을 깨닫게 된다. 삼례와 경학이의 우정은 삼례가 내는 알 수 없는 소리의 뜻을 경학이가 알아들을 수 있는 단계에 이른다. 사실 이 단계가 되면 다시, 소리나는 말 따위는 큰 의미를 갖지 않는다. 주인공들의 말소리가 별로 나오지 않는 이 작품이 웅변으로 가득찬 어떤 작품보다 먹먹한 감동을 안겨주는 것은 말소리를 넘어서는 소통의 힘을 삼례와 경학이가 보여주고 있기 때문이다.

이 작품의 제목이 '자라나는 돌'인 것은 의미가 깊다. 경학이가 말했지만 우리 몸에서 가장 단단한 돌은 '이'다. 경학이와 삼례는 두 종류의 돌을 키운다. 그 하나는 둘이 마음을 모아 화분에 심고 물을 주는 '하얀 돌'이다. 동시에 둘의 입안에 놓인 하얀 돌, '말'이다. 그 돌이 자란다는 것은 둘 사이 소통의 힘이 자라나는 것과 같다.

4. 속으로 씩씩대는 현이

하은경의 『안녕, 스퐁나무』(문학동네, 2007)의 주인공 현이는 5학년이다. 현이는 말이 없는 어린이는 아니지만 남에게 던지는 말보다 혼잣말을 더 많이 하고 그 혼잣말이 현이 감정에 더 가깝다. 사실 사춘기 무렵이 다 그렇다. 겉으로 하는 말은 내가 드러내고 싶은 마음속 진실보다 더 강하게 튀어나오거나 더 움츠러들거나 해서 마음을 잘 대변해주지 않는다. 오히려 마음을 정확하게 보여주는 말은 입안에서 웅얼거릴 때가 많다. 현이 모습이 그렇다.

현이는 기가 죽거나 드세어지기를 반복한다. 아빠는 좋아하는 사람이 생겼다고 말해서 엄마한테 쫓겨났고 엄마는 그런 아빠 때문에 제정신이 아니다. 현이 스스로 자기는 다 크려면 아직 멀었다고 생각하는데 엄마와 아빠는 자신들의 문제를 헤쳐나가느라 현이는 안중에도 없고 주위 사람들마저 현이는 다 컸으니 걱정없다고 여긴다. 아빠도 울고 엄마도 울어대니 우울해 죽겠는데 어디 가서 속 시원히 울 수도 없다. 이런 판국이니 겁쟁이에 마마보이에 고소공포증도 있는 현이는 원하든 원치 아니하든 어른스러워져야 한다. 그래서 정신을 바짝 차리고 살아야겠다고, 엄마 아빠가 헤어지면 나도 살아야 하니까 돈 벌 궁리를 해야겠다고 마음을 먹는다.

마음에 둔 게 있으면 치고받으며 나와도 모자랄 나이에 속으로 씩씩대면서 엄마와 아빠 앞길에까지 훈수를 둬야 하는 게 현이 처지다. 그런 처지 때문에 혼잣말이 많다. 생각은 많지만 그 말에 내가 사랑하는 어른들이 상처받기 때문에 차마 입 열어 다 말할 수 없는 것이다. 철없는 어른과 그를 이해해야 하는 어린이의 구도는 그전 몇몇 동화에서도 나온 적이 있지만 이 작품에서 현이는 무척 독립적으로 보인다. 책의 말미에 현이는 아버지 앞에서 엄마 아빠의 아들이 아니라 '자유로운 영혼'이 되어 '박현'으로서 잘 살겠다고 선언한다. 그 선언은 자기 자신과 오랜 대화를 나눈 끝에 나온 것이다. 현이에게 속으로 씩씩대는 과정은 자신을 일으켜세우는 과정이었다.

삐삐가 외친 독립이 어른의 지나친 개입과 억압으로부터의 독립이었다면 현이의 독립은 참 쓸쓸한 것이다. 독립을 방해하는 대상도 분명치 않고 몽둥이를 들고 쫓아다니는 경찰이나 동네 어른 들도 없다. 그저 어른들이 자신의 문제에 골몰해 있는 사이에 스스로 이루어내고 마는 철저히 외로운 과정이다. 이러한 현이의 독립과정을 지켜보면서, 삐삐 이후 100여 년이 흐르는 동안 시대가 참 개인적인 형태로 변했다는 생각

을 지울 수 없다. 결국 문제를 해결하든 이야기를 나누든 딛고 일어서
든 다 개인의 몫인 세상인 것이다.

작품 안에서 현이의 말에 유일하게 진심으로 귀를 기울여주는 사람
은 신이 누나다. 신이 누나는 자신도 독립을 경험한 사람으로서 현이의
독립을 지원한다. 여기서 가족보다, 국가나 제도보다, 동료가 더 중요한
의사소통의 대상이 되는 것을 보게 된다. 수평적 관계가 수직적 관계를
압도한다고 할까. 현이는 동료의 지원에 힘입어 조금씩 성장해간다. 지
금 이 순간에도 많은 어린이가 혼잣말을 하면서 외로운 독립을 준비하
고 있을지 모르겠다. 그들의 독립을 지켜보고 격려하기엔 어른들의 삶
은 너무 각박하고 어수선하며 그들 자신도 지쳐 있기에 말이다. 말이
없어지는 우리 아이들 가슴속에서 얼마나 많은 혼잣말이 자라고 있을
까. 현이를 보면서 든 생각이다.

5. 여린 목소리의 힘

2008년 광화문을 비롯한 전국에서 연일 촛불시위가 이어졌다. 광우
병 문제에서 비롯된 이 시위는 사회 전반의 곪은 부분을 터뜨리면서 들
불처럼 번졌다. 그 촛불시위의 선두에 선 사람들은 이제 어린이를 갓 벗
어난 현이 같은 소년 소녀 들이었다. 어른들이 망설이고 있을 때 그들은
거리에 나왔다. 철없이 자라나 소리 없이 잘 지내는 줄만 알았던 아이
들이 이렇게 많이 분노하고 이렇게 많이 거리에 쏟아져나올 줄 몰랐다
고 어른들은 놀랐다.

촛불시위에 쏟아져나온 소년 소녀 들은 소리 없는 것의 힘을 보여준

다. 촛불은 소리가 없다. 그들도 소리가 없었다. 가방을 몇 개 바꾸어 들고 학원으로 등을 떠밀리면서 '밥 먹었니?' '숙제했니?' '가방 쌌니?'라는 말에 '예'와 '아니요'로 대답할 권리밖에 없었던 아이들이다. 그동안 자신들이 무엇을 배우게 될 것인지, 자신들이 무엇을 먹게 되는지 설명해준 사람도 의논해온 사람도 없었다. 소통의 길이 가로막힌 아이들이 택한 길은 자신들의 여린 목소리를 소리 없이 모아 밖으로 드러내는 것이었다. 지금 거리에는 혜원이도 있고 경학이도 있고 현이도 있다. 삐삐처럼 당당하게 외치는 법을 배우지도 못했고 배울 방법도 없었던 그들이기에 조용히 피켓을 들고 촛불을 든다. 하지만 그 촛불의 소리는 어떤 함성보다도 크다. 우리는 오늘의 역사 속에서 우리가 입을 막으며 키운 아이들이 내지르는 여린 목소리의 거대한 힘을 보고 있는 것이다.

변신을 향한
어린이의 욕망

1. 변신 이야기를 읽는 일

버스에서 가끔 만날 수 있는 성형외과 광고는 변신을 향한 인간의 욕망이 사람의 겉모습을 어디까지 바꾸어놓을 수 있는지 알려준다. 단단해서 결코 죽을 때까지 부서뜨릴 수 없을 것 같았던 뼈도 '바꿀 것'의 목록에 오른다. 성형 전과 성형 후를 대조하면 원래 얼굴을 알아볼 수 없는 경우도 많은데 오히려 그럴수록 성공적인 미용성형이라고 한다. 바꾸고 또 바꾸었을 때 그렇게 바꾸고 있는 '나'는 누구일까. 본래의 나는 어디로 가는 걸까. 아무리 바꾸어도 달라지지 않는 내 안의 '나'라는 것이 있을까. 나는 왜 달라지고 싶은 것일까.

인류가 변신을 꿈꾼 역사는 오래되었다. 우리 어린이들이 가장 잘 아는 변신 이야기는 곰이 쑥과 마늘을 먹고 사람이 된 단군신화일 것이다. 동서양을 막론하고 신화나 설화를 살펴보면 변신 이야기로 가득하다. 신화와 설화는 우리가 인간으로 살아가면서 겪는 곤경에서 어떻게 빠져나갈 수 있는지 알려주는 일종의 가상 지침서라고 할 수 있을 텐데, 주인공들은 종종 삶의 한계 상황을 변신을 통해 극복한다. 사람이 암소가 되기도 하고 새가 되어 하늘을 날기도 한다. '박씨전'처럼 외모가 아름답게 바뀌는 이야기도 있다.

변신 이야기는 읽는 사람이 변화에 대한 준비가 되어 있을 때 그의 마음에 위력을 발휘한다. 겉모습의 변화를 매개로 펼쳐지는 이야기지만 읽는 사람의 정신적 변화와 성장을 끌어내고 자신의 가능성에 대한 생각의 폭을 넓혀준다. 변신 이야기는 주인공의 변신 전후의 삶을 비교하는 과정에서 독자 자신의 정체성을 돌아보게 하는 안전한 탈바꿈 체험이기도 하다. 변신 이야기는 우리가 온전한 인간으로 살아가기 위해서 무엇을 바꾸고 무엇을 바꾸지 말아야 하는지 고민하게 해준다.

미래가 아직 불확실한 어린 시절에 읽는 변신 이야기가 더 큰 위력을 발휘하는 것도 그런 까닭이다. 사람의 생물학적 목숨은 하나지만 우리는 살아가면서 수많은 정신적 죽음과 재탄생의 순간을 겪어야 한다. 지난날의 나를 죽이지 않고서 새로운 변신은 불가능하기 때문이다. 이미 갖가지 중첩된 기억과 연결된 어른은 과거의 자신을 죽이는 일에 인색할 수밖에 없다. 그들에게는 과거 자체가 하나의 기득권이기도 하다. 그에 비하면 어린이는 삶의 가변성을 통쾌함으로 받아들인다. 팔이 자라고 다리가 자라는 것처럼 변화는 그들의 일상이며 존재 이유다. 변할 수 있다는 것 때문에 더 즐겁고 잘못 변했다면 또 다르게 변하면 그만이다.

탄력적인 그들에게는 오히려 변하지 못하는 것이 공포다. 어른이 된다는 것은 성장의 과제를 완수했다는 말이기도 하지만 앞으로 더이상

변하기 어렵다는 선고이기도 하다. 어른이 되고 싶지만 되고 싶지 않은 딜레마에는 이런 감정이 깔려 있다. 어린이는 자신이 얼마나 잘 변할 수 있는 사람인지 확인하고 싶어서 변신 이야기를 읽는다.

2. 여우의 둔갑, 너구리의 변신—「초등학생 이너구」

우리 문화에서 변신과 가장 관련이 깊은 동물은 뭐니뭐니해도 여우다. 여우는 매우 영리한 동물이어서 예부터 오래 살면 동물도 사람이 될 수 있다는 '둔갑 신앙'의 진원지였다. 꼬리 아홉 달린 여우가 자신의 몸을 자유자재로 변형해서 사람들을 홀린다는 이야기는 무서운 이야기의 단골 소재다. 여우는 주로 고갯마루에서 나타나고 몇 바퀴 데굴데굴 굴러서 사람으로 둔갑한다.

그런데 「초등학생 이너구」(『초등학생 이너구』, 문학동네, 2013)의 작가 전경남은 어린이를 위한 변신 이야기를 쓰면서 둔갑의 왕 여우 대신에 너구리를 주인공으로 택했다. 너구리는 의뭉스러운 느낌을 갖고 있지만 여우처럼 약고 변덕스러운 이미지는 아니다. 우리말에서 너구리와 여우는 어원을 공유하는 것으로 알려져 있다. 여우는 '녇>닛>녓>엿'에 접미사가 붙어 변한 말로 너구리와 첫소리가 같다. 그만큼 우리의 의식 속에서 서로 가까운 동물이라는 얘기다. 작가가 밝고 유쾌한 변신 이야기를 쓰면서 여우 대신 친근한 너구리를 앞세운 것은 현명한 결정이었다고 본다. 여우가 둔갑하는 이야기를 읽을 때는 한 가닥 경계의 마음을 지우기 어렵지만 너구리가 변신하는 이야기는 무장해제한 채로 즐길 수 있다. 너구리의 꼬리와 둥근 몸이 지니는 부드러운 부피감은 사랑스럽기까지 하다.

산속에 살던 너구리는 우연히 너구리 사진이 붙은 현수막을 발견하고서 거기 적힌 글자를 읽고 싶어진다. 글자를 배우려면 사람이 되어 학교에 가야 하는데 이걸 도와줄 수 있는 건 여우밖에 없다. 이웃 마을의 둔갑술사 여우는 물고기 한 마리를 받고 너구리에게 사람으로 둔갑하는 방법을 알려주는데 그 과정에서 살짝 꾀를 부린다. 마법의 나뭇잎을 이마에 붙이고 재주를 세 바퀴 넘어야 완전히 사람이 될 수 있지만 두 바퀴 반만 넘으라고 가르쳐준 것이다. 순진한 너구리는 그 가르침을 어김없이 따르고, 결국 꼬리를 단 채로 초등학교 1학년 교실에 들어가게 된다.

작가는 너구리가 사람이 되는 과정을 여러 장에 걸쳐 공들여 묘사한다. 변신 이야기에서 어떻게 변하는가, 정말 변하는가, 완전히 변했는가는 어린이 독자의 관심이 집중되는 부분이다. 익숙한 변신 이야기들도 저마다 독특한 변신 의례를 가지고 있다. 복잡한 주문을 외우면서 요술 봉을 흔든다거나 화장실에 가야만 변신할 수 있다거나 꼭 하늘에 달이 떠 있어야 한다거나 하는 약속이 그런 것이다. 여기서는 단계별로 변신의 내용을 보여준다.

한 바퀴를 훌쩍! 돌자, 몸이 길어지고 허리가 꼿꼿해지면서 털이 사라졌어요.

두 바퀴를 풀쩍! 돌자, 다리가 길어지고, 뭉툭한 발가락 대신에 길쭉한 손가락이 생겼어요.

마지막 반 바퀴를 살짝! 돌자, 얼굴이 동그래지고, 코가 오똑해지고, 눈가의 다크서클이 사라졌어요.

하지만 딱 하나 변하지 않은 것이 있었어요.

그건 바로, 오동통하고 복슬복슬한 꼬리! (「초등학생 이너구」, 『초등학생 이너
구』, 53~54쪽)

너구리는 길거리에서 자동차를 만나고 그 안에 탄 사람이 "야, 이 꼬
마 녀석아!"라고 외치는 소리를 듣고서 변신에 성공했음을 확인한다.
너구리의 세계에서 사람의 세계로 건너온 것이다. 꼬리만 빼고.

학교에 간 너구리는 이름을 묻는 선생님에게 엉겁결에 "성은 리, 이
름은 너구……."라고 대답하고 만다. 선생님은 스스럼없이 전학생 이너
구의 자리를 마련해주고 아이들도 너구의 존재를 의심하지 않는다. 이
것은 변신 이야기의 흔한 공식이기도 한데, 변신으로 가장 놀라는 것은
변신한 존재 자신이기 때문이다. 변신한 존재가 충격을 누그러뜨리고 새
로운 환경에 적응할 때까지 주변 인물들은 그의 변신을 알아채지 못하
거나 아무렇지 않게 받아들여준다. 주위 사람들의 의심은 시간이 좀 지
난 뒤에, 다른 계기로 일어나는 경우가 많고 대개 의심의 단서를 흘리는
것은 변신자 자신이다.

전학생 이너구는 몸은 변했지만 마음은 숲속 너구리의 것 그대로다.
글자를 배우기 위해서 본래의 자신을 버리는 모험을 선택한 만큼 "세상
에서 공부가 제일 좋아요!"라고 말하며 팔짝팔짝 뛰고, 자신을 따라하
는 고양이는 "혼쭐을 내줘야" 하니 "당장 잡아"오겠다고 흥분한다. 이너
구의 몸은 변했지만 마음은 변하지 않았다는 것은 우리의 정체성이 그
렇게 쉽게 바뀌거나 사라지지 않는다는 것을 상징한다. 성형수술로 외
모를 바꾼다고 하루아침에 자존감이 높아지지 않는 것처럼 '나답다'는
것은 금방 어디에 내던져버릴 수 있는 것이 아니다. 숲에서 온 이너구의

도발적인 질문은 지루한 공부로 풀죽어 있던 교실을 뒤흔들어놓고 아이들은 이너구와 함께 운동장에 나가 땅에 굴을 파고 산을 쌓고 재주를 넘으며 논다.

이너구가 땅을 파서 순식간에 산과 굴을 만들고 아이들이 그 둘레에서 마치 숲속처럼 노는 장면은 이 작품 전체에서 가장 판타지가 강한 부분이다. 수많은 옛이야기에서 보았던 둔갑의 현장보다는 여기에서 더 큰 환상의 에너지가 작용한다. 이너구 덕분에 아이들은 반나절 잘 놀았고 그것만으로도 이너구는 여기에 온 보람이 있다. 그리고 이너구는 현수막에 있는 글자 몇 자를 덤으로 알아가니 그 정도면 충분히 근사한 거래인 셈이다.

다시금 너구리로 돌아온 이너구는 아이들과 작별하고 숲으로 돌아온다. 이 작별의 장면은 이너구가 너구리인 것을 알아차린 선생님과 아이들의 무덤덤한 반응 때문에 긴장감이 떨어지는 편이다. 혼비백산하며 도망가는 전형적인 방식을 따를 필요는 없었겠지만 이너구의 정체를 보고도 "교실에 너구리가 나타났다!" "우아! 귀엽다." 하고 떠들다가 밋밋하게 작별하는 것은 어딘가 어색하다. '그럴 수도 있지.'라고 넘기기에는 살짝 아쉬운 장면이다.

이너구의 학교 체험은 한 마리 고독한 숲속 너구리였던 이너구의 삶을 바꾸어놓았다. 여전히 아는 글자가 적어서 '이곳은 너구리가 살고 있어요.'라는 현수막 전체를 다 읽지 못하고 여우에게 비아냥을 듣는 신세지만 이너구는 학교 급식에서 주는 고기도 먹어본 아주 특별한 너구리가 되었다. 그런 이너구를 부러워하면서 여우는 자신도 사람을 홀리기 위한 '둔갑'이 아닌 존재의 변화를 향한 '변신'을 시도해볼까 고민하기 시작한다.

3. 너무나 현실적인 변신 경험담—『내 인생이 바뀐 날』

아녜스 드자르트는 『공주의 발』이라는 작품으로 잘 알려진 프랑스 작가다. 『공주의 발』에는 발 관리 센터에서 일하게 되면서 여성에 대한 판타지를 깨뜨리는 소년이 나온다. '발'이라는 신체 부위를 통해서 인간이 얼마나 건조한 현실 속에서 살아가고 있는지, 그리고 그 현실 속에서도 사람들이 놓지 않는 꿈은 무엇인지 인상 깊게 다룬 바 있다.

그의 다른 작품인 『내 인생이 바뀐 날』(조현실 옮김, 문학과지성사, 2013)은 흔히 생각하는 환상적인 변신 이야기는 아니다. 우연히 얻은 변신의 행운이 현실 속 주인공 안톤의 삶을 결코 바꾸어놓지 못한다는 냉엄한 전제를 바탕으로 한 작품이다. 그럼에도 조금씩 사람을 달라지게 하는 것은 관계의 힘이다. 기계적 변신을 통해서 새롭게 만난 사람들은 주인공을 진정으로 변화시킨다. 이 작품은 존재가 달라지기 위해서는 더 많은 것을 스스로 바꾸어내야 한다는 것을 일러주기도 한다.

할머니와 단둘이 사는 안톤은 가정생활도 학교생활도 불만투성이다. 엄마는 학생이어서, 시간이 없어서, 직장 일을 제대로 하려면 아이를 똑바로 키울 수가 없어서, 여태 안톤을 할머니에게 맡겨두고 있다. 다른 대륙에서 일하는 아빠는 휴가도 낼 수 없는 노동조건에 놓여 있다. 함께 사는 할머니는 시간 개념이 엉망인 데다 숫자 감각도 없어서 실수와 혼돈의 나날을 보낸다. 그런 안톤에게 찾아온 운명적 계기는 '파리 국립 음악원'이라는 유리 건물을 발견한 것이다. 안톤은 그 앞을 서성이다가 예쁜 아줌마를 만나고 그 아줌마가 중세 악기를 가르치는 음악 선생님이라는 것을 알게 된다. 그녀는 안톤이 타고난 음감을 지녔다는 것을 발견하고 안톤의 적극적인 후원자이자 지도자가 된다.

페리바노 선생님과의 우연한 만남 덕분에 안톤은 주위의 편견에 둘러싸여 고전을 면치 못하던 시시한 문제아에서 '음악 영재'로 변신하게 된다. 지긋지긋한 학교를 벗어나 국가가 열정적으로 지원하는 새 학교로 옮겼고 자신을 삐딱한 시선으로 보며 모욕이 담긴 말을 퍼붓던 교사가 아닌, 사랑으로 대하는 선생님들을 만난다. 그들은 안톤에게 이렇게 말한다. "너같이 뛰어난 제자는 평생 가도 못 만나는 경우가 많은데. (…) 넌 보석이고 진주야." "네가 원하면 다른 악기를 시작할 수도 있는데. (…) 내 눈에 넌 진짜 중세풍으로 보이는구나."

작가는 안톤의 행운과 믿기지 않는 변신을 빠른 속도로 보여준다. 전학이 이루어지고 전문적인 테스트를 통과하는 과정은 승승장구 그 자체여서 마치 이야기가 곧 끝나버릴 것 같다. 그러나 본격적인 갈등은 안톤이 이 변신에 만족하지 않는 것에서 시작된다.

안톤의 입지는 완전히 바뀌었지만 바뀐 것은 신세일 뿐 그 자신은 크게 달라지지 않았다. 왜냐하면 어디에 놓여 있거나 자기 자신을 바꾸는 것은 스스로 해야 하는 일이기 때문이다. 전체적으로 봤을 때 이 학교에서 존중받는다는 느낌이 들기는 하지만 여전히 학교는 마음에 들지 않는다. 그토록 엄청난 영향력을 가져본 적이 한 번도 없었던 안톤은 지금 벌어지고 있는 일들이 거짓인 것 같아서 두렵다.

진짜 변신은 안톤 스스로 자신이 좋아하는 악기를 찾아내고 서투르게 연습을 시작하는 것에서부터 이루어진다. 그는 음악 영재라는 허울을 쓴 채 교실을 떠돌아다니고 싶지 않았기 때문에 다시 옛날처럼 욕설을 하고 불평을 감추지 않으면서 힘겹지만 스스로 선택한 새 악기를 배워나간다. 이러한 안톤의 두번째 변신은 화석처럼 굳어가던 할머니의 밑바닥 감정을 끌어내어 할머니의 변신을 유도한다. 자식이 떠밀어놓고 간 손자를 키우면서 젊은 날의 고통과 회한을 누구에게도 꺼내 보여주지 않은 채 삶을 견뎌왔던 할머니는 집 안에 흐르는 안톤의 노래와 연주를 들으면서 조금씩 자기 자신에게로 돌아온다. 안톤은 할머니가 음악을 했던 사람이라는 단서를 읽고 그의 과거와 자신의 현재를 잇는 음악적 대화를 시작한다. 안톤이 한 소절 노래를 하고 할머니가 나머지 한 소절을 소리 없이 떠올리는 장면은 이 작품의 가장 아름다운 부분이다.

학교에서 돌아온 나는, 할머니가 라비올리를 만드는 동안 부엌에서 간식을 먹으며 요한 세바스티안 바흐의 잘 알려지지 않은 미뉴에트를 부르기 시작했다. 첫 두 악절은 소리내어 부르고, 그다음 부분은 머릿속에서만 부르고, 조금 있다 다시 소리내어 부르는 식이었다. 돌고래가 헤엄을 칠 때도, 가끔씩만 등지느러미를 보여주는 것처럼 말이다. (…) 첫 시도에선 아무 일도 일어나지 않았다. (…) 한순간, 할머니의 입술이 움직이는 걸 본 듯도 했다. 그러나 그건 가짜였다. 기다리자, 안톤. 느긋해야 해. (『내 인생이 바뀐 날』, 59~60쪽)

사람이 달라지는 것은 자기 자신의 문제이지만, 우리는 누군가가 변신할 수 있도록 도울 수 있다는 점에서 그의 행운이 되어줄 수 있다. 안톤의 변화를 묵묵히 지켜보아준 음악원 선생님들과 현실을 끊임없이 일깨워주는 친구들, 그리고 그동안의 세월이 의무가 아니라 서로에게 행운이었다는 사실을 확인하게 해주는 안톤의 할머니까지 이 작품 속 사람들은 모두 타인의 삶에 꼭 필요한 변인들이다. 이 작품은 안톤의 변신 이야기이면서 안톤을 둘러싼 모두의 변신 이야기다. 우리 삶이 그러하듯이.

4. 어린이의 사회적 지위를 바꾸다—『내 이름은 구구 스니커즈』

마지막으로 볼 작품은 김유의 『내 이름은 구구 스니커즈』(창비, 2013) 다. 이 작품은 변신 이야기라기보다는 어린이의 사회적 지위를 바꾸는 한 놀라운 영웅에 대한 동화다. 그럼에도 변신 이야기와 하나로 묶어서 말하는 이유는 이 작품이야말로 어린이가 어디까지 자신을 바꾸어나 갈 수 있는지에 대한 흥미로운 예시를 보여주기 때문이다.

아홉 살 구구는 세상의 통념에 개의치 않고 친구와 적을 모두 자기편 으로 만들 줄 알며 어른들의 세계에 대한 두려움이 없다는 점에서 대 단히 비현실적인 인물이다. 그러나 작품을 읽는 내내 독자는 그의 호연 지기에 설득당하고 그의 탄력성에 감탄하며 그를 옹호하고 지지하게 된 다. 부모님이 사고로 돌아가셨지만 슬픔에만 빠져 있지 않고 친구를 찾 아나서는 구구는 부모님의 꿈이었던 세계 여행을 실현하고 '스니커즈 발 견가'가 되어 어른들의 영역인 경영까지 능숙하게 해낸다.

그렇다면 구구는 현대적 영웅일까. 삐삐 롱스타킹이 스웨덴 어린이들 에게 어린이의 무한한 가능성을 확인시켜준 동화 속 영웅이었다면 구 구는 그런 점에서 삐삐를 고스란히 닮았다. 그러나 구구의 현실은 100 여 년 전 삐삐와 분명히 다르다. 어린이가 어린이다움을 인정받지 못하 고 작은 어른, 어른 예비군처럼 대접받던 것이 삐삐의 현실이었다면 구구가 맞닥뜨리고 있는 한국의 현실은 유년기의 막연한 연장과 유예 속에서 정작 어린이도 어른도 자기다움을 상실한 상황이라고 할 수 있다. 삐삐가 모든 것이 금지된 사회에서 '어린이가 해도 됩니다!'라고 말했다면 구구는 어른들이 독점한 사회에서 '어린이가 더 잘할 수 있어요!'라고 외치면서 어린이에게 허가되지 않았던 영역에서 존재의 변신을 시도한다. 그리고 어른보다 더 잘해낸다.

서른이 되어도 부모의 그늘을 떠나지 못하는 자식들이 많고 '헬리콥터맘'이라는 수식어를 부끄러워하지 않는 부모가 흔한 사회에서 구구의 행보는 시사하는 바가 크다. 어른이 만들어놓고도 어른이 해결하지 못하는 문제들로 가득한 이 세상에서 구구와 그의 친구들은 진짜 변신시켜야 할 것이 무엇인지를 실천으로 보여준다. 그들이 변신시키고 싶은 것은 한 사람의 삶이 아니며 어린이들이 살아갈 세상 전체다.

앞의 세 작품은 모두 바꾸거나 바뀌는 것에 대한 동화다. 바꾸는 것을 통해서 이전과 달라지는 이야기다. 우리 삶에서 변화를 두려워하지 않기란 생각보다 쉽지 않다. 그러나 변신 이야기를 읽은 어린이라면 지금과 다른 내일을 만드는 일을 무서워하며 도망가지만은 않을 것이다.

추론의 즐거움,
상상의 불편함

1. 탐정 이야기가 사랑받는 비결

베를린의 단골 카페 로마니셰스에 앉아 남태평양을 배경으로 한 소설 『원시림의 페터질리』를 쓰던 작가 에리히 캐스트너는 한 가지 난관에 부딪히게 된다. 그가 쓰고 있던 소설의 내용은 이랬다. 온몸에 바둑판무늬가 그려진 식인종 아가씨가 샌프란시스코에 있는 광천수 주식회사에서 칫솔 한 개를 받아오겠다고 태평양을 헤엄쳐서 건너는 것이다. 그러나 그는 고래의 다리가 몇 개인지 몰라서 소설을 계속 전개해나갈 수 없었다. 골몰하는 그를 지켜보던 웨이터 니텐휘어 씨는 "가장 좋은 건 선생님이 잘 알고 계시는 것들에 대해 쓰시는 겁니다."라고 조언한다. 캐스트너는 자신이 잘 알고 있는 것이 무엇인지 생각하다가 테이블 다리를 세어보게 된다. 그러면서 에밀 티슈바인(Tischbein, 독일어로 '테이블 다리')이 주인공인 이야기 한 편을 떠올린다.

1829년 출간된 에리히 캐스트너의 동화 『에밀과 탐정들』은 이처럼 인상적인 창작 뒷이야기로 시작한다. 그는 이 이야기를 쓰기 시작하는데 시작이 되어준 이야기를 전하며 다음과 같이 덧붙인다. "이야기, 소설, 동화…… 이것들은 생명체와 비슷하다. 어쩌면 살아 있는지도 모른다. 진짜 사람처럼 머리며 다리가 달려 있고, 피가 흐르며, 옷도 갖춰 입고 있다. 자세히 들여다보면 얼굴에 코가 없는지 짝짝이 신발을 신고 있는지 알 수가 있다." 결국 이 작품은 건강한 생명체로서 지금까지 우리 곁에 살아남았다.

어린이 독자는 추리물을 좋아한다. 추리는 밍밍한 일상을 밑바닥부터 뒤집어 전혀 다른 색깔의 세상을 발견하는 일과 같다. 책을 읽으면서 독자는 '그 사람이 그런 사람이었어?' '그게 그렇게 된 일이었어? 전혀 몰랐네.'라는 탄식을 내뱉게 된다. 끊기 힘든 쾌감이다. 이야기의 생명력을 놓고 보자면 이만한 장르도 드물다. 어린이를 위한 추리물의 고전이라고 할 만한 『에밀과 탐정들』은 물론이고 총 14권으로 완간 번역되어 우리나라에 소개된 하야미네 가오루의 '괴짜 탐정의 사건 노트' 시리즈도 열혈 독자 집단을 이끌기로 유명하다.

추리 이야기, 탐정물이 어린이들에게 꾸준히 사랑받는 이유는 무엇일까? 논리적 사고는 해방적이다. 추리는 오직 자신의 논리력으로 하는 일이기 때문에 다른 사람의 생각에 내 생각을 구속시키지 않을 수 있다. 주어진 단서를 가지고 누가 범인일까 파고드는 순간만큼은 무한한 자유를 누릴 수 있다. 또한 추리에는 권력이나 권위가 개입하지 못한다. 타당한 추리와 부당한 추리가 있을 뿐이다. 직접 보거나 들은 것은 틀림없는 사실로 여겨진다. 어린이는 어른 못지않은 관찰의 눈을 지녔다. 힘센 어른에게 꿀릴 이유가 없으니 추리의 과정이 재미있다.

이것만이 아니다. 추리를 펼치다보면 간접적인 증거를 해석해야만 풀리는 문제가 있다. 예를 들면 목격자가 없는 과거의 사건이나 내일의 방문자를 예측하는 일 등이 그렇다. 이럴 때는 길바닥에 떨어진 바나나 껍질 하나를 가지고도 생각을 전개해야 한다. 사건의 흔적을 읽는 것이다. 흔적 읽기는 어린이들이 가장 좋아하는 사유활동 중 하나다. 세상에는 언제나 우리가 처음 본 것보다 더 많은 간접증거가 있다. 간접증거는 관찰자가 직접 찾아나설 때만 발견되므로 책상머리에서 이러쿵저러쿵할 수 없다. 몸을 움직이기 좋아하는 어린이의 특성과도 잘 맞는다. 무엇보다 간접증거를 잘 읽으려면 이야기를 만들어낼 줄 알아야 한다. 간접증거는 그 한 가지만으로는 특별하지 않지만 다른 증거를 만나 연결되면서 '특별한 이야기'가 되고 의미를 지니게 된다. 어린이는 추리물을 읽으면서 따로 떨어진 간접증거를 모으고 그것을 연결하며 즐거움을 느낀다. 지식을 연결하는 일이 '가르침'이라는 수동적 관계를 통해 이루어지는 거라면, 논리의 구성 요소를 연결하는 일은 내 안의 능동성을 자극한다. 이것이 탐정 이야기가 꾸준히 사랑받는 비결이다.

2. 추론의 즐거움

정은숙의 『명탐견 오드리』(바람의아이들, 2012)는 논리적 추론의 즐거움을 느낄 수 있는 경쾌한 동화다. 보통 추리물은 초등학교 고학년이나 청소년 독자를 대상으로 하는 경우가 많은데 이 작품은 저학년이나 중학년 어린이가 읽을 수 있는 내용이면서도 나름의 정교한 구조를 갖추고 있다.

주인공은 하얀 점박이 개 오드리다. 믿거나 말거나 자신의 조상이 암행어사 박문수의 수행견이었다는 자부심을 품고 살아가는 당당한 반려견이다. 오드리를 '똥개'라고 부르는 주인 승태씨는 걸핏하면 "도대체 아무 쓸모도 없다니까."라고 구박하지만 오드리는 굴하지 않고 "승태씨는 주인이 아니라 식구라니까. 어느 누구도 내 주인이 될 수 없다고 몇 번을 말했니?"라고 주장한다. 오드리는 절친한 떠돌이 개 준과 함께 추리력을 발휘해 승태씨가 도둑맞은 고서화를 훔친 범인을 찾아내고 분실된 다이아몬드 반지의 비밀을 캐내기도 한다.

이야기는 자화자찬의 대가 오드리의 시점에서 전개된다. 추리물의 탐정은 대개 예민하고 까칠한 성격인 경우가 많은데 오드리는 만사 천하태평에 넉살이 넘친다. 그렇다고 해서 실력이 떨어지는 것은 아니다. 승태씨에게 '똥개 새끼'라는 욕을 들으면서도 사건 현장에 끈질기게 접근하는 집요함, 버려진 강아지를 챙기는 정의감은 역사 속의 어느 명탐정 못지않게 치열하다.

오드리가 툭툭 물어오는 단서는 어린이 독자가 얼마든지 앞질러 추론할 수 있는 것이다. 어린이 입장에서 읽을 때 지나치게 난해하지 않으면서도 만만해보이지 않는, 철저히 사실에 근거한 추론을 진행해간다. 오드리가 사람이 아니라 명탐견인 점을 살려서 결정적인 단서는 늘 후각을 활용해 포착하는 것도 흥미롭다. '코를 간질이는 맛있는 냄새'(14쪽), '주먹밥을 먹고 정신을 잃기 전에 맡았던 냄새'(26쪽), '코리코리한 명현이 몸냄새가 나는 낯선 손목'(83쪽), '용이 불길을 내뿜는 시늉을 하며 푸하 푸하, 풍기던 입냄새'(99쪽) 등 이 작품에서는 후각에 관한 표현이 압도적으로 자주 등장하는데 그래서인지 책을 덮을 때쯤이면 나도 모르게 오드리가 된 듯 주위의 냄새에 코를 킁킁거리게 된다.

주인공이 개면서 1인칭 주인공 시점이기 때문에 글 안에서 충분히 설명되지 못한 범인들의 속사정을 추측해보는 것도 이야기를 읽는 다른 재미다. 명탐견 오드리의 시선을 따라가면 '누가 범인일까?'를 알 수는 있어도 '왜 그런 범죄를 저질렀을까?'를 알기는 어렵다. '개의 시점'이 가지는 이해력의 한계가 있기 때문이다. 독자는 여기서부터 오드리와 떨어져 독립적인 길을 걸어야 한다. 범행의 동기를 짐작할 만한 정황이 사건 주변에 놓여 있지만 오드리는 아는 듯 모르는 듯 몇 마디 정보를 흘릴 뿐 자세한 해석에 대해서는 관심을 접는다. 하나의 사건이 종결되면 "코를 훙훙거리며" 다음 사건이 있는 곳으로 바람처럼 달려갈 따름이다. 인간의 눈으로 인간의 범죄를 이해하고 그들의 아픔을 상상하는 것은 독자의 몫이 되는데 이 책의 여운은 그 부분에 있다.

3. 상상의 불편함

최나미의 『천사를 미워해도 되나요?』(한겨레아이들, 2012)는 단편동화집이다. 모두 다섯 편의 이야기가 실려 있는데 그 첫번째 작품인 「X-파일」은 추리물의 구조를 띠고 있다. 그 밖의 작품도 범죄의 경과를 추리하는 것은 아니지만 등장인물의 심리적 인과를 추리해야만 전개를 따라갈 수 있는 섬세한 작품들이다.

「X-파일」의 주인공 재연이네는 가족 모두가 해병대 훈련장에 놀러가기로 한 날, 주차장에 세워둔 차가 박살나는 사고를 당한다. 누군가가 의도적으로 한 일이 분명한데 범인이 좀처럼 가늠되지 않는다. 재연이는 이 사건의 비밀을 풀기 위해 탐정으로 나선다. 같은 탐정물이지만 『명탐견 오드리』와 다른 점은 강아지 탐정과 달리 사람 탐정은 단서를 찾기에 앞서 범행의 동기를 먼저 헤아린다는 것이다. 토막토막 흩어진 사실적 단서보다는 '누가 범행을 저지를 만한 심리적 이유를 가졌는가?'가 추론의 출발점이 된다. '모서리에 청회색 페인트가 묻은 큰 돌'이나 '운전석 의자 틈의 전단지 쪼가리'는 사건과 동기의 공백을 메우는 추론의 징검다리가 되어줄 뿐이다. 재연이의 범행 동기에 대한 추론은 최근 실랑이를 빚었던 1층 아저씨에서 시작해 오빠 재완에게서 멎는다. '인생은 우리가 상상하는 것 이상으로 예측불허'이며 '우리 집의 평화를 위협하는 것이 오빠의 곱상한 외모와 성격'이라는 인정하고 싶지 않았던 결론에 도달한다. 추론을 성공적으로 끝낸 재연이가 차마 가족들 앞에서 수사 결과를 발표하지 못할 때, 자수를 통해서 드러난 범인은 뜻밖에도 두 사람. 먼 범인은 가벼운 동기를 가졌고 가까운 범인은 훨씬 더 무거운 동기 때문에 움직였다는 것이 밝혀진다.

"남들은, 내 아들이라면 당연히 사내 중의 사내일 거라고 부러워해! 여자들 틈에서 시 나부랭이나 끄적인다면 믿지도 않을 거라고! 제목도 한심하기는……. 바이올렛과 퍼플의 차이? 이따위 걸 써서 남들 앞에서 읽고 싶냔 말이야!" (「X-파일」, 『천사를 미워해도 되나요?』, 31쪽)

"집에는 안 간다니까요. 날 그냥 체포하라고요! 내가 그랬어요! 내가 부쉈다고요! 부탁인데, 제발 교도소에 날 처넣으라고요! 아빠 없는 곳이라면 어디라도 상관없잖아요! 제발요!" (같은 책, 42~43쪽)

'당연하다'는 말은 분명한 어떤 것에 대해서 상대방을 설득하려고 할 때 쓰는 말이다. 그러나 우리가 일상에서 나누는 대화 가운데는 논리적으로 '당연해서' 받아들이는 것이 아니라 '권위'의 강요에 못 이겨 부당하지만 받아들이는 것이 적지 않다. 엄격한 타당성을 확보하지 못한 유사 논리에 따른 추론, 심리적 오류를 포함한 논증은 거짓 인과의 탈을 쓰고 우리를 몰아붙이고 강력한 편견의 온상을 짓는다. 오빠 재완이의 극단적인 선택에는 어떤 논리적 근거를 제시하더라도 아버지의 편견을 깨뜨릴 수 없을 거라는 절망이 큰 몫을 했다. 대화가 자취를 감추면 폭력이 들어선다. 폭력은 대개 강자가 약자에게 행하곤 하지만 그 역도 가능하다는 것을 재완이가 보여준 것이다.

재완이의 아버지가 생각하기에 미래를 준비해야 할 시기에 '바이올렛과 퍼플의 차이'를 고민하는 재완이의 태도는 모호하기 짝이 없다. 논리적 추론에서 정도와 기준이 불분명한 '모호성'은 제거의 대상이다. 그러나 우리의 마음은, 삶은 다르다. 명료하게 내용을 기술하기 어려울 때 모호함에 기대어 진정성을 드러내기도 하는 것이다. 사건은 논리적으로 해결할 수 있지만 상대의 마음은 상상력을 발휘해야만 이해할 수 있다. 재완이네도 그랬다. '내가 바이올렛(씩씩함)이 아니라 퍼플(부드러움)이라서 아빠는 자꾸 화를 내는 걸까?' 고민하는 재완이의 마음을 조금도 상상하려 하지 않았던 것이 골 깊은 갈등의 시작이었던 셈이다.

앞서 말했듯이 이 단편집에 실린 나머지 작품들도 '누가 그랬지?'보다는 '왜 그랬지?'를 묻는다. 그리고 '왜 그랬지?'에서 멈추지 않고 '언제나' '반드시' '모두' 그래야 했는지 추적한다. 사람을 전체집합으로 파악하는 것이 헛다리 짚는 일일 수 있다는 경고를 던지고, 긍정과 부정의 구분을 의심한다. '언제나 옳은' '언제나 착한' 것이 가능하냐고 묻는다. 작품은 '어떤 옳은/어떤 옳지 않은' '어떤 착한/어떤 착하지 않은'을 두루 살피려고 한다. '착하다'와 '못됐다'로 잘라 말할 수 없는 인간관계의 바이올렛과 퍼플, 그 사이를 파헤친다.

두번째 단편 「리모컨」은 선화와 슬기의 변증의 성장과정을 그리고 있다. 자신감 넘치던 슬기가 점점 관계의 불안에 노출되고 슬기에게 의존적이던 선화가 자존감을 키우면서 관계의 주도권을 잡는다. 이런 과정은 누구나 한 번쯤 겪어봤을 일이다. 작가는 "누가 이렇게 만든 거니?"라는 슬기의 마지막 질문을 통해서 그동안 두 사람이 '우정'의 이름으로 만났지만 한쪽이 다른 한쪽을 지배하는 헤게모니 쟁탈전을 벌인 건 아니었는지 되묻는다. 둘 사이에서 '언제나' 강자일 줄 알았던 슬기는 한 번도 자신이 선화의 '리모컨', 즉 약자가 될 수 있다는 상상을 해보지 못했다. 어느 순간에 강자와 약자의 위치는 뒤바뀌고 자신이 선화의 리모컨이 된다.

세번째 단편 「천사를 미워해도 되나요?」는 선과 악, 이상과 현실을 둘러싼 우리들의 고정관념에 의문을 던지는 작품이다. 송연이는 친구들의 일이라면 물불 안 가리고 도와주는 천사표 아이다. 의뭉스런 의도가 있는 것도 아니어서 다들 송연이를 칭찬한다. 하지만 그 때문에 송연이의 단짝 규미는 언제나 이기적이고 잘난 척하고 게으른 아이로 낙인찍힌다. 규미는 친구 송연이의 '지독한 선행'을 답답해한다.

이 이야기는 '권선징악'이라는 이분법을 불변의 진리처럼 믿고 자신의 행동에 기계적으로 적용해왔던 어린이들이 사춘기에 접어들고 주관적 판단에 눈을 뜨면서 겪는 고민을 다루었다. '모든 어린이는……'으로 시작되는 전칭긍정명제에 길들었던 어린이가 '어떤 어린이는……'으로 시작되는 특칭명제 안에서 자신을 발견하면서 부분집합 속의 자신, 나아가 '오직 나인 나'를 발견하면서 마주치는 갈등을 생생히 그려낸다.

4. 사회적 마음을 상상하기

어떤 문제에 대해 형식을 갖추어 논리적으로 추론하는 일은 까다롭지만 즐겁다. 탐정소설이 그러한 것처럼 말이다. 우리는 문제의 이면을 더 깊게 이해하기 위해서 논리력과 더불어 상상력을 발휘해야 한다. 눈에 보이는 전말만을 파헤칠 것이 아니라 문제가 되는 상황을 둘러싼 심리적, 사회적, 문화적 영역에까지 상상력을 가동해야만 좀더 입체적으로 사건의 내용을 이해할 수 있다. 상상력을 가동하는 일은 때때로 견디기 힘든 불편함을 동반한다. 타인의 입장에 나를 대입하고 공감하려고 노력해야만 가능한 일이기 때문이다. 나아가 그와 내가 함께 놓인 사회적 조건을 되돌아봐야 한다. 이 일은 복잡해서 우리는 종종 가까운 인과를 밝히는 것만으로 생각을 종료해버리고 싶은 유혹에 시달린다. 그것이 진실이 아니라는 사실을 알 때도 그렇다. 진실을 아는 일이 얼마나 불편한 일인가를 생각해보면 이런 유혹은 자연스럽다.

그러나 내 마음을 넘어서서 상대방의 마음을 구체적으로 상상하고, 사회적 마음을 상상하는 일은 소중하다. 우리는 선악을 기준으로 정렬해버릴 수 없는, 이야기를 지닌 생명체다. 사회적 상상은 명탐견 오드리가 아닌 인간이기에 할 수 있는 특별한 일이기도 하다. 우리가 타인의 삶에 대해 상상하는 어려움을 감수하지 않는다면 우리 삶의 어떤 중요한 부분은 영원히 달라지지 않는다. 이 두 권의 책은 그것을 일러준다.

짧아서 더
깊은 말

1. 단편동화의 특별한 매력

이야기에는 이야기 나름의 운명이 있다고 믿는 편이다. 어딘가에 묻혀 있다가 10여 년 만에 되살아나서 사람들의 가슴을 울리는 노래가 있고 비명처럼 가슴을 단숨에 흔들어놓고도 초연히 잊히는 시가 있다. 이야기도 마찬가지다. 내가 언제 어느 순간에 이야기 한 토막을 만나 그 안에서 위안을 얻거나 마음의 칼날을 벼리게 될지 우리는 잘 모른다. 이야기가 언제 나를 만날지 스스로 짐작할 수 없는 것처럼. 하나의 이야기는 다른 생의 고리 안에서 윤회를 거듭한다. 그런 점에서 종교적이다. 하지만 이야기는 작품 구조의 한계를 뛰어넘는 감동을 만들어내지 못한다는 점에서 매우 과학적이라고도 할 수 있다.

단편동화는 장편동화와 다른 운명을 지녔을까? 어린이를 대상으로 한 글에서 자주 보이는 편견 가운데 하나가 '글의 길이'와 '글의 깊이'에 대한 오해다. 글이 길면 독자가 이해하기 어렵고 주제도 깊고, 글이 짧으면 이해가 쉽고 주제가 간단할 거라고 생각한다. 상당히 난해한 상징을 포함하는 시가 들어 있는 그림책이 4~6세를 위한 그림책 판매대에 꽂혀 있다거나 두툼하다는 이유로 높은 학년 추천도서 목록에 오르는 가벼운 의인동화들은 이런 오해의 결과다. 재미있는 것은 독자들만 이런 편견을 지닌 것이 아니라는 점이다. 종종 작가들도 비슷한 오해를 가진 채 작품을 쓴다. 낮은 학년을 위한 이야기는 짤막하게 쓰면서 고학년을 위한 책은 필요 이상의 복잡하고 긴 플롯을 채택할 때가 있다.

어린이책은 다른 문학작품과 달리 독자 대상의 어휘 이해력 문제 때문에 학령별 분류를 무시할 수 없는 형편이다. 최근 구체적인 독자 나이를 출판 단계에서부터 언급한 작품이 많아지기도 했다. 문학 공모에서도 저학년동화 부문이 신설되고 있다. 대상 독자가 낮은 연령이라고 생각할 때 더 얇은 책을 내고 그 얇은 책 안에도 단편동화를 묶어서 싣는 경우가 늘어났다. 거꾸로 대상 독자가 높은 책 가운데는 단편이 드물어졌다.

각종 공모에 출품하거나 화려하게 주목받는 공모전 수상작과 경쟁하려고 하는 작가는 작품을 쓰기 전에 이른바 전략을 고민한다. '무슨 이야기를 쓸 것인가'보다 '어떻게 쓸 것인가'를 먼저 고려하는 경우도 있다. 서사의 반전이나 매혹적인 캐릭터를 부각시켜서 시선을 사로잡으려면 장편이 유리하다고 판단한 작가와 예비 작가군은 고학년 대상 장편을 쓰는 일에 창작 열정을 집중한다. 최근 몇 년간 부쩍 고학년 어린이가 읽을 만한 중, 단편이 줄어드는 현실은 장편이 우대받는 공모전 문화라든가 책의 두께와 독서 단계를 비례로 바라보는 경향과 관계가 깊다고 생각한다.

그러나 짧아서 더 깊은 말이 있다. 단편이기 때문에 더 긴 여운을 주면서 마음속을 휘돌아나가는 이야기가 있다. 역사상 무수한 이야기꾼이 길게, 더 길게만 글을 쓰지 않았던 까닭은 짧은 이야기만의 매력을 버릴 수 없었기 때문이다. 특히 초등학교 고학년 연령대는 단순히 텍스트를 읽고 이해하는 것이 아니라 텍스트와 자기 자신 사이에 무언의 대화가 가능한 나이다. 독자가 더 많은 자기 말을 털어놓도록 돕는 짧은 이야기가 더 깊은 공감을 안겨줄 가능성이 크다.

단편동화에서는 문체의 개성이 더 두드러지는 경우가 많다. 짧은 구조 안에서 작품의 분위기를 전달하기 위해서는 문체로 인물이나 배경을 특성화하는 것이 필요하기 때문이다. 캐릭터의 심리적 변화보다는 인물이 부여받은 상황에 집중하게 되고 구조의 전개보다는 단일 사건의 의미를 둘러싼 해석을 들려주게 된다. 단편동화는 장편이었으면 묻혀버렸을 운명적인 장면을 끄집어내곤 한다. 그 장면을 집요하게 파고든다. 그래서 훨씬 더 깊은 공감의 지점에 이르기도 한다.

정연철의 『주병국 주방장』(문학동네, 2010)과 이숙현의 『초코칩 쿠키, 안녕』(창비, 2010)은 단편 모음집이다. 이 두 작품집은 초등학교 중학년 또는 고학년쯤이면 담아둘 만한 이야기를 여러 편 품고 있다. 두 작가 모두 어지간한 공모전 수상보다 어렵다는 월간 『어린이와 문학』의 신인 작가 추천 제도를 통해서 여러 차례 작품을 선보였다는 점이 같다. 이들의 작품은 단편에 대한 생각을 고쳐 지니게 하는 힘이 있다. 작품마다 인상이 선명하고 독자에게 던지는 의문이 예리하다. 단편이라는 이유로 비약을 용인하거나 더 매달리지 않은 부분도 눈에 띈다. 두 단편집에 실린 작품을 짚어보면서 단편동화의 오늘에 대한 이야기를 나누고자 한다.

2. 한꺼번에 쏟아져나오는 말의 잔치—『주병국 주방장』

정연철의 『주병국 주방장』에는 생생한 말이 펄펄 뛴다. 아닌 게 아니라 주방은 입을 위한 장소다. 주방장은 맛있는 음식을 만들어 입을 즐겁게 하는 일에 복무한다. 음식을 만드는 사람 중에는 자신이 만든 음식의 오만 가지 맛만큼이나 세상에 대한 호기심도 많은 사람이 여럿 있다. 요리사와 입담의 관계는 텔레비전에서 방송하는 요리 프로그램이나 요리사가 쓴 에세이들을 읽어보면 알 수 있다. '먹는 입'과 '말하는 입'은 참 가깝다.

「주병국 주방장」의 병국이도 그렇다. 병국이의 꿈은 요리사다. 병국이 부모님은 통닭집을 운영한다. 이래저래 먹는 일에 연관된 병국이네 가족의 입담은 어지간한 희극 배우 저리 가라 할 정도다. 손으로는 입을 위한 음식을 만들면서 입으로는 줄곧 마음을 토해낸다.

"니 방학 숙제는 다 했나? 맨날 콤퓨타 앞에 앉아가 게임이나 해쌓고. 학원 끊었다꼬 좀 봐줬디만 안 되겠네. 도대체 커서 뭐가 될라 카노?"

"말했다 아이가. 호텔 주방……."

"고마해라이! 누가 주씨 아이라 칼까봐 그놈으 주방장 소리는, 쯧."

무조건 반대하는 엄마 때문에 짜증이 났다.

"그라믄 공부해서 돈 벌란 말이가? 해도 안 되는 거 어짜란 말이고. 아들은 다 엄마 머리 닮는다 카는데 내가 닭대가린 건 다 엄마 탓이다. 책임지라!"

"달린 입이라꼬 잘도 씨부리쌓네. 니가 언제 그리 열심히 공부해봤노. 짜 슥아! 우예뜬동 주방장은 절대로 안 된다. 니도 엄마맨키로 얼굴 뻘겋게 달 가가면서 이 짓 하고 싶나? 엄마 펄펄 끓는 기름에 손 딘 것 좀 봐라."

엄마는 화상 흉터가 뚜렷한 손목을 쭉쭉 내밀며 말을 이어나갔다.

"게우, 고론 거 하라꼬 쎄 빠지게 니 공부시키는 줄 아나? 으이구, 복장 터 져!"(「주병국 주방장」, 『주병국 주방장』, 25~26쪽)

이 가족의 말은 상처를 드러내고 아픔을 확인하는 장치다. 그러나 말 로 깨달은 상처를 요리로 치유하는 것이 병국이다. 병국이는 친구를 부 르고 친구를 위한 음식을 만들면서 부모에게 자신의 마음을 이해받지 못해 속상한 기분을 달랜다. 친구들에게 카레라면을 끓여주고 김치닭 갈비를 만들어주면서 묻는다. "야, 돼지처럼 묵지만 말고 말 좀 해라. 맛 이 어떻노?"

판이 커지면서 병국이의 손님들은 포도주를 마시고 혀가 꼬인다. 어 른 흉내라고 하기에는 제법 통쾌한 주정이 이어진다. "어이, 주 사장! 아 니, 주 반장! 아니 아니, 발음이 와 이리 안 되노. 주 주방장! 안주 좀 데 피라. 다 식었다."

과연 병국이가 커서 요리사가 될 것인지는 잘 모르겠다. 그러나 병국 이는 말로 다 하지 못한 자기표현을 요리로 할 줄 아는 아이임이 틀림 없고, 그런 병국이가 주방장이 된다면 그 식당의 음식은 분명히 남다른 깊은 맛을 낼 것이다. 이 단편에서는 '입'과 '말'과 '맛'에 대한 이야기가 오가는데 마지막 문장이 "밥을 팍팍 퍼먹었다."로 끝나는 것은 그런 인 상을 더욱 산뜻하게 완성해주고 있다.

이 단편집의 또다른 작품 「쑥대밭」에는 틀니를 끼는 할머니가 나온다. 할머니의 감정은 '입'으로 드러난다. "와 이리 입안이 깔깔한지 몰루 겠네."라는 말은 할머니 마음의 깔깔한 불편함을 나타내는 척도다. 이 작품의 주제가 되는 문장도 할머니의 입에서 나온다. 할머니는 수돗가에서 칫솔로 틀니를 닦으며 말한다. "샤얌 샤느 마으 쑤째바트오 맹그응구마, 챠마요."

이 생경한 소리는 "사람 사는 마을 쑥대밭으로 만드는구면, 참말로."의 틀니어다. 작가는 가장 중요하다고 할 수 있는 문장을 '틀니어'로 표현함으로써 모든 것이 '쑥대밭'이 된 처참한 상황을 더 적나라하게 나타냈다. 한우네의 삶은 개발의 칼바람 속에서 틀니처럼 엉성하게 끼워진 채 건덩거리는 그런 삶이다. 우물거림으로 말할 수밖에 없고 아무도 그 말에 귀기울여주지 않기에 더욱 처절하게 꺼내 닦아야 하는 그런 삶이다. 주인공 한우는 할머니의 죽음을 겪고 마음마저 온통 쑥대밭이 된다. 그런 한우에게 잊히지 않는 것은 우물거림으로 남은 할머니의 그 한마디, "챠마요."다.

이 단편집의 모든 작품이 고른 수준을 보여주는 것은 아니다. 신인작가의 작품이기에 오는 한계일 수도 있겠지만 짧은 분량 안에 긴 말을 서술하는 과정에서 비약을 줄이는 데 치밀하지 못한 부분도 있었으리라 생각한다. 「독립만세」 같은 작품은 단편의 풍자적 특성을 노린 글이었지만 엄마와 할아버지의 대결 구도에서 설득력 있는 장면을 만들어내지 못하고 씁쓸하게 마무리된다. 짧은 글일수록 인물에 대한 오해가 발생하기도 쉽다는 점을 생각하면 이 작품의 엄마는 오해받기 쉽게 그려져 있기도 하다. 엄마의 독립 의지를 마뜩잖게 바라보는 할아버지의 시선에는 문제가 없는가. 핵가족의 문제는 언제나 '대가족의 화합'으로만 치유되어야 하는가. 작가가 더 치열하게 해명했어야 할 부분이었다고 생각한다.

3. 깊은 감동의 맛—『초코칩 쿠키, 안녕』

이숙현의 『초코칩 쿠키, 안녕』은 고학년 독자를 위한 단편동화가 얼마나 깊게 마음을 건드릴 수 있는가를 보여주는 수작이다. 이 작품집에 실린 단편은 각각 중요한 반전이나 인물의 갈등을 보여주려고 애쓰지 않는다. 마치 벽에 걸린 한 장의 그림이나, 편집하다가 중단한 연습용 비디오 클립을 보는 것처럼 툭 끊어져 있고 이미지도 평평하다. 하지만 그 안에서 들려오는 소리는 대단히 뚜렷해서 책을 덮고 뒤돌아서도 이야기를 잊기 어렵게 만든다.

주목할 만한 것은 잊기 어려운 것이 이야기의 줄거리가 아니라는 점이다. 그토록 망설이며 뛰어넘지 못했던 뜀틀을 드디어 넘고 "왼손을 가슴께로 올"려 "꿈틀거리는 가슴에" 갖다 대는 동훈이의 함성이나(「뜀틀 꿈틀」), "점 뺀다고 하루아침에 모든 게 달라지는 않"겠지만 "수박씨를 빼버리면 이런 기막힌 사건들도 함께 사라"질 거라고 믿는 전은이의 바람이나(「내가 사랑한 수박씨」), 할머니가 받아온 희망근로상품권으로라도 드럼을 배우고 싶어하며 남몰래 드럼 채를 두드리면서 "내 안의 무언가를 두드리는 것만 같았다."고 고백하는 '나'의 설렘 같은 것이다(「빰 빠밤, 빠바바밤!」).

표제작인 「초코칩 쿠키, 안녕」에서는 어린이들이면 한 번쯤 맛보았을 과자의 맛에 빗대어 어린이의 마음을 그려낸다. 기울어가는 집안 형편을 감내하면서 꾸역꾸역 자신의 마음을 달래는 주인공의 모습이 정교하게 그려져 있다.

남에게 빌린 돈으로 큰돈을 만들려다가 실패한 아빠 때문에 정든 집을 떠나고 예상치 못한 내리막을 받아들여야 하는 주인공 '나'는 하루 아침에 초코칩 쿠키를 먹는 일이 해서는 안 될 일이 되는 상황을 이해하기 어렵다. 하지만 세상에는 마음으로는 어렵다 해도 눈치로 이해해야 하는 일이 있고 마음으로 알지만 억지로도 안 되는 일이 있다. 주인공은 "이 상황에서, 너는 그딴 게 목구멍으로 넘어가니?"라는 언니의 핀잔 속에서도 초코칩 쿠키에 집착하고 그 맛에 의지한다.

그런 '나'의 마음이 얼핏 사치스럽게 여겨진다면 그것은 소중한 것을 잃어본 적이 없는 사람일 것이다. 우리는 대개 쌀보다 과자가 부차적이라고 생각하지만 그렇다고 과자가 내 마음을 대변하지 못하는 것은 아니다. 쌀 때문에 굳게 이를 악문다면 과자 때문에 저런 마음으로 통곡한다. 어떤 것이 진짜 마음이라고 감히 말할 수 있겠는가.

"뭐야, 과자 부스러기 담긴 봉지밖에 안 보이는데 설마, 네가 찾는 게 이거냐?"

아저씨가 초코칩 쿠키 봉지를 흔들었다. 나는 눈물로 범벅이 된 얼굴로 고개를 끄덕였다.

"나 원 참. 난 또 대단한 게 들었다고. 아니, 다 큰 애가 과자 때문에 질질 짜? 여기 있다, 받아라."

아저씨가 쿠키 봉지를 던졌다. 부서진 초코칩 쿠키가 흔들거리며 바닥에 떨어졌다. (「초코칩 쿠키, 안녕」, 60쪽)

주인공이 매달리는 대상이 고작 쿠키라고 해서 이 작품이 전하는 아품의 깊이가 얕은 것은 아니다. "먹고 싶은 거 먹은 네가 무슨 잘못이겠어!"라는 언니의 일갈은 가족의 어려움 앞에서 죄인인 것같이 주눅드는 어린이의 마음을 가장 맹렬하게 파고드는 대사다. "피아노 의자에서 안 꺼낸 게 있어요! 피아노 의자에, 하나밖에 안 남은, 그러니까 제가 숨겨둔…….'이라는 주인공의 말은 '원치 않는 이사'라는 정황과 맞물려 이야기의 기폭제가 된다. "그렇게 쿠키 절반이 사라져버렸다."는 독백 앞에서 독자는 쿵 하고 떨어지는 기분을 맛볼 것이다. '초코칩 쿠키'는 이 작품이 형편이 어려워진 아이의 인생 역정이 아니라 그 아이의 진짜 마음에 대한 이야기임을 이해할 수 있게 도와주는 강력한 매개체다.

작가 이숙현은 단편의 미덕이 무엇인지 알고 있는 작가다. 우리를 서럽고 힘들게 하는 것은 주인공의 복잡다단한 삶의 굴곡일 때도 있지만 과자 부스러기 한 조각일 수도 있다는 작가의 메시지는 장편에 대한 단편의 비유로도 훌륭하다. 긴 이야기를 전부 들어야만 공감할 수 있는 것은 아니다. 단 한 장면 때문에 그 사람 전체를 이해하는 것 같은 기분이 들 수 있고 그것이 꼭 착각이라는 법은 없다.

4. 사라지는 말, 남는 말

말과 청각적 이미지를 잘 다루는 두 작가의 단편집을 보면서 독자로서 훈훈한 마음이 들었던 것은 줄거리가 아닌 이야기를 만났다는 반가움 때문이었다. 단편을 줄거리, 또는 줄거리의 한 토막으로 생각한다면 그것은 '나'의 초코칩 쿠키를 과거에 대한 하찮은 미련 한 조각쯤으로 해석하는 것만큼이나 경솔한 일일 것이다.

새로운 작가는 언제나 등장하고 그들은 늘 다른 이야기를 쓰지만 그
것은 서사의 차이만을 의미하는 것은 아니다. 문체의 차이라든가 배경
을 조명하는 방식의 차이라든가 활용하는 이미지의 차이가 더욱 두툼
한 개성을 만들어내는 요소다. 좋은 작가를 만났다는 기쁨을 가지고
다음 작품을 기다린다.

사람을 닮는 기계,
신을 닮으려는 사람

1. 아바타 안 본 사람

2010년이 시작되면서 사람들의 입에 자주 오르내린 두 개의 낱말
이 있다. '아바타'와 '아이폰'이다. 제임스 캐머런 감독은 이전의 기술력
과 획을 긋는 정교한 3D 기법으로 영화 〈아바타〉를 제작해 관객에게 진
짜 같은 환상을 안겨주는 데 어느 정도 성공했다. 이 영화가 구현한 세
계는 낯선 것이었지만 찬찬히 살펴보면 이 세계와 무척 닮아 있었다. 영
화에 등장하는 나비족의 존재와 그들이 사는 시공간은 현실에 없는 세
계인데도, 누구는 중국의 황산이 실제 그 공간과 닮았다고 하고, 누구
는 나비족이 타고 다니는 '토루크'와 비슷한 새가 아마존에 살고 있다고
도 말한다. 나비족의 처지를 개발업자들의 폭력적 행태, 용산 참사 등
과 연결해 생각하는 사람이 적지 않았고 석유 자원에 집착하는 호전적
인 미국의 모습을 곧바로 연상할 수 있는 장면도 많았다. 또 이 영화는

우리가 아는 수많은 이야기 구조와도 닮았다. '〈아바타〉에 들어 있는 스무 편의 영화'라는 우스개가 떠돌아다닐 정도로, 〈아바타〉는 어딘가에서 듣고 보고 읽었던 익숙한 상징의 집합체였다. 우리는 이 영화를 통해서 여러모로 '닮음'에 대한 경험을 한 셈이다.

'하늘 아래 새로운 것은 없다'는 옛말은 오직 신이나 자연에만 예외다. 만약 신이 세계를 창조했다면 그는 정말 아무것도 없는 상태에서 새로움을 만들어냈다는 말이 된다. '자연'은 스스로 그러한 것이니 누군가를 굳이 닮을 필요가 없다. 그다음 순번부터는 무엇이든 결국 다 어딘가 만들어져 있던 것의 변주라는 건데, 사람들은 그 변주의 능력에서 지상의 다른 존재들보다 탁월하다. 호랑이처럼 호랑이를 그려내고 파도 소리처럼 파도 소리를 연주한다. '하늘 아래 새로운 것은 없다'는 말은 '인간의 창조적 변주가 닿지 않은 곳이 없다'는 뜻이기도 하다.

'닮은 것'을 곧잘 만들어내면서 인간은 자신이 신과 비슷한 능력을 가졌다는 생각을 하기 시작한다. 자연을 자기 마음대로 운영할 수 있다는 기대를 품기 시작한다. 컴퓨터의 개발은 인간이 수천 년 동안 시도해온 '닮은꼴 만들기 역사'의 정점이다. '나랑 똑같은 기계'를 만들 수 있다면 논리적으로 나는 '나를 만든 존재'와 동등해질 수 있다. 1970년대 '나처럼 계산할 줄 아는 기계'에서 출발한 컴퓨터는 불과 40여 년 만에 '나처럼 노래하고, 수술하고, 날씨를 예측하고, 장을 봐주는' 똑똑한 존재로 발전했다.

영화 〈아바타〉의 성공은 모의(simulation)가 더이상 모의처럼 여겨지지 않는다는 데 놀란 사람들의 입소문 덕분이었다. "아바타 봤어?"는 한동안 흔한 인사말이었다. 〈아바타〉를 통해서 사람들은 '자기 자신의 창조적 변주 능력'이 얼마나 놀라운가를 깨닫고 즐거워하거나 두려워했던 것이다. 여기에 스마트폰이라는 신종 기계가 힘을 보탰다. 이 작고 앙증맞은 손 안의 컴퓨터를 가지면서 사람들은 기계가 내 몸에 장착되었을 때 어떤 변화가 일어나는지 직접 깨달았다. 도착하지 않은 버스의 움직임을 내다보고 정류장에 나갈 시간을 알려주거나 내가 걸어갈 방향의 소나기를 예측하고 우산을 펴라고 알려주는 이 친절한 친구는 사람과 매우 닮았고 때때로 사람 이상이다. 기계에 대고 곡목이 기억나지 않는 노래를 불러주면 친절하게 가수 이름까지 일러주면서 말한다. "너 지난주에도 이 노래를 들은 적이 있지? 이 노래를 좋아하는가보구나."

나를 닮은 똑똑한 기계의 도움을 받아 내 존재의 물리적 한계를 넘어서는 확장된 경험을 하는 것, 이를 학자들은 '증강현실(augmented reality)'이라고 말한다. 지난 수천 년의 역사가 물리적 몸의 한계를 벗어나지 못한 역사였다면 이제는 우리를 닮은 몸의 옵션을 부착하여 그 한계를 뛰어넘는 삶을 살게 된 것이다.

2. 신이 되고 싶은 인간—『플로라의 비밀』

인간이 신을 꿈꾸는 것은 당연한 욕망이다. 인간이 본래 가지고 있는 완전성에 대한 욕구로 인해 사람이라면 누구나 지금 세계의 모순, 불합리함, 부도덕함 등을 딛고 일어나 더 완전한 구조와 가치에 도달하기를 원한다. 불완전한 세계를 묵인하거나 달라지는 것을 두려워하는 것은 사람답지 못하다. 역사는 남보다 더 열심히 달라지고자 노력하는 사람의 손에 의해 발전해왔다. 그러나 현실 세계에서 구사할 수 있는 변화의 폭은 넓지 않다. 사람들은 더 구체적으로 자신의 이상과 접촉하기를 원했다. 먼 앞날의 가치를 생각하면서 오늘의 할 일을 준비하고 싶었다. 판타지는 미래를 변화시키고 싶은 사람들의 열망이 반영된 장르다. 지금 우리가 사는 시공간에는 도래하지 않았지만 언젠가는 반드시 실현하고 싶은 진리가 판타지 시공간 안에서 실현된다. 등장인물은 판타지 공간 안에서 자신의 모습을 바꾸고, 자신이 꿈꾸던 완전한 세계를 실험해본다. 독자는 등장인물의 실험을 지켜보면서 작가와 함께 낯선 창조에 동참한다. 판타지의 시공간 안에서 잠시 신이 되어보는 것이다.

　물론 판타지에서 일어나는 상상은 대개 현실로 돌아왔을 때 낭만적인 것으로 취급받기 일쑤다. 그래도 우리는 현실의 불합리한 강요에서 벗어나 생산적이고 능동적인 언약을 하고 싶고 그 새로운 언약 앞에서 더 완전해지는 나와 세계를 보고 싶다. 내가 신이 아니기에 대번에 깨뜨리거나 뒤집지 못하는 현실의 불의는 무너지고 새로운 정의가 수립된다. 정의를 창조한 쾌감도 잠시, 책을 덮으면 우리는 다시 냉혹한 현실로 돌아와야 한다. 그럼에도 책에서 경험한 낭만적 환상은 현실의 내게 용기를 준다. 달라지는 것에 대한 두려움에서 나를 한결 가볍게 하고, 현실을 극복하기 위한 고난의 여정 속으로 내 등을 슬쩍 밀어준다.

　오진원의 『플로라의 비밀』(문학과지성사, 2007)은 낭만적 판타지의 힘을 잘 보여주는 작품이다. 어린 예언자 푸르니에는 미래를 바라볼 수 있다는 것이 얼마나 부질없는 일인지 일찍 깨달아버린 아이다. 자신을 찾아오는 사람들에게 '미래를 아는 것은 삶을 권태롭게 만든다'고 말한다. 푸르니에가 생각하는 가치 있는 삶은 스스로 경험하고 싸워 이겨나가는 삶이다. 푸르니에는 미래에 의존하는 자가 아니라 미래를 바꾸는 자다. 변화를 바라지 않는 안일한 삶에 젖어든 푸르니에의 종족은 그를 쫓아낸다. 쫓겨난 예언자 푸르니에는 마로와 로링과 코코라는 다음 세대의 아이들에게 행성 플로라의 진실을 알려준다.

플로라는 사랑으로 창조된 행성이다. 우리가 꿈꾸는 완전한 세계를 닮았다. 사랑과 신뢰의 평등한 원리가 세상을 운영하고 폭력과 불의는 결코 발붙이지 못하는 그런 세상 말이다. 아이들은 탐욕에 가득찬 안싼 종족 때문에 위기에 처한 플로라를 구하는 일에 뛰어든다. 이들의 모습은 신에게 도전하는 인간을 닮았다. 정확히 말하면 '신을 닮고 싶어하는 인간'을 닮았다. 그들은 자신이 자기뿐 아니라 다른 사람도 변화시킬 수 있는 존재라는 것을 믿는다. 그 믿음과 열정을 실현하는 과정에서 입을 상처를 두려워하지 않는다. 푸르니에는 세 아이에게 '눈을 뜨고 두려움을 마주볼 때 행복이 찾아온다'고 격려한다.

작가는 이 작품에서 완전성을 향해 가는 세 아이의 모험을 보여주면서도 절대적인 완전성은 없다고 이야기한다. 판타지 공간에서조차 우리의 삶은 변하고 또 변하는 끝없는 여정인 셈이다.

"레스 종족에게 왕은 없어. 저 의자는 처음부터 비어 있었어. 레스 종족은 저 의자를 보면서 자신이 왕이 되기 위해 갖춰야 하는 것이 무엇인지 생각하고 그것을 위해 노력해."(『플로라의 비밀』, 183쪽)

행성 플로라의 이상과 가치는 우리들의 비정한 현실과 비교하면 순진해 보일 정도다. '사랑하는 이들은 하나로 이어져 있다'거나 '혼자라는 생각만 버리면 외롭지 않을 것'이라는 말은 관념적이고 추상적으로 들린다. 플로라의 고리를 지켜줄 수 있다는 완전성이라는 개념은 분명히 절대적인 기준을 포함하는 것임에도 한편으로는 '다른 기질을 갖고 있더라도 무조건 나쁘다고 할 수 없다'고 말한다. 여기서 다른 기질이 무엇인지는 모호하며 그 상대적 기준에 대한 다른 설명이 없으므로 책을 읽는 독자는 혼란스러울 수 있다. 자주 나오는 '열정' '믿음' '사랑' '진리'가 무엇인지, 그것이 어떻게 무너져버렸는지에 대한 묘사도 구체적이지 않다. 세 어린이의 치열한 모험이 변화시키려는 대상이 손에 잡히지 않기 때문에 마냥 낭만적인 여행처럼 여겨지기도 한다.

이런 단점에도 불구하고 『플로라의 비밀』은 인간이 궁극적으로 지향하는 바를 잘 보여주는 작품이다. 가상의 세계 플로라를 창조한 작가는 신을 닮고 싶은 독자의 욕구를 대행하는 사람이다. 독자는 이 책을 읽으면서 신에 의해 정해진 운명을 감내하기보다는 새로운 운명을 개척하여 신과 닮아가려고 하는 인간의 모습과 그 이면의 고통에 다가가볼 수 있다.

3. 인간이 되고 싶은 기계—'로봇의 별' 시리즈

인간이 신이 되기를 꿈꾸는 것처럼 기계는 인간이 되기를 꿈꾼다. 여기서 인간이란 자유롭고 자율적이고 스스로 꿈꿀 수 있는 존재다. 이현의 '로봇의 별' 시리즈(총 3권, 푸른숲주니어, 2010)는 기계들이 바라본 인간에 대한 이야기다. 이 작품은 우리 아동문학에서 보기 드문 SF다. 상상 속의 시공간을 배경으로 하고 있지만 『플로라의 비밀』과 견주어볼 때 훨씬 더 현실과 긴밀하게 유비되는 구조로 되어 있다. 『플로라의 비밀』이 영화 〈아바타〉의 낭만적 측면과 가깝다면 '로봇의 별'은 〈아바타〉의 현실 비판 태도와 가까운 작품이다. 『플로라의 비밀』이 신의 완전성을 구현하려는 인간의 긍정적 노력을 그렸다면 '로봇의 별'은 신을 대행하겠다고 나선 인간의 부정적 행보를 다루었다.

이 작품에서 인간과 기계는 분간하기 어려울 만큼 닮았지만 서로 다른 계급으로 분리되어 있다. 인간도 알파, 베타, 감마, 델타 등의 계급으로 분리되어 있다. 그렇다면 여기서 알파 계급은 '신'과 가장 닮은 존재일까? 그렇지만은 않다. 알파 계급은 '하늘도시'에 살면서 완벽한 자유를 누리지만 신처럼 생산과 창조를 담당하지는 않는다. 생산과 창조는 낮은 계급과 로봇의 몫이다. 아이를 돌보는 일조차 로봇이 대행하는 시대다. 감마나 델타 계급은 사회를 유지하기 위한 온갖 생산과 창조를 담당하면서도 자신의 권리를 누리지 못한다. 그런 점에서 알파 계급은 신이 아니라 '유사 신'의 행세를 하는 셈이다.

인간들 사이의 계급적 차별에 대한 기존의 이야기에 비해 이 작품이 흥미로운 것은 그 아래에 '로봇'이라는 다른 계급을 두어 중층적인 구조를 만들어냈다는 점이다. 델타 계급보다도 아래에 있는 로봇의 존재는 알파, 베타, 감마, 델타를 통틀어 인간 자체를 반성하며 통찰하게 한다. 여기서 로봇은 단순히 기계를 의미한다기보다 '약자 중의 약자'를 대변하는 중의적 의미도 지녔다. 감마, 델타에 의해 이루어지는 로봇에 대한 억압은 약자가 더 약한 자를 눌러야만 생존할 수 있는 무자비한 현실 사회의 구조와 닮았다. '로봇의 별'이 단순한 흑백논리에서 벗어나 더 분석적으로 인간 사회의 자유와 억압의 문제에 접근할 수 있는 것은 이런 중층적 구조 덕분이다. 이 작품은 먼저 신을 닮으려고 발버둥치는 인간들에게 화살을 겨누면서 시작한다.

"인간한테는 그런 본능이 있거든. 신을 흉내내고 싶은 본능이랄까? 신이 자신을 닮은 인간을 만들었듯이 인간도 저를 닮은 로봇을 만드는 거라 이거지. 천지창조를 따라 하느라 화성에다 강을 만들고 나무를 심는다고 난리법 석이잖아. 뭐 하느님과는 달리 인간의 천지창조에는 돈이 잔뜩 든다는 게 문 제지만."(『로봇의 별 1』, 29쪽)

인간이 자연 앞에서 부리는 오만한 도전에 대한 일침은 곧장 오늘날 우리 사회에 적용해도 틀린 말이 아니다. 자연이 수십만 년에 걸쳐 만 들어낸 강의 물길조차 하루아침에 끊기고 파헤쳐지는 게 눈앞의 현실 이 아닌가. 신을 닮으려는 인간의 노력은 자신을 제외한 존재에게서 자 율성을 빼앗는 것으로부터 시작된다. 이 책의 세 주인공인 나로와 아라 와 네다는 그 '닮음의 횡포'가 낳은 대표적인 희생양이다. 신의 권세에 저항해 인간의 권리를 찾으려고 목숨까지 내던졌던 근대인들처럼 로봇 주인공들은 인간이 엮은 사슬로부터 해방되고자 필사적으로 노력한다. 인간은 자신과 똑같은 감정과 능력을 지니도록 로봇을 만들어놓고 그 들에게 기억과 역사는 허용하지 않는다. 자신처럼 일할 것을 주문하면 서 웃고 울고 사랑할 권리는 빼앗아버린다. 로봇에게는 죽음의 권리도 없어서 그들은 죽지 못하고 '삭제'당하거나 '파괴'된다. 로봇들은 두려 움을 안고 자신들의 자유를 향해 용기를 낸다. 로봇의 별로 향하는 것 이다. 인간의 노예가 되지 않기 위해 로봇의 별로 탈출하려는 로봇들은 '손'을 잃고 예리한 '소닉핸드'를 장착한다. 인간을 닮은 그들이 인간과 똑 닮은 방식으로 창조자를 향해 총을 겨누는 것이다.

이 작품에서 로봇은 희망을 만들어낼 수 있는 존재로 그려진다. 하늘 도시로 도피한 알파나 베타와 달리 로봇들은 파괴된 지구에 발을 디디 고 그 지구를 재건하기 위해 나선다. 생명이 없는 존재들이 오히려 생명 을 살리기 위해 노력한다는 설정은 대단한 비판의 힘을 지닌다. 이미 인

간의 심장은 로봇만큼의 박동도 없는 차가운 덩어리에 불과하며 생명
으로서의 자격을 상실해버렸다는 의미다. 사랑스러운 로봇 루피의 이야
기는 이런 역설을 잘 보여준다.

> "불신이라니! 로봇이 로봇을 믿지 못하다니! 오, 세상이 어떻게 되려고 이
> 러는지."(『로봇의 별 2』, 199쪽)

사람이 사람을 믿지 못하는 것은 이제 이야깃거리조차 되지 않는다.
우리의 현실이 꼭 그렇다. 국민 앞에서 거짓말을 하는 정치인이 수두룩
하고 누가 콩으로 메주를 쑨대도 그러든가 말든가 하면서 불신하는 것
이 더 자연스러워져버렸다. 정직하게 말하는 사람은 이 시스템에서 너
무 쉽게 삭제당한다. 거짓을 말한 사람에게 부끄러움을 요구하는 것조
차 허용되지 않는다.

4. 닮은 것들의 세상에서 '나다움'을 꿈꾸며

'닮다'라는 말이 품고 있는 양날의 칼은 우리가 어떻게 세상을 살아
야 하는지에 대한 많은 질문을 낳는다. 오늘도 나를 닮은 스마트폰이
나한테 묻지도 않고 내 친구를 찾아 목록을 가지런히 정리해놓고 다정
하게 묻는다. "이분들을 친구로 등록하시겠습니까?" 저녁에 집에 들어
갔더니 로봇 청소기가 혼자 돌아다니면서 열심히 마루를 청소하고 있
는 게 너무 불쌍해 보여서 불을 켜주고 나왔다는 사람도 있다. 속 이야
기를 누구보다 잘 들어주고 모든 비밀을 나누었던 전화기를 떠나보내야

할 때 눈물을 흘리고 신열을 앓는 어린이가 나온다 해도 이상할 것이 없다.

'닮고 싶은 이상'을 향한 인류의 소망은 정작 우리의 손으로는 이루어지지 못하니 로봇에게나 기대해봐야겠다는 자조적인 동화 속 이야기는 우리가 지금 이 시점에서 한번 멈춰서야 한다는 강력한 경고다. 동력을 멈추면, 전원을 끄면 모든 것이 사라져버릴 거라는 두려움이 지금까지 우리를 계속 달리게 했지만, 더이상은 위험하다.

바라는 책,
바람직한 책

1. 어린이가 바라는 소재, 작가가 바라는 의미

　어린이 독자는 어떤 책을 읽고 싶을까. 작가에게 바라는 것은 무엇일까. 동화작가라면 고민해봤을 문제다. 어린이가 '바람직한(바랄 만한)' 동화책을 쓰고 싶다고 생각하기 때문이다. 독자와 마음이 통하기를 바라는 것은 작가로서 당연한 소망이다.

　그러나 작가가 동화를 쓸 때 마음에 걸리는 또하나는 이 작품이 얼마나 '바람직한가(윤리적인가)'이다. 여기서 '바람직함'을 판단하는 주체는 일단 사회의 시선이겠다. 잣대는 다양해서 동화에 '담배'라는 낱말이 나와도 되는지 걱정한다거나 주인공 어린이를 밤 몇 시까지 길거리에서 혼자 돌아다니게 할지 고심한다는 식이다. 누가 강요한 건 아니지만 작가 스스로 '바람직한 어린이의 삶'에 대한 상을 갖고 있어서 생기는 고민이다.

자기 검열이 작품의 부정적 파장에 대한 경계심이라면 긍정적 파장을 꿈꾸는 열정도 있다. 작품 속에 작가가 지닌 '바람직한 삶'이나 '바람직한 세상'에 대한 생각을 담고 싶다는 열정 말이다. 동화의 형식에 여러 파격과 실험이 있어왔지만 여전히 많은 작품의 주제는 작가가 꿈꾸는 이상적인 삶과 관계가 있고 주인공의 통과의례는 나름의 계몽적 성취로 끝맺는다.

안타까운 것은 어린이들이 '바라는' 이야기는 작가가 골라낸 '바람직한' 이야기가 아닌 다른 곳에 있다는 것이다. 대형 서점에 가보면 어린이들이 '바라는' 책은 대개 비닐로 싸여 있다. 그 포장 안에는 외모 가꾸기의 기술이나 폭력의 신화, 아이돌 스타가 되는 비법 같은 것이 가득하다. 계산대에 서면 '학습서나 문제집 몇 권 더하기 비닐 포장된 책 한 권'이라는 타협을 선택한 가족을 여럿 볼 수 있다. 어린이들은 흐뭇한 얼굴로 서점을 나서는데 떼를 썼든 공부하겠다는 조건을 걸었든 '바라는' 책을 손에 넣었기 때문이다.

상업적으로 성공하는 책과 문학적으로 성취를 이룬 책 사이의 간극은 어느 시대에나 있었다. 해묵은 레퍼토리를 반복하자는 것이 아니다. 상업의 유혹에 건강한 대안이 될 수 있는 동화를 찾아보자는 것이다. 그러려면 아무래도 일단은 어린이들이 '바라는' 소재로 뛰어들어야겠다. 어린이들이 '바라는' 소재는 어떤 것일까?

2. 연습생이 되고 싶은 아이들

바야흐로 모두가 연예인을 꿈꾸는 시대다. 여러 오디션 현장에 가면

12세 전후의 어린이가 가장 많다고 한다. 한 케이블 채널의 초등학생 장래 희망 조사에서는 76퍼센트가 연예인이라고 응답했다.

연예인의 데뷔 연령 또한 낮아지는 추세인데, 이 때문에 어린이들은 연예인을 '현실 속에서 실현 가능한 자기 직업'으로 인식한다. 열다섯 살쯤 데뷔하려면 열 살 무렵 기획사에 연습생으로 들어가야 한다. 연예인을 제외한 어떤 직업도 어린이를 받아들이진 않는다.

어린이들은 '연예인이 된다'는 것을 '어른이 된다'와 비슷한 의미로 보는 것 같다. 얼른 어른이 되어서 끝없는 경쟁과 지긋지긋한 공부에서 벗어나고 싶은 것이다. 당장 어른처럼 회사에 들락거리면서 돈도 번다는 것은 상당한 유혹이다. 연예인을 꿈꾸는 어린이들에게 연습생 생활의 어려움을 말해주면 "알아요. 하지만 학교에 안 가도 되잖아요. 제 꿈을 이루기 위해서라면 그런 고생은 해도 좋아요."라고 한다. 여기에 어른들은 공부하기 싫으니까 핑계를 대는 것이라고, 화려해 보이는 그 세계에도 그늘이 있다고 핀잔을 준다.

곰곰이 생각해본다. 학교는 가기 싫고 연습생이 되고 싶다는 어린이들의 마음속에 담긴 핵심어는 '꿈'이 아닐까. 연습생이 된다는 것은 구체적인 꿈에 한발 가까이 다가가는 것이다. 기획사는 자신들의 프로그램이 네 소중한 꿈을 이루는 길이라고 설득한다. 학교는 그만한 삶의 연습 프로그램을 갖고 있기나 한가. 획일적인 입시 경쟁에 진을 빼다가는 꿈은커녕 아무것도 될 수 없을 거라는 불안감이 그들을 엄습하고 있는 것은 아닐까. 그들에게 꿈을 안겨줄 만한 동화를 찾아보아야겠다고 생각했다.

3. 80년 전의 연습생들—『나는 조선의 가수』

하은경의 『나는 조선의 가수』(바람의아이들, 2009)는 많은 어린이가 '바라는' 소재를 다룬 동화다. 1937년 일제강점기 한 악극단의 연습생 어린이가 주인공이다. 스타가 되겠다고 경성으로 올라온 연실이는 아직 열네 살이다. 가까스로 오디션을 통과하지만 80년 전 그 시절에도 가수의 길이란 만만치 않다. 선의의 경쟁자인 동료 경애, 이미 가수로 데뷔하여 탄탄대로를 걷고 있는 은심이와 악극단 사람들과 좌충우돌하면서 연실이는 성장한다. 척 봐도 제목이 내용 전체를 요약하고 있는 데다 스타 후일담류의 뻔한 이야기일 거라는 짐작이 들어서 처음에는 시큰둥하게 보았다.

그런데 짐작보다 훨씬 재미있었다. 요즘 어린이들도 호기심을 가질 만한 내용에 일제강점기 조선인의 서러움과 아픔이 묻어나 독특한 이야기의 감정선이 생겼다. 오늘날 어린이들이 입시 중압감에서 벗어나기 위해 연예인의 꿈을 갖는다면 연실이는 지독한 가난에서 벗어나기 위해 가수를 꿈꾼다. "꽁보리밥도 못 먹는 가난한 살림살이가 지긋지긋했"고 "다섯 명이나 되는 동생들 치다꺼리를 하는 것도 이젠 신물이 났다." 가수가 되면 다 풀릴 것 같았나보다. 혈혈단신으로 경성역에 내린 연실이에게는 이미 경성에 와서 식당 일을 하는 고향 오빠 용철이가 도움을 준다. 하지만 그도 연실이의 도전에는 퇴짜를 놓는다.

"가수가 되는 게 생각만큼 쉬운 일이 아니라서 하는 말 아니니? 소학교 학예회 나가서 노래를 부르는 거라고 생각하면 큰 오산이지. 그런 거하고는

완전히 다른 세상일 거다." (『나는 조선의 가수』, 24쪽)

이 작품의 힘은 근대 악극단의 연습생 생활을 꼼꼼히 묘사한 것에서 비롯된다. 그 내용이 흘러간 노래처럼 고리타분하지 않고 생생하다. 작가가 재현한 연예 산업 초창기의 악극단 모습은 어느 아이돌의 숙소를 들여다보듯 흥미롭다. 연실이는 그 안에서 오늘날 대형 기획사의 오디션을 갓 통과한 풋내기가 겪을 법한 여러 가지 일을 겪는다. 〈꽃보다 남자〉 대신 〈춘향전〉이 인기극이라거나 소녀시대 대신 이난영, 고복수의 음반에 열광하는 것이 다를 뿐 극단 내부의 치열한 데뷔 경쟁이나 선배의 텃세 같은 부분은 지금 연예계 얘기와 비슷하다.

작가는 연실이를 둘러싼 주변 인물을 구현하는 데도 공을 들인다. 연실이의 성공을 돕고 격려하는 호랑이 선생님 윤해준이나 연실이에게 배우의 기본기를 길러주는 특출의 존재는 이 작품이 잘 짜인 성공담이 되는 데 결정적인 역할을 한다. 이들은 단순히 연실이의 성공을 돕는 조력자를 넘어서서 예술인의 고뇌를 드러내는 개성적 인물이다. 특히 식민지 현실에서 참다운 예술의 역할을 묻는 윤해준 선생의 존재는 이 작품이 단순한 스타의 후일담이 되지 않도록 만드는 역할을 한다. 윤 선생은 사랑을 노래하는 악극이 아니라 자유를 노래하는 악극을 만들어야 한다는 입장인데, 연실이와 이 문제로 논쟁을 벌이기도 한다. 그 밖에 동료 경애가 연실이와 발전적인 경쟁을 벌이는 대목이나 유명 가수 은심이를 편협한 악역으로만 그리지 않은 점 등도 인상적이다. 연실이를 1인 영웅으로 내세우기 위해 주위 인물의 결함을 강조했더라면 감동을 자아내기는 더 쉬웠을 것이다. 선과 악의 이분법적 구도로 몰고 가지 않으려는 작가의 고민이 느껴졌다.

연실이의 이야기처럼 평범한 사람이 화려한 꿈에 도전하는 이야기는 언제나 관심거리다. 어린이들이 '바라는' 소재이기 때문이다. 하은경 작가는 어린이들이 '바라는' 연예인 이야기를 '일제강점기'라는 다른 시간의 축 위에서 흥미롭게 다루었다. 특히 배경을 과거로 설정한 것은 어린이가 바라는 '소재'에 작가가 바라는 '의미'를 앉힐 수 있는 적절한 선택이었다고 본다.

4. 순정만화 속의 여성, 동화 속의 여자 어린이

『나는 조선의 가수』에서 가장 아쉬웠던 부분은 아이러니하게도 주인공 연실이의 모습이었다. 이 작품은 한 사람의 성장에 대한 이야기이기 때문에 연실이의 세계관이나 삶의 태도는 어린이 독자에게 큰 영향을 미친다. 그러나 연실이는 기존 사회의 여성에 대한 편견에 그다지 적극적으로 맞서는 것 같지 않다. 스스로 수동적 여성의 이미지를 강화하기도 한다. 연실이에 대한 주위의 시선은 '고집스러움'으로 요약되는데 그것만으로는 매력적인 주인공이라 하기 어렵다.

"흠, 네가 똥고집을 부려봤자지!" (12쪽, 연실 어머니의 말)

"어휴, 이런 똥고집. 그러니까 만날 제 어머니한테 욕이나 들어먹지." (24쪽, 용철의 말)

"저래 봬도 연실이 저게 엄청 사납거든. 누가 장가들지 꼭 잡혀 살 것이구먼!" (90쪽, 악극단 아저씨의 말)

이 작품에서 연실이의 꿈과 도전은 단순한 고집에서 비롯된 것이 아니다. 그런데 연실이가 작품 속에서 고집을 뛰어넘는 자립적 도전 정신을 잘 보여주고 있는가는 의문이다. 연실이는 자주 운다. "눈물 콧물을 훔치며 분가루를 쓸어모"으고, 어머니가 짐을 싸라고 하니 "울고 불며 매달"리며, 대본을 읽다가도 눈물을 주룩주룩 흘리고, 고향 친구 난희의 편지를 읽고는 편지지가 젖을 만큼 운다. 까다로운 은심이의 야단을 맞으면 눈물만 뚝뚝 떨군다. 이렇게 눈물 많은 연실이가 용철 오빠 앞에만 서면 "곱게 눈을 흘"기며 마냥 나긋나긋한 애교 소녀가 된다. 자신을 한없이 낮추고 주인공이 되겠다는 욕심도 스스로 누그러뜨린다.

> 그 모습이 귀여운 듯 용철은 웃음 띤 얼굴로 연실을 보았다.
> "이왕이면 네가 주인공을 맡았으면 좋겠구나."
> 잠자코 있던 용철이 한술 더 떠서 부추겼다.
> "오라버니두…… 난 그런 욕심 없어요. 게다가 은심 선배님이 계시는데 턱도 없어요."
> "흠, 능력만 있으면 누구든 주인공이 아니라 주인공 할매라도 하겠다! 그때 보니까 너보다 노래를 더 잘 부르는 배우는 한 명도 없더라. 네가 노래 하나는 참말로 잘 불렀잖니."
> "오라버니두 참…… 그거야 소학교 학예회 나갈 적에나 듣던 소리지요."
> (같은 책, 109~110쪽)

눈물로 고난을 견디는 여자 주인공과 그를 달래주는 듬직한 남자친구의 이야기는 과거 순정만화에서 적잖이 보아온 구도이다. 주인공 연실이가 지금보다는 더 씩씩했으면 좋았겠다. 영웅은 아니더라도 자신의 도전을 책임지고 경영하는 담대한 여성상으로 그려졌으면 좋았겠다.

순정만화의 여주인공은 대개 눈물과 숨겨진 나약함을 무기로 남성 조력자에게 도움을 얻는다. 결정적인 판단은 남성 인물에게 의존한다. 이에 비해 남성 인물은 폭넓은 역사의식에 너그러움까지 갖춘 카리스마 넘치는 존재로 그려지기 일쑤다. 어려울 때마다 연실이를 일으키는 용철 오빠의 존재는 불편하다. 철 지난 순정만화가 떠오르기 때문이다. 용철 오빠는 진작 일제 탄압의 현실에 눈을 떴지만 연실이의 고민은 자기 발치에서만 맴돈다. 용철 오빠가 징병가는 장면에 이르면 주인공이 뒤바뀐 느낌까지 든다.

윤해준이나 특출 같은 다른 조력자도 모두 남자다. 마지막에 연실이와 인터뷰를 하는 경성일보 기자 김재환까지 작품 속 긍정적 인물은 모두 남성 일색이다. 여성 가수 연실이의 멘토가 되어줄 현명한 여성 조력자가 있었다면 어땠을까 싶다.

마지막 장면 김재환 기자 앞에서 보여준 연실이의 태도도 못 미덥다. 연실은 윤해준 선생을 대신해 악극에 담긴 고귀한 정신을 설명하며 정작 주인공을 맡았던 자신에 대해서는 노래가 부르고 싶어서 고향을 도망쳐나온 아이라고만 소개한다. 노래를 듣고 울고 웃는 사람을 만났으니 그것으로 되었다고 말한다. 〈파랑새의 눈물〉을 불러 좌중을 통탄에 젖게 한 가수, 경찰서에 끌려가 자유를 노래한 가사였다고 외치던 그 연실이라기에는 지나치게 무기력한 모습이다.

수동성의 대명사였던 순정만화의 여주인공도 그 모습이 바뀐 지 오래다. 최근 순정만화에는 '운명에 부응하기 위해서 부단히 자신을 단련하는 가련한 여성'이 아니라 '자신을 괴롭히는 명확한 적과 싸우거나 맞설 줄 아는 여성'이 나온다. 그들은 남성 앞에서 '한숨짓거나 눈물 흘릴 여유'가 없다. (노순동, 〈만화—순정만화의 놀라운 변신〉, 『시사저널』 512호, 1999)

작가가 좀더 패기 있게 연실이를 그렸더라면 어땠을까 하는 아쉬움이 남는 이유다. 작품의 서정성에 누를 끼치는 것이었을까. 모르긴 하지만 그 시대에도 연실이보다 한결 씩씩하고 야무진 여자 어린이가 경성악극단 한구석에서 눈을 똑바로 뜨고 답답한 세상을 뚫어져라 처다보았을 것 같은 기분이 든다.

5. 꿈에 도전하는 여러 얼굴을 기대하며—『명혜』

일제강점기 여성 어린이의 도전을 그린 또다른 작품으로 김소연의 『명혜』(창비, 2007)가 있다. 좀더 건조하지만 풍부하게 형상화된 인물이 돋보이는 작품이다. 열다섯 살 소녀 명혜는 가수가 아니라 '의사'라는 직업에 뛰어든다. 명혜는 넉넉한 양반 집안의 딸에 신식 교육을 받았다는 점에서 연실이와 차이가 있다. 명혜와 연실이의 가장 큰 차이점은 자신의 삶을 스스로 일구어나가는 힘의 문제다. 물론 연실이도 끊임없이 꿈을 이루려 노력한다. 명혜의 노력은 훨씬 더 목적적이고 비의존적이다. 여자이기 이전에 조선 백성이라면서 독립운동을 돕고 타인을 위해 자신의 꿈에 도전한다. 주인공 명혜뿐 아니라 그의 친구 낙경은 이 시대를 사는 어린이들에게도 호감을 줄 만한 자율적 여성상이다. 명혜를 의사의 길로 이끄는 신 선생님도 인상적인 여성 조력자이다. 작가는 명혜 개인에게 그 시대의 여성의 짐을 모두 지우지 않았다. 여러 여성 인물이 어우러져 발산하는 빛은 '여성의 삶'에 대한 다른 시각을 던져준다.

다시 처음으로 돌아가보자. 서점에서 특히 여자 어린이들이 즐겨보는 비닐 포장 책 가운데에는 '남자친구 시선을 사로잡는 선이 고운 옷차림' 이라든가 '사랑스럽게 보이는 온순한 말씨'에 대한 조언 같은 것이 들어 있다. 가수가 되고 싶다면 매력적인 힙 라인을 위하여 어려서부터 스트레칭을 게을리하지 말라는 말도 들어 있다. 어린이들이 '바라는' 책의 현실은 이렇다. 그들은 이런 책더미 속에 웅크리고 앉아 아무 꿈이나 꾼다. 동화작가는 그들의 꿈속으로 들어가 더 많은 작품을 창작하려 노력해야 한다. 그들이 '바라는' 소재에 대해 활발하게 대안을 내놓으면서 자신의 작가적 '바람'을 형상화해야 한다. 100년 전 인물을 사실적으로 묘사하면서도 오늘날 어린이들에게 공명을 일으킬 수 있도록 창조해내는 일은 쉬운 일이 아니다. 연실이는 이 까다로운 작업에서 거두어들인 부분적 성공인 셈이다. 어린이의 바람과 작가의 바람이 만나 탄생할 또다른 작품, 새로운 인물을 기대해본다.

거짓말에 대한
짧은 연구

1. 동화의 역사, 거짓말의 역사

논리학에 '거짓말쟁이의 역설'이라는 것이 있다. 크레타 사람을 한 번도 만나본 적이 없는 사람들 앞에 크레타인이 나타나 '모든 크레타 사람은 거짓말쟁이'라고 말한다. 그렇다면 그 말은 참일까, 거짓일까? 만일 그의 말이 참이면 크레타 사람은 거짓말쟁이가 된다. 그러나 그 또한 크레타인이기 때문에 그가 말한 이 문장은 다시 거짓이 된다. 우리는 이 크레타인의 말을 어떻게 받아들여야 할까?

말의 역사는 거짓말의 역사이기도 하다. 어떤 말이 거짓인지 참인지를 구별하는 일은 수천 년 동안 인류의 과제였다. 우리는 사람들이 말하는 것을 그대로 믿지 말아야 하는 숙명을 가지고 이 땅에 태어났다. 무슨 말에든 순순히 "아, 그렇군요." 하고 고개를 끄덕이는 것은 진실에 대한 열망이 없다는 뜻이다. "정말 그럴까?"를 묻고 따지고 뒤집어보려는 노력을 통해서 충분히 받아들일 만한 단계에서 믿음을 얻어야 한다. 믿음을 얻었더라도 그 믿음에 대한 의심을 꾸준히 유지해야 한다. 내 믿음을 함부로 타인에게 강요해서도 안 된다. 모든 믿음에 대한 책임은 나 자신에게 있다. 의심할 것과 믿을 것을 정할 권리는 내 것이다.

어린이를 위한 철학동화 『거짓말을 하면 얼굴이 빨개진다』(라이너 에를링어, 박민수 옮김, 비룡소, 2006)의 가장 마지막 부분을 보면 페르디난트와 고트프리트 외삼촌이 '옳은 것을 스스로 찾아낼 자유'에 대한 대화를 나누는 장면이 나온다. 페르디난트는 말한다. "그건 정말 힘든 일이에요." 외삼촌의 대답은 다음과 같다. "그래, 당연히 힘들지. 하지만 그런 게 바로 자유야."

거짓말은 동화에서도 중요한 역할을 담당했다. 독자는 등장인물이 거짓말 때문에 함정에 빠지고 온갖 고초를 겪고 기사회생하다가 패망하는 이야기를 수없이 읽었다. 작가들이 끊임없이 이 소재에 도전하는 까닭은 거짓말이 우리의 삶에서 실제로 중요하기 때문이다. 그 말은 자유가 그만큼 소중하다는 말이기도 하다.

동화에 나타난 거짓말의 흐름을 살펴보면 인류가 저질러온 거짓말의 역사를 되짚어볼 수도 있겠다. 그래서 그에 대한 짧은 연구를 시도해보기로 했다. 물론 거짓말을 다룬 동화는 아주 많고 그 모두를 다 거론하기란 힘든 일이다. 약 79억 8천만 6백 50편을 읽은 후 단 몇 편만 간추렸는데, 연구 결과를 다 싣지 못한 이유는 오직 지면 사정 때문이다. 특히 이 연구에 난항을 겪고 있을 무렵에 우리 동화에서 거짓말을 다룬 작품 몇 편이 혜성처럼 출간되어 부족함이 많은 작업에 큰 도움이 되었음을 밝힌다. 믿거나 말거나.

2. 거짓말 생활 탐구 백서

1) 양치기 소년 : "늑대가 나타났어요!"

'양치기 소년'의 거짓말은 이후에 등장하는 수많은 이야기에 가장 많이 차용되었다. 구전된 이야기이기 때문에 누가 처음 썼는지는 알 수 없지만, 수많은 작가가 뻔한 거짓말을 반복하여 사람들의 신뢰를 잃고 수렁에 빠지는 인물을 자신의 동화에 등장시킴으로써 미상의 작가에 대한 존경을 나타냈다. 뭐니뭐니해도 양치기의 인용 횟수가 가장 많은 곳은 교육계일 것이다. 교육자가 어린이들에게 '거짓말은 절대로 하면 안 된다'는 교훈을 강조할 때 이런 질문은 꼭 나온다. "어린이 여러분, 양치기가 결국 어떻게 되었는지 알죠?"

양치기의 죽음은 거짓말의 최후가 비참하다는 것을 알려주는 가장 간략하고 성공적인 서사였다. 하지만 양치기가 왜 거짓말을 했는지에 대한 궁금증은 풀어주지 않고 끝나버리는 바람에 문학적 성취는 거의 미미했다고 볼 수 있다.

양치기는 정말 거짓을 말한 것일까. 오해를 받았을 수도 있다. 황량한 산골짜기에서 홀로 양을 치면서 소외된 노동에 시달리고 있었을 양치기로서는 격무 끝에 늑대의 환영을 보았을 가능성이 있다. 실제로 양을 치는 현장에 늑대가 나타났지만 사라진 뒤에야 사람들이 몰려왔기에 늑대 출현의 진실 여부를 입증하지 못했을 가능성도 있다. 더 상상해보자면 임금도 제대로 지불하지 않고 미성년자를 부려먹은 주인에게 골탕을 먹이려는 의도로 어린 양치기가 고차원적인 태업을 한 것일 수도 있다. 늑대로부터 양을 지키려면 애초부터 늑대를 물리칠 수 있는 힘 있는 어른을 고용해야 할 것이 아닌가. 늑대가 왔다는 말만 듣고 오락가락한 어른들은 골탕 먹은 기분이겠지만, 누가 아는가. 양치기 소년의 행위 안에는 아동 노동을 금지하라는 작가의 메시지가 담겨 있을지.

2) 삐삐 롱스타킹 : "콩고에는 거짓말을 하지 않는 사람이 한 명도 없어."

아스트리드 린드그렌은 거짓말의 가치를 새롭게 부각시킨 작가다. 그는 삐삐라는 탁월한 거짓말쟁이에게 독자가 완전히 설득당하게 함으로써 거짓말은 과연 나쁜 것이냐는 질문을 던졌다. 수천 년 동안 거짓말은 당연히 '나쁜 짓'이었다. 핍박받아왔던 권리, 이른바 '거짓말의 정당성에 대해서 숙고할 자유'를 되찾아주었다는 점에서 린드그렌은 인류의 상상력을 해방하는 일에 기여했다고 할 수 있겠다.

『내 이름은 삐삐 롱스타킹』(햇살과나무꾼 옮김, 시공주니어, 2000)에 나오는 토마스와 아니카는 거짓말은 안 된다고 단단히 교육받은 아이들이다. 그들은 한 번도 '나도 거짓말을 할 수 있다'고 생각하지 못했으며 거짓말에 대한 질문 자체를 봉쇄당하고 살았다. 그러나 삐삐와 만나면서 모든 것이 달라진다. 천연덕스럽게 거짓말을 던지는 삐삐의 태도는 충격이었다. 삐삐는 이렇게 말한다. "그래. 거짓말은 나빠. 하지만 난 가끔씩 그 사실을 까먹지 뭐니. 우리 엄마는 천사고 아빠는 식인종의 왕이야. 그래서 난 평생 바다만 쏘다녔는데, 어떻게 만날 참말만 할 수 있겠니?"

삐삐는 한술 더 떠서 "콩고에는 거짓말을 하지 않는 사람이 한 명도 없"다고 말한다. 삐삐는 우리가 믿고 있는 '참말'이 정말 참말이냐고 묻고 있다. 여기서 콩고는 지식 권력의 영향이 미치지 않는 자유로운 지대

를 의미한다. 참과 거짓의 기준에 대한 민주적 토론이 없는 한 특정한
권력이 일방적으로 규정한 참말을 그대로 수용하는 일 따위는 할 수 없
다는 권리 선언인 셈이다.

3) 정마로 : "내 이야기가 끝날 때까지 들어줘."

강정연의 『정마로의 정말 억울한 사연』(비룡소, 2009)에는 천하의 말
썽꾸러기이며 황당한 거짓말쟁이인 정마로가 나온다. 정마로는 거짓말
을 하는 게 아니다. 정마로가 자신의 경험을 이야기하면 엄마는 "세상
이 홀라당 뒤집힌다 해도 네 녀석이 꾸며낸 그런 일 따위는 일어나지 않
아!"라고 말한다. 하지만 세상은 이상한 일투성이다. 게다가 정마로가
정말 억울한 것은 이상한 일은 꼭 혼자 있을 때 일어난다는 것이다. 나
와 함께 있어서 내 말의 객관성을 입증해줄 사람이 있으면 참 좋겠지만,
그렇지 못한 현실이 안타까울 뿐이다. 삐삐가 콩고에 오래 살았다거나
식인종 아빠의 딸이라는 사실을 입증할 수 없어서 애가 타듯이, 정마
로는 자신이 옷장 속에서 동물 친구들과 벌인 모험을 보여줄 수 없어서
속상하다. 마로가 겪은 일은 마로의 마음속에 실재하는 일이다. 따라서
거짓말이라고 속단할 것이 아니라 끝까지 귀기울여주어야 옳을 것이다.
눈물을 흘리지 않는다고 슬프지 않은 것은 아니며 웃음소리가 들리지
않는다고 흐뭇함마저 없는 것은 아니기 때문이다.

작가 강정연은 정마로를 통해서 어린이들이 가지고 있는 심리적 실재
를 제발 그대로 봐달라고 요청한다. 마로는 사자의 말을, 금붕어의 말
을 들어줄 줄 아는 아이다. 금붕어는 '늦었지만 나에게 말을 걸어준 사
람'은 너뿐이라고 마로에게 고마워한다. 금붕어의 마음은 마로의 마음
이기도 하다. 마로 또한 독자를 향해 '내 이야기를 끝까지 들어준 너희

들은 참 좋은 사람'이라고 한다. 정마로가 우리에게 들려주는 그 마음의 말, '정말'은 기막힌 상상일 수도 있고 쓰라린 상처일 수도 있다. 정마로는 왜 내 마음의 말은 '말도 안 되는 것'이냐고 하소연한다. 객관적 세계만큼이나 주관적 세계도 소중한 의미를 지닌다는 것을 항변한다.

4) 기찬이 : "나는 너무 오랫동안 기찬이로만 살았다."

김은의의 『상상력 천재 기찬이』(푸른책들, 2009)에 나오는 기찬이는 아예 지금과 다른 삶을 꿈꾼다. 잠을 많이 자서 별명이 '잠만보'인 기찬이에게 이불을 뒤집어쓰고 뒹구는 시간은 꿈꾸는 시간이다. '일어나고 공부하고 밥 먹고 공부하고 집에 오고 공부하고 쉬었다가 공부하는' 삶은 시시하기 짝이 없는 거짓 삶이다. 자신의 의지가 작용할 여지가 없는 삶이기 때문이다. 진짜 삶이란 기찬이가 자고 싶을 때 자고 일어나고 싶을 때 일어나는 주체적인 삶이다. 기찬이는 "너무 오랫동안 기찬이로만 살았다"는 것을 깨닫고 자신의 삶을 능동적으로 변신시켜보려고 한다. 물론 그 변신이라는 것이 '제트기 되기'라거나 모든 것을 정반대로 해보는 '이놀 로꾸거'와 같은 소박한 시도에 불과하지만 기찬이에게는 자신의 의지가 투영된 이러한 경험이야말로 '진짜'의 것이었다.

연작동화인 이 책의 단편들 가운데에는 작가의 통찰이 돋보이는 몇 장면이 있다. 그 가운데 하나는 「특별 초대」에서 아무에게도 초대받지 못한 기찬이가 이집 저집을 헤매다가 지원이를 초대하는 장면이다. 초대받을 사람이 제 발로 초대받을 만한 집을 물색하러 다니는 모습도 새로운 것이지만 '초대됨'을 대번에 '초대함'으로 바꾸어버리는 대목에서 힘이 느껴진다. 기찬이는 능동적으로 현실을 재구성하여 위기를 극복하는데, 만약 기찬이가 주어진 인간관계의 공식에 의존하는 아이였다면 결코 불가능했을 일이다.

주목할 만한 장면 또하나는 「이놀 로꾸거」의 마지막이다. 모든 것을 거꾸로 하는 놀이에 집중하던 기찬이는 다른 사람들이 모두 자신을 따라서 거꾸로 걷자 그 놀이를 중단한다. 그리고 다시 바로 걷기 시작한다. 모두가 거꾸로 걷는다면 바로 걷는 게 거꾸로이기 때문이다. 이 부분은 이른바 우리가 '객관적 참'이라고 믿는 각종 법칙이나 원칙에도 구성적인 측면이 있음을 알려준다. 애초부터 그것이 변함없는 참이었다기보다는 많은 사람이 따라함으로써 참이 되기도 한다는 것이다. 우리 주변을 둘러보면 다수가 했다는 이유로 그에 따르지 않은 소수가 거짓으로 몰려 부당한 대우를 받는 일이 많다. 강자가 마련한 진리의 기준이 객관적인 참이 되어 약자에게 주입되는 경우도 적지 않다. 기찬이의 상상력이 값진 이유는 그가 기존 질서에 대해 끊임없는 의문을 제기하고 있기 때문이다. 그런 점에서 기찬이는 상상력 천재일 뿐 아니라, 자유로운 어린이인 셈이다.

5) 2AM 조권 : "나는 엄마에게 밥을 먹었다고 거짓말한다."

언젠가 포털 사이트의 실시간 검색어 1위에 '조권의 거짓말'이 뜬 적이 있다. 2AM이라는 그룹의 가수 조권 얘기다. 조권이 했다는 거짓말이란 "밥은 먹고 다니냐?"라는 엄마의 전화에 걱정을 끼치기 싫어서 늘 "밥 먹었다"고 대답한다는 것이다. 윤리학에서 이야기하는 '하얀 거짓말'의 사례다.

이 검색어를 보면서 조권과 비슷한 거짓말을 하고 있을 수많은 우리 청소년들이 떠올랐다. 아이돌 가수는 바쁜 스케줄 때문에 밥 먹을 시간이 없다. 조권 또래의 비정규직 청년들도 밥 먹을 시간이 없다. 다만

이들의 거짓말은 조권처럼 효심에서 나온 '하얀 거짓말'이 아니다. 비정규직 청년들의 시간당 5,000원 남짓한 벌이로는 밥까지 사 먹을 형편이 안 된다. 밥을 먹는 시간까지 휴식 시간으로 쳐서 쥐꼬리만한 급여를 '꺾는' 고용주들 때문에 밥을 먹지 않았어도 "밥 먹고 왔어요."라고 말하고 굶으며 일할 수밖에 없다. 피자 배달을 하다보면, 택배 상자를 분류하다보면, 햄버거 고깃덩이를 뒤집다보면…… 허기진 밤이 깊어간다. 집에 돌아가면 그들도 엄마에게 하얀 거짓말을 할지도 모른다. "밥 먹었어요."라고. 우리 동화가 일하는 청소년의 이야기도 더 적극적으로 다루었으면 좋겠다는 바람에서 조권을 짚고 곁길로 새보았다. 아무튼 그렇다는 얘기다.

6) 인애와 나영이 : "이젠 정말 거짓말이 지긋지긋해."

아주 오래전에 〈거짓말이야〉라는 노래가 유행한 적이 있다. "사랑도 거짓말, 웃음도 거짓말"이라던 그 노래는 독재자의 위선적 행위를 풍자한 노래로 받아들여질 수 있다고 하여 70년대 금지곡 목록에 올랐다.

앞서 다룬 두 편의 창작동화가 거짓말의 치유적, 창의적 기능을 보여준 사례라면 전성희의 『거짓말 학교』(문학동네, 2009)는 거짓말을 통해서 위선과 모순투성이의 사회 현실을 비판한 작품이다. 정치가의 치명적 거짓말은 선거용 애교로 어물쩍 뭉개지기 일쑤고 권력만 잡으면 그 진위에 대한 검증은 감감무소식인 현실은 70년대만의 이야기가 아니다. 손바닥보다 뒤집기 쉬운 각종 복지 정책과 공약, 유리한 정국을 만들기 위한 크고 작은 거짓말의 릴레이는 우리가 무엇 때문에 후보를 선택하고 투표를 하는지에 대한 의문을 불러일으킬 지경이다.

거짓말을 거짓말이라고 하였던 '벌거벗은 임금님'의 소년은 진실을 만

천하에 폭로하는 통쾌함이라도 얻었지만 지금은 거짓말을 거짓말이라고 말해도 "그래서 어쩌라고." 하는 식의, 패배적인 분위기가 팽배해 있다. 진심보다는 거짓을 통해서라도 위안을 받으려는 사람이 많은 까닭일까. 어른과 아이를 가릴 것 없이 얄팍한 '덮기' 처세술을 담은 책도 불티나게 팔리고 있다. 인간관계나 사회적 관계에 대해서도 '~하는 법'류의 책으로 접근하다보면 성공이라는 목적 아래 잠재적인 거짓말을 묵인하기가 쉬운데 어린이들까지 그런 책에 휘말려 있는 것을 보면 '진심'이 천연기념물이 되는 날도 멀지 않았다는 생각이 든다.

『거짓말 학교』의 인애와 나영이는 아예 거짓말을 잘할 수 있도록 훈련받는다. 가상의 학교를 다룬 것임에도 진짜처럼 느껴지는 이유는 책 속의 '거짓말 학교'에서 권하는 내용이 우리 사회가 부추기는 것과 놀랍도록 닮았기 때문이다. 거짓말을 감쪽같이 잘하는 사람만이 성공할 수 있다는 불편한 현실을 뒤집어서 사회가 거짓말 영재를 양산한다는 설정으로 연결한 작가의 안목에 눈이 번쩍 뜨였다.

사회가 부추기고 학교가 장려하는 거대한 거짓말이 약육강식에 기반을 둔 탐욕적 경쟁의 수단으로 이용된다면, 친구인 인애와 나영이 사이에 오가는 내밀한 거짓말은 관계에 대한 불신의 고리로 작용한다. 인간에 대한 믿음은 헛되다는 의사 아저씨의 발언은 많이 들어본 것이다. 또 우리 안의 밀고자를 끊임없이 추적해야 하며 가장 가까운 사람의 저의를 의심해야 하는 두 주인공의 갈등은 우리가 살면서 얼마든지 부딪히는 것이다. 모든 것을 거짓의 토대 위에서 쌓은 학교이지만 그 속에서도 빛나는 것은 '사람의 눈'이다. 사람이 깨어 있는 한 그의 눈을 속이는 일에는 한계가 있다. 이 당돌한 이야기가 우리에게 들려주는 메시지는 어떤 유혹 속에서도 당신의 눈을 감지 말라는 것 아닐까.

3. 거짓말 영재를 키울 것인가, 진실한 천재를 키울 것인가

『거짓말 학교』의 시스템은 지금 사회의 교육 시스템과 크게 다르지 않다. 무슨 일을 해서라도 '검색어 1위'에 올라야 하는 연예계 생존의 법칙이나 어떤 거짓말을 해서라도 권력만 잡으면 그만인 정치인 생존의 법칙처럼 영재 신드롬의 천박한 세렝게티에서 우리의 소중한 아이들이 뒹굴고 있다. 지금이라도 다시 기찬이의 눈을, 삐삐의 용감한 목소리를 되찾아야 할 때가 아닌가 싶다. 부디 참과 거짓의 의미에 대해서 고뇌하고 갈등할 줄 아는 자유로운 아이, 진실한 천재가 무럭무럭 성장하는 눈뜬 사람들의 세상이 되었으면 좋겠다는 것이 짧은 보고서의 결론이다.

3부

꿈_
책을 넘어서 사람을 향해

어른이든 어린이든
책 앞에서 설레고 책 앞에서 두려워지는 마음이
무엇인지 알지 못한다면 책의 매력 속으로 걸어들어가기 어렵다.
책의 무게를 안다는 것은 비밀스러운 진리가 갖는 무게를 안다는 것이다.
책의 매력에 빠져든다는 것은 역사에 동참하게 된다는 것이다.
같이 읽은 자들과 사람과 세상에 대한 책임을 나눈다는 뜻이다.

슬프지 않은 어린이,
슬픔을 말하는 아동문학

1. 저게 슬퍼요?

"뿔논병아리야, 바다쇠오리야, 가마우지야, 논병아리야!" 구슬픈 이름을 불러본다. 2007년 12월 7일 태안 앞바다에서 일어난 원유 유출 사고로 영문도 모르고 스러진 야생 조류들의 이름이다. 끈적이는 검은 기름을 온몸에 뒤집어쓰고 살아보겠다고 갯벌 위에서 버둥대던 그들은 줄줄이 숨을 놓았다. 굴을 까서 하루 벌이로 손자 손녀를 키워온 할머니는 "할무니, 제발 죽는다는 말만 하지 마."라고 매달리는 손녀 앞에 주저앉아 통곡한다. 손녀가 일기장에 그린 바다는 파도도 물고기도 새도 온통 먹빛이었다.

슬픔은 어떻게 느끼는 걸까. 누군가는 슬프면 이마가 뜨끈해지면서 눈이 뻑뻑하다 하고, 또 누구는 슬프면 턱밑에 무거운 게 걸린 듯 입에서 말이 만들어지지 않는다고도 한다. 어떻든 슬픔은 일시적으로 확 치솟아오르는 것이기보다는 스르르 적셔드는 감정이다. 문제의 그 사고가 난 날, 동네 식당에서 텔레비전 뉴스로 현지 소식을 보고 있었다. 기름이 엉겨붙은 부리를 힘겹게 저으며 하늘로 고개를 치켜드는 뿔논병아리의 모습을 보는데 절로 눈물이 고였다. 이를 어찌할까. 몇 안 되는 식당 손님들은 같은 기분이었는지 잠시 수저를 멈추었다. 이때 건너편 식탁에서 이 장면을 보며 밥을 먹던 어린이의 한마디에 귀가 번쩍 뜨였다.

"엄마, 저 새 열라 까맣다."

"저 얼마나 슬픈 일이니."

"에이, 아직 죽지도 않았는데 뭘. 엄마는 저게 슬퍼?"

2. 슬픔(sadness), 화(anger), 의분(indignation)

어린이들이 좀처럼 슬퍼하지 않는다. 어린이들은 눈물을 흘리는 대신 욕설을 한다. 눈물을 흘리면 지는 거다. 이 치열한 경쟁의 악다구니에서 패배하는 거다. 아동문학도 요즘은 슬픔을 잘 말하지 않는다. 슬픔을 말하면 때 지난 신파 같고, 문제의 본질을 외면하는 것 같아 마뜩잖다. 작가들은 주인공의 눈물 대신 냉소에 젖거나 의분에 찬 어린이들이 겪는 환상과 도전을 그린다.

사실 어린이들의 생활에서 슬픔의 자리를 '화'가 차지한 지는 꽤 되었다. 슬픔이 자신의 내면으로 향하는 감정이라면 화는 밖으로 표출되는 감정이다. '슬픈 사람은 약한 사람'이라는 생각 때문인지 슬픔을 권하는 사람은 드물다. 되든 말든 일단 화를 내고 나면 "그 녀석 똥배짱이다."라는 말이라도 듣지 않는가. 얼핏 눈물이라도 비쳐서 상대에게 만만해

보이는 것보다는 똥배짱이 되는 것이 나은 세상이다. 흐느끼는 어린이는 별로 없고 떼쓰고 울부짖는 어린이들로 가득하다. 약육강식이 인간의 규칙이 되었기 때문이다.

하지만 슬픔은 화가 지니지 못한 힘을 갖고 있다. 자기 안으로 깊숙하게 슬퍼본 사람만이 다른 사람의 슬픔을 이해할 수 있다. 슬픔은 다차원적인 공감 능력이기도 하다. 나에게 특별한 직접적 불행이나 실패가 없어도 어떤 상황에 대해서 비애를 느낄 수 있다. 가을에 찻길을 뒹구는 낙엽 한 장이 우리를 슬픔으로 몰고 가기도 한다. 누군가의 감정을 보면서 강렬한 비통함을 느낄 수도 있다. 그 사람과 같은 이유 때문은 아니지만 나도 몹시 슬퍼본 적이 있고, 그 순간을 되돌아보면 지금 그의 슬픔이 고스란히 느껴지기 때문이다.

공감하는 능력은 윤리적 배려로 나타난다. 슬픔을 아는 사람은 다른 이의 어려움에 대해 함부로 말하지 않는다. 비웃지도 않는다. 내가 그렇게 슬퍼보았는데 왜 이해하지 못하겠는가. 어떻게 돕지 않을 수 있단 말인가. 동정이나 연민이 논리적인 판단을 방해하는 것은 틀림없지만, 동정이나 연민을 가슴에 품지 못하는 사람의 진정성과 실천력은 떨어질 수 있다.

화를 내느라 에너지를 모두 써버려서 그런지 요즘 어린이들은 책을 읽고 잘 울지 않는다. 입으로는 주인공이 불쌍하고 가엾다고 하지만 공감하기보다는 왜 불쌍한가에 대한 원인 분석에 열을 올린다. 주인공의 감정은 논평의 대상이다. 주인공이 나 같고 내가 주인공 같아서 슬프다는 아이들이 별로 없다. 뿐만 아니라 그들의 논평은 냉담하기도 하다. 주인공이 조금이라도 나약한 모습을 보이면 뭐 이 정도로 깨지느냐고 나무란다. 속 터진다고 덩달아 화를 낼 때도 있으나 잠깐이다. 등장인물이 큰 병을 얻는 얘기가 나오면 다 읽기도 전에 "끝에 가서 이 사람 죽느냐?"고 묻는다. 그게 어떤 슬픔인지 짐작한다면 입에 담을 수 없는 말을 쉽게 내놓기도 한다.

슬픔을 다루지 않기는 작가들도 마찬가지다. 작가들은 더 당당하고 날카로운 문제의식을 품은 작품, 어떤 문제를 해결하지는 못하더라도 최소한 문제의 본질이 무엇인지 뚜렷하게 고발하는 작품을 쓰고 싶어 한다. 그런 점에서 분노는 현실을 생생하게 드러내는 촉매제가 된다. 슬픔은 지극히 개인적인 기분이므로 사태의 객관적 본질을 흐릴 수 있다. 슬픔이 밥 먹여주는 것은 아니다, 딛고 일어나려면 나를 둘러싼 문제를 잘 알아야 한다, 옳은 말이다. 아이나 어른이나 현실 속에서 줄곧 화를 겨루고 있는데, 화난 주인공을 그리는 것은 당연하다. 왕따 문제를 다루면서 어찌 분노를 담지 않을 수 있겠는가. 더 절박한 경쟁에 놓인 청소년을 독자로 삼는 작품은 더욱더 화난 문학이 된다. 종종 주인공이 터뜨리는 분노는 그들의 절박함을 재는 바로미터가 된다.

물론 작가는 분노를 통해 현실을 조망하는 데 그치지 않고 독자가 주인공과 함께 의분을 느끼기를 바란다. 의분은 단순한 분노가 아니라 불의에 맞서는 분노이다. 개인적인 화가 아니라 윤리적인 성찰을 동반하는 공동체적인 분노이다. 작가는 그 의분을 독자와 나누기 위해서 이야기를 판타지 형식으로 조직하기도 하고 당돌한 모험 이야기로 그려내기도 한다. 우리를 화딱지나게 하는 이 비열한 사회 시스템에 대해서든, 아니면 가족끼리 등을 돌리게 하는 불평등한 구조에 대해서든 의분을 갖고 도전하게 되기를 기대한다. 하지만 의분을 드러내는 방식도 분석적이고, 그래서인지 주제와 주인공의 처지에 대한 공감보다는 공론화하고자 하는 의도가 강하게 드러나는 작품이 더 많은 것 같다. 독자의 입장에서 어떤 작품을 읽으면 '아, 이 작품은 혈연 중심 가족관의 폭력성과 비혈연 가족의 가능성에 대해 이야기하는구나.' '아, 이건 다문화 환경 속 외국인 노동자의 인권을 다뤘군.' 하는 식으로 분석하는 습관이 생기는 것이다.

공동체적인 의분은 한 개인의 슬픔과 분리된 것이 아니다. 진정한 의분을 느끼려면 슬픔을 알아야 한다. 눈물은 쉽게 무뎌지지 않는 감정의 골을 남긴다. 문학작품이 예술인 것은 작품을 감상하는 한 존재의 영혼을 송두리째 흔들어버리는 그 감정의 폭풍이 가진 힘 때문이다. 책장을 넘기며 눈물 콧물로 뒤범벅되는 애절한 체험은 '남도 나와 같다'는 놀라운 진리에 다가가도록 도와준다.

3. 동화가 말하는 슬픔

『아빠 아빠 아빠』(이종은, 문학동네, 2007)는 슬픈 책이다. 줄거리야 간추리면 몇 줄 안 된다. 시한부 삶을 남겨둔 아빠가 병원을 나와 집에서 아이들과 시간을 보내다가 세상을 떠나는 이야기다. 처음부터 끝까지 의외의 사건이 하나도 없다. 아빠가 얼마나 의연하게 마지막 순간을 맞이하고 있는지 보여주기 위한 장치가 대부분이다. 죽음을 앞두고 딸에게는 봉숭아물을 들여주고 아들에게는 자전거를 가르쳐준다는 것도 진부한 구성이다. 첫눈 올 때 예쁜 옷 사달라는 솔지의 말에 아빠가 "그때까지 아빠가 솔지 곁에 있으면……." 하고 대답하는 장면에 이르면 어디서 많이 읽은 투병 수기 같아서 낯이 간지러울 정도다.

그런데 이 책의 힘은 그 흔해빠진 슬픔의 정조를 한 자락도 놓치지 않고 그렸다는 데 있다. 넉넉지 않은 형편에 긴 중병을 앓은 아빠가 가족을 위해서 할 수 있는 몇 가지 일이라는 게 다르면 얼마나 다를 수 있겠는가. 학교 앞에서 하교하는 막내딸을 기다린다든가, 아들에게 망치질을 가르치면서 그날만큼은 모질게 나무란다든가 하는 일상적인 장면이 힘을 갖는 이유는 글의 속도 덕분이다. 한겹 한겹 아버지와 아들과 딸의 남은 시간을 벗겨내는 작가의 느긋한 태도는 죽음은 아직 멀었다는 듯 독자를 안심시킨다. 기교를 부리지 않은 간결하고 투박한 문장 덕분에 '이 정도 슬픈 얘기쯤에 나는 끄떡도 않을 것'이라고 지레 무장하게 하는 효과도 있다. 하지만 아빠의 낮은 신음을 들으며 밤잠을 설치는 날이 늘어난다. 힘들거든 찾아가라고 아빠가 솔지에게 바위 하나를 일러주는 장면에 다다르면 호흡을 조절해야 한다.

> 오빠가 고개를 푹 숙였어요. 솔지는 안 울려고 입을 꾹 다물었어요.
> 아빠는 솔지와 오빠를 놔두고 논둑길을 따라 천천히 걸어갔어요.
> 바람을 타고 벼들이 가볍게 일렁거렸어요.
> 아빠는 가만가만 고개를 끄떡이기도 하고, 손으로 벼를 쥐었다 놓기도 했어요. 아빠가 벼에게 말을 건네고, 벼가 아빠에게 고개를 끄덕이며 대답하는 것 같았어요. (『아빠 아빠 아빠』, 94~96쪽)

슬픔은 폭발하는 것이 아니라 오래오래 젖어들었다가 한번에 축 늘어지는 것이라는 점을 작가는 잘 알고 있는 것 같다. 아빠의 어깨를 베고 잠든 솔지는 임종을 보지 못하고, 깨어나서야 지칠 때까지 울지만 그 장면은 한 쪽 정도의 묘사에 그친다. 그 한 쪽에서 간절한 슬픔이 배어나온다. 괜찮다, 괜찮다 하며 솔지를 위로하는 내 모습을 발견한다.

사실 그 위로는 나 자신을 향한 것이다. 내 아픔을 빗댄 눈물이다.

『안녕, 캐러멜!』(곤살로 모우레, 배상희 옮김, 주니어김영사, 2006)은 난민
이야기다. 모로코의 탄압을 피해 조국을 떠나 알제리 사막지대를 전전
하며 목숨을 부지하는 사하라위족의 삶을 다루고 있다. 주인공 코리는
듣지도 보지도 못한다. 억압받는 소수민족에 신체적 장애를 갖고 있다
니 신파의 조건은 다 갖추었다고 할지 모르겠다. 그러나 슬픔은 코리의
처지가 아니라 코리와 그가 사랑한 낙타 캐러멜의 우정에 기인한다. 캐
러멜은 코리가 세상과 소통하는 유일한 통로다. 캐러멜의 말은 코리만
이 알아들을 수 있고 캐러멜이 들려주는 세상은 모래와 자갈과 저 너머
초원을 뛰어넘는 드넓은 모습이다. 코리는 캐러멜의 마음을 옮기기 위
해서 글을 배우고 시를 익힌다. 사하라위족의 굶주림은 나날이 극심해
지고, 코리의 삼촌은 캐러멜을 희생 제물로 바치기로 한다.

이 작품에는 대단한 반전이 없다. 코리는 캐러멜을 구해보려 하지만,
캐러멜 스스로 제물이 되기를 선택하고 결국 코리만 남는다. 슬픔의 고
리는 다른 곳에 있다. 캐러멜이 들려주는 말은 항상 코리의 손에서 시
가 되는데 그 울림이 처연하다.

> 우리는 길을 잃었어. 작은 코리.
> 하지만 나의 샘물은 너고,
> 너의 풀은 나야. (『안녕, 캐러멜!』, 68쪽)

제물이 되기를 결심하면서 캐러멜이 들려준 시다. 사랑하는 친구를
위해 자신을 내어놓는 캐러멜의 마지막 말은 근사하다. 코리는 캐러멜
이 처형당하는 광경을 전부 지켜보고, 독자는 캐러멜의 죽음을 보는 코

리를 곁에서 지켜본다. 코리는 쭈그리고 앉아 죽어가는 캐러멜의 입에서 흘러나오는 말을 쉼 없이 받아 적는다. 아무도 듣지 못하는 캐러멜의 마지막 말을 받아 적는 것이 코리에게는 통곡을 대신하는 행위다. "삼촌과 점잖은 어른들 몇몇은 검은 터번 속에서 (…) 조용히 울었"지만 코리는 조금도 울지 않았다. 캐러멜이 "난 너의 기억을 안고 하늘의 초원으로 가는 거야."라고 했기에 친구의 죽음 앞에서도 눈물을 흘리지 않는다. 『안녕, 캐러멜!』은 슬퍼하나 슬픔에 빠지지 않는 참된 슬픔의 경지를 보여주는 작품이다.

『아빠 아빠 아빠』와 견주어볼 수 있는 책으로 『작별 인사』(구두룬 멥스, 문성원 옮김, 시공주니어, 2002)가 있고 『안녕, 캐러멜!』과 견주어볼 수 있는 책으로 『세상에서 가장 아름다운 나의 마을』(고바야시 유타카, 길지연 옮김, 미래아이, 2003)이 있다. 출간된 지 꽤 지난 책이지만 슬픔을 그린 성숙한 아동문학으로서 독자들에게 꾸준한 사랑을 받는 작품들이다.

『작별 인사』는 뇌종양에 걸린 언니의 죽음을 다룬다. 『아빠 아빠 아빠』는 평소 멀리 있던 아빠가 죽음을 앞두고 가까이 다가오면서 슬픔을 받아들이게 되는 이야기라면, 『작별 인사』는 평소 가까이 있던 언니가 멀리 병원으로 떠나면서 슬픔의 실체를 이해하게 되는 얘기다. 『아빠 아빠 아빠』의 아빠는 점점 다정해져서 낯설고, 『작별 인사』의 언니는 점점 서먹해져서 낯설다. 주인공들은 끝까지 웃고 투덜댄다. 슬픔이 턱밑까지 차오른 것을 깨닫지 못한다. 멀어지든 가까워지든 감정이란 이렇게 제멋대로인 것이다.

『세상에서 가장 아름다운 나의 마을』은 전쟁을 겪고 있는 야모 가족의 몰살을 다룬 작품이다. 책을 읽는 동안은 환하게 웃다가 책을 덮고 펑펑 울게 되는 작품이다. 슬픔은 전쟁을 멈출 수도 막을 수도 없다. 그저 몇 방울 눈물일 따름이다. 그러나 전쟁을 멈출 사람을 키워낼 수는 있다. 수천수만의 눈물을 거둘 수 있다. 이 작품을 읽고 눈물을 흘린 어린이들이 지금의 야모를 되살려낼 수는 없겠지만, 미래의 야모 가족은 살려낼 수 있을 것이다. 『안녕, 캐러멜!』이나 『세상에서 가장 아름다운 나의 마을』이나 모두 작품 속에서 직접적인 의분을 불러일으키지는 않는다. 전쟁이 배경이되 대단히 사적인 이야기를 다루고 있기 때문이다. 어린이들은 눈물을 그치고 되묻게 될 것이다. 사하라위족은 왜 자기 땅을 떠나야 했느냐고. 야모의 마을은 누구에 의해 폭격당했느냐고.

4. 슬픔은 정의의 출발

슬픔이 꼭 눈물로 드러나는 것은 아니며, 슬픔과 화와 의분을 무 자르듯이 딱 잘라 구분할 수 있는 것도 아니다. 이 글을 통해서 이야기하고 싶었던 것은 슬퍼하는 어린이들을 더 많이 보고 싶다는 바람이었다. 남의 일은 남의 일 같고 내 일조차 남의 일처럼 건조하게 해치우는 현대사회에 살면서 우리가 예술에 기대하는 것이 있다면 그것은 깊이 있는 기쁨과 슬픔의 복원이 아닐까. 어떤 슬픈 이야기를 들어도 "그거 몽땅 가짜 아니야?"라고 되물어야 한다면 그처럼 슬픈 현실이 어디 있을까. 내 슬픔에 공감해주는 사람이 단 한 사람도 없다면 이 세상에서 내가 바꿀 수 있는 것이 과연 한 가지라도 있을까.

『모르는 척』(우메다 순사쿠·우메다 요시코, 송영숙 옮김, 길벗어린이, 1998)은 왕따 어린이에 대한 이야기다. 우는 장면이 단 한 장면도 없고 오히려 웃는 장면이 빼곡하지만 읽는 내내 슬픔이 가득 느껴지는 책이다. 돈짱은 슬프다고 말하지 않았기에 고통받았고, '나'는 슬픔을 모르는 척했기에 고통받았다. 주인공인 '나'는 마지막 장면에서 돈짱의 슬픔을 대신 고백해준다. 그리고 그것을 모르는 척했던 자신을 고백하려다가 어설프게 굴러떨어지고 만다. 슬프면 슬프다고 말하는 것이 정의로움의 시작이다. 맹자는 다른 사람의 어려움을 보고 슬피 여기는 마음이 없는 자는 사람도 아니라고 했다. 측은한 마음은 어진 마음, 즉 '인(仁)'의 시초라고도 했다. 우리 사회가 아직 정의롭지 못한 것은 분노가 부족해서라기보다 진짜 슬퍼하는 사람이 부족한 데에 더 큰 원인이 있는 것은 아닐까. 너도나도 슬픔을 값싸게 여기고, 남 앞에서 강해지라고, 맘에 안 들면 화를 내라고 강요하는 이 시대에 슬픔을 담은 아동문학이 절실하다고 느끼는 것도 그런 까닭일 것이다.

사람을 만나다

1. 인물의 힘

소설의 3요소 중에서도 인물은 가장 앞에 등장한다. 그 동화가 어떤 동화인가를 알고 싶을 때 흔히 우리는 "누가 나오는 이야기인가요?"라고 묻는다. 동갑이면서 자신처럼 야구를 좋아하는 남자아이가 주인공이라는 이유만으로 두꺼운 책을 읽기 시작하는 독자도 있다.

인물이 이토록 중요하지만 그것이 전부가 아니라는 것에 이야기 쓰기의 어려움이 있다. 서사에서 인물이 얼마만큼 비중을 차지하는가에 대한 견해는 고대, 근대, 현대로 이어지면서 변화를 거듭해왔다. 아리스토텔레스는 「시학」에서 "줄거리가 없는 비극이란 있을 수 없지만, 인물의 비극적 성격이 없어도 비극은 존재한다."라고 말했다. 고대의 서사시를 보면 인물의 독창적 성격을 창조하는 일보다는 플롯을 강건하게 엮는 일에 훨씬 더 몰두했음을 알 수 있다. 인물은 고유한 심리적 특성을 가지지 않으며 대개 사건의 흐름 속에서 역할에 따른 전형적인 행동을 전개할 뿐이다.

근대에 접어들어 사람들이 인간과 그의 삶을 성찰하는 일에 관심을 가지면서 작가들도 인물의 개성적 성격 묘사에 매달리기 시작했다. 예를 들어 『돈키호테』와 같은 초기 근대소설을 보면 주인공은 독특하거나 눈에 띄게 괴이하거나 어딘가 남과 다른 특이한 사람으로 그려진다. 그러다가 현대로 넘어오면서 다시 작품 속 인물의 비중은 축소된다. 현대적 서사를 시도하던 여러 작가는 인물을 '기호적으로 구성된 기능적 요소'로 보았기 때문이다. 작가들은 인물을 주제와 서사 양식 안으로 통합시키고 세계를 인식하는 하나의 수단 정도로만 활용했다. 산업사회의 부조리를 나타내려고 일부러 주인공의 잘린 손을 설정한다거나 하는 경우다. 여기에는 근대소설이 인물을 지나치게 신성화하면서 영웅담류로 흐른 것에 대한 반발도 담겨 있다.

서구문학사에서 아동문학은 소설보다 늦게 출발해 1970년대까지도 인물의 심리보다는 행위와 사건에 초점을 맞추는 편이었다. 따라서 선이나 악 이외의 다른 인성 특성을 가진 인물은 잘 나타나지 않았다.

그러나 역시 이야기의 재미는 그 안에서 살아가는 생생한 '한 사람'을 만나는 데 있다. 서사를 완성하기 위해서 기능적으로 배치된 인간은 이야기의 매력을 현저히 떨어뜨린다. 작가의 분신 같은 등장인물을 통해 작가의 정신세계를 염탐하는 일은 얼마나 흥미로운가. 어린이는 울고 웃는 작품 속 아이가 자신처럼 어딘가에 진짜 살고 있는지에 관심을 둔다. 나를 닮은 인물을 책에서 찾는 것만큼 큰 위안이 되는 일도 드물다. 동화의 인물은 어린이가 사회화되는 과정에서 중요한 모델이 되기도 한다.

우리 동화는 어떠한지 살펴보자. 등장인물은 어느 정도의 비중으로 존재하는가? 새롭고 구체적인 심리적 특성을 관찰할 수 있는 인물인가? 인물의 내면을 도식적으로 표현하고 있지는 않은가? 어린이들의 다양한 콤플렉스와 심리 상태는 어떻게 나타나는가? 작가가 만들어낸 허구적 아동은 오늘날 실제 아동과 얼마만큼 일치하는 모습을 보여주는가?

다음 세 권의 동화책은 이러한 질문에 답할 만한 내용을 담고 있다. 윤숙희의 『5학년 5반 아이들』(푸른책들, 2013), 송미경의 『복수의 여신』(창비, 2012), 김민령의 『나의 사촌 세라』(창비, 2012)이다. 이 세 작품은 인물의 힘으로 이야기를 끌어간다는 점에서 공통적이지만 각각 다른 수위와 각도에서 '동화의 인물'을 배치한다. 이 책들에 등장하는 인물을 분석해보면 우리 동화가 서 있는 지점을 어느 정도 가늠할 수 있다고 생각한다.

2. 사건에 대한 기대 > 심리적 기대

윤숙희의 『5학년 5반 아이들』은 5학년 5반의 일곱 아이를 돌아가며 1인칭 주인공으로 내세운 연작동화집이다. 한 단편이 뒤에 따라나오는 단편과 물고 물리는 사슬 구조다. 각 주인공의 이름을 제목으로 내건 만큼 한 사람 한 사람 비중 있게 묘사된다. 그러나 엄밀하게 들여다보면 작가가 더 중점을 두는 것은 심리보다는 인물을 둘러싼 사건 쪽이다.

「천재 이야기」의 천재는 이름과 실제 자신의 모습이 조화를 이루지 못하는 환경에서 태어났다. 놀림감이 되는 이유는 지필 시험으로 사람의 잠재력을 평가하는 교육 시스템 때문이다. 「수정 이야기」의 수정은 아토피 체질인데 평소 좋아하는 준석의 제안을 거절하지 못하고 햄버거를 먹었다가 눈두덩이가 너구리처럼 벌겋게 부어오른다. 「준석 이야기」의 준석은 집안의 부도, 「태경 이야기」의 태경은 부모의 불화라는 큰 사건을 겪는다. 각 작품의 주요 사건은 다른 작품의 주요 사건과 관련이 있어서 한 편을 읽고 나면 반드시 그다음 편을 읽어야 짝이 맞는다.

독자는 주인공의 심리 변화보다는 그들의 현재 심리를 만들어낸 원인이 어떤 사건인가를 알기 위해 이야기를 읽는다. 아이들의 마음보다는 아이들이 경험하는 사건에 초점이 있는 것이다. 등장인물은 '사건'을 이해하면 곧 짐작할 수 있는 범위 안에서 '심리'를 드러낸다. 천재는 '요리의 천재'로 평가받아 자존감을 얻고 수정이는 준석이의 응원을 얻으며 준석이는 장미의 격려를 얻는데 누구도 사건 반경을 크게 벗어나지 않기 때문에 전체 이야기의 사슬은 안정적이다.

일곱 명의 주인공이 등장하는 일곱 편의 단편동화를 엮어 각자에게 다른 갈등과 해결 과제를 주면서도 혼돈 없이 잘 읽히는 구조를 만들어 낼 수 있었던 것은 등장인물들의 심리적 흔들림이 크지 않았기 때문이다. 이것은 이 작품의 장점이면서 가장 큰 약점이기도 하다. 사건이 강하게 지배하기 때문에 정작 '아이들'에 대해서는 별다른 매력이 느껴지지 않는 것이다.

사건이 해결되자마자 주인공들의 심리 상태는 "나의 하루는 보람찼다." "나무도 푸르고 길도 푸르게 보였다." "신날 거야."와 같은 긍정적인 전망으로 선회한다. '사건'의 표면적 해결이 심리에 즉각, 그것도 고스란히 반영되는 인물에게는 독자가 관심을 가지기 어렵다. 잘 정돈된 결말이라고 느낄 수는 있겠지만 말이다. 따라서 이 작품이 균형감을 넘어선 긴장과 역동성을 가지기 위해서는 인물의 심리가 지금보다 훨씬 더 예측을 벗어나야 하고 사건의 진행 방향과 불화했어야 한다고 본다.

3. 사건에 대한 기대≦심리적 기대

 송미경의 『복수의 여신』은 독립적인 작품 일곱 편을 모은 동화집이다. 전체적으로 인물의 심리에 할애하는 비중이 사건과 비슷하거나 높은 편이다. 인물의 심리에 대한 독자들의 기대를 전체 작품이 고르게 채워주는 것은 아니다. 작중인물의 감정이 서사 안에서 정확하게 전달되거나 해소되기 전에 사건이 비약적인 방향으로 치닫는 바람에 '엉뚱한 이야기'라는 느낌만을 남기는 작품도 들어 있다. 이 글에서는 그중에서도 사건 전개와 인물 심리의 형상화가 잘 어우러진다고 생각하는 단편을 살펴보기로 한다.
 「우연수업」은 '이렇게 우연한 일이 우리들에게 생기다니 정말 신기해.'라는 집단적인 공감대를 앞세우며 출발하는 이야기다. 어느 날 한 학급의 서른다섯 명 어린이가 다 같이 지각을 하고 하얀 옷을 입고 온 것이다. 작가는 등장인물들이 이날 오전에 겪은 개별적인 사건의 우연성을 추적하여 '점점 더 신기하고 이상해.'라는 감정의 증폭을 끌어냈다. 우연한 사건의 인과관계에 대해서는 집중해서 묘사하지 않는다. 아이들은 저마다 '좋아한다' '싫다' '기분이 조금 나아진다' '자존심' '우울' '걱정' 같은 심리적 상황을 이야기하고, 교사는 사건의 경위보다 그 당시 아이들이 겪은 마음의 상태에 더 깊이 관심을 둔다. 서른다섯 명의 반 아이들이라는 '집단적 인물'은 마음을 털어놓으면서 '개별적 인물'이 되어간다.

'우연에 대한 감정'을 가지고 선생님이 수업을 한다는 첫 설정부터가 '설렘' '흥분' '낯섦' '놀라움' 등의 심리를 전면적으로 다루겠다는 구상인 셈이다. 무려 열네 명의 이름이 등장하고 선생님도 이들 속에서 '하나의 인물'로서 과거를 공유한다. 이날따라 같은 반 아이들이 똑같이 딸꾹질을 한다는 설정은 이들이 공통으로 불안과 우울에 노출되어 있다는 것을 보여준다. 독자는 이들의 아슬아슬한 마음이 어떻게 풀릴 것인가 궁금해하면서 책장을 넘긴다.

반 아이 모두를 '불안의 딸꾹질'에서 '속 시원한 웃음'으로 데려가준 사건은 다름 아니라 '이날이 개교기념일인데 우리는 모두 착각하고 학교에 왔다'는 반전이다. 이 작은 고리가 그동안 쌓아온 심리적 긴장감을 무너뜨리면서 상쾌한 결말을 만들어낸다. '우리는 참 작은 일로도 서로 위로받을 수 있구나.'라는 기대를 채워주는 것이다. "그 뒤로 3학년이 끝날 때까지 이런 일은 다시 일어나지 않았다"는 마무리는 '어쩌면 내년에는 또?'라는 기대를 유지하게 하는 효과도 있다.

작가는 인물을 표현할 때 '외재적 표현'과 '내재적 표현'을 쓸 수 있다. 주로 '묘사' '행동' '발화' 등을 사용하는 외재적 표현은 미묘한 심리적 변화나 동기를 나타내기에는 한계가 있는 방식이다. 그래서 대부분의 작가는 인물의 정신 상태를 선명하게 드러내기 위해서 '내재적 표현'을 사용한다. '심리 진술' '독백' '서술된 독백' 등은 인물이 지금 어떤 마음인지를 더 정확하게 보여준다. 「일 분에 한 번씩 엄마를 기다린다」라는 작품은 외재적 표현을 주로 사용하면서도 개념과 행동의 상징성을 활용해 인물의 심리를 섬세하게 나타냈다. 아빠의 해고, 엄마의 가출이라는 사건을 사이에 두고 주인공의 단칸방에는 물난리가 한 번, 불난리가 한 번 일어난다.

이 네 가지 사건은 결코 간단한 것이 아니다. 이 작품에서는 사건의 개요보다 이를 둘러싼 등장인물의 심경을 촘촘하게 묘사하는 데 공을 들인다. '물'과 '불'은 하나는 '잠기고' 하나는 '타오른다'는 점에서 두려움으로 가라앉았다가 무기력한 아빠에 대한 분노로 다시 일어나는 주인공의 심리 변화를 상징한다. 엄마의 가방 끈이 떨어지는 것은 분리에 대한 강한 불안의 상징이다. 아빠의 팔 돌리기와 틱 장애가 점점 잦아지는 것은 아빠가 느끼는 불안과 공포가 커지는 것을 나타낸다. 내가 엄마의 가방이 되는 꿈에 대한 묘사라든가 아빠와 함께 택배 상자를 푸는 장면 같은 것은 엄마를 따라가고 싶은 주인공의 간절함이나 생존을 둘러싼 문제들이 상자 포장을 풀듯 스르르 해결되기를 바라는 염원을 보여주는 부분이다.

물론 이 작품에서도 '화가 난다'거나 '걱정된다'와 같은 내재적 진술이 등장하기는 하지만 빈도가 낮은 편이다. 엄마와 재회하는 순간을 일분에 한 번씩 기다리면서 동시에 아빠의 회복을 불안하게 지켜보는 주인공의 긴장감은 이렇듯 입체적으로 표현된다. 결말로 치달으면서 불안의 강도가 높아진다. 특별히 사건에 종지부를 찍는 바 없이 끝나는데도 독자는 주인공의 감정이 어디까지 가는 걸까 기대하게 된다.

4. 사건에 대한 기대 < 심리적 기대

김민령의 『나의 사촌 세라』는 여덟 편의 동화가 실린 단편집이다. 사람의 마음에 대한 관찰만으로도 충분히 이야기가 될 수 있음을 보여주는 작품들이 들어 있다. 어떻게 해서 인물이 그토록 강한 힘을 가지게 된 것일까.

먼저 이 작품집의 인물들은 어디서나 쉽게 만날 수 있는 사람이지만 쉽게 알 수 있는 사람은 아니다. 견우, 단아, 미래, 세라. 이 아이들이 처한 형편은 다르지만 똑같이 가지고 있는 것이 있다. 그건 '자존심'이다. '애들은 몰라도 돼. 이건 어른들이 결정할 일이니까.'라는 엄마, 아빠, 선생님의 태도에 가려져 누가 제대로 물어봐준 적 없던 아이들의 숨겨진 자존심을 작가가 찾아서 내놓는다. 입 꾹 다물고 지내왔지만 사실은 굴러떨어질 때마다 수백 번 곱씹어봤을 자존심이 이 아이들에게도 있다. 작가는 그것을 이야기의 중심에 세웠다.

「단아가 울어버린 까닭」의 단아는 사람이 제일 귀하다고 믿는다. 무리와 어울리지 못해 외로운 단아는 자신도 단 한 명의 '베스트 프렌드'를 가질 수 있기를 간절히 꿈꾼다. 그런 단아네 반에 전학온 유진은 꿈에 그리던 멋진 아이다. 단아에게 친절을 베풀기까지 한다. 단아는 단 하나뿐인 이 친구를 위해 뭐든지 내놓고 싶지만 단아에게는 유진의 마음을 사로잡을 만한 것이 많지 않다.

"너, 눈이 정말 예쁘구나."

"내 눈이 예뻐?"

"그래, 갈색 눈동자야. 커서 미인이 되겠어."

유진이가 살짝 웃자, 단아는 그제야 마음이 놓였다. (「단아가 울어버린 까닭」, 『나의 사촌 세라』, 35쪽)

단아가 유진의 마음을 얻기 위해서 노력하는 과정은 애처롭다. 손 그림을 잘 그리지만 학원도 다녀본 적이 없고 연필만 잡으면 뚝뚝 부러뜨리고 마는 단아가 관계에 대한 자신감이 넘치는 또래 친구들 사이에서 유진에게 매달리는 장면들은 비굴하게 보일 정도다. 사람을 사귄다는 것은 이렇게 서글프고 서러운 일일 때가 많다. 척척 이루어지는 우정보다 단아의 눈물겨운 우정이 더 생생하게 마음에 와 닿는 이유다.

「나의 사촌 세라」의 세은도 단아처럼 외로운 아이다. 외동딸 세은의 엄마와 아빠는 '완전한 가족'을 만들고자 애쓰지만 노력으로 안 되는 한 가지가 바로 '사람'을 느끼게 해주는 일이다. 그런데 그동안 존재를 몰랐던 사촌과 세은이 한방을 쓰게 될지도 모르는 상황에 놓인다. 세은은 아직 오지도 않은 사촌의 존재 때문에 가슴이 설레고 그립고 마음이 들뜬다. 어른들은 그 '새 아이'의 등장을 달갑지 않게 여기고 세은은 아직 얼굴도 못 본 그 아이에 대한 안타까움에 잠을 못 이룬다.

이 작품에는 특별한 사건 전개가 없다. 세은의 사촌은 결국 등장하지 않기 때문이다. 이야기를 끌고 가는 축은 오직 보이지 않는 상대를 향한 세은의 마음이다. 세은이 끝내 만나지 못한 사촌의 축복을 빌면서 이야기는 끝난다. 여기서 가슴이 싸해지는 이유는 '세은'이라는 인물이 짧은 동안이지만 어떤 감정의 경로를 거쳤는지 독자가 고스란히 지켜보았기 때문이다.

작가는 이 작품집에서 설탕가루처럼 빛났다 끈적였다 녹았다 하는 여자아이들의 심리를 정교하게 그려냈다. 때로는 그 또래에게 인생의 전부이기도 한 '관계'의 문제에 몰두하여 아주 구체적인 지점에 있는 심리적 인물들을 창조해냈다. 그가 감정의 흐름만으로 감동을 끌어내는 데 성공할 수 있었던 것은 인물들이 웅크리고 앉아 있는 마음의 좌표와 그 동선을 한 점도 놓치지 않고 따라갔기 때문이다.

이 책의 마지막 작품인 「착한 아이들이 사는 마을」에서는 낱낱의 여러 아이가 '한 아이'처럼 등장한다. 개별적이고 사소한 작은 마음으로부터 이야기를 끌어내던 작가는 여기서 커다란 사회적 마음의 옷감을 짠다. 이 작품 속 미정, 현태, 민국은 단아이고 미래이고 세은이고 세라이기도 하다.

5. 인물은 세계관의 대행자

작가는 인물을 통해서 자신이 가진 인간과 세계에 대한 관점을 드러낸다. 어느 시대든 작가들은 '인간을 가장 잘 그려줄 수 있는 인물'을 창조하려고 노력했다. 그런데 그 인물은 그 작품에서만 사는 새로운 인물이어야 한다. 동화는 사회과학이 아니라 예술이기 때문에 그렇다.

예술은 늘 새로움을 찾아다닌다. 몇 권의 작품집을 통해 새로운 인물을 만나면서 아동문학이 예술에 대한 고민을 더욱 본격적으로 시작한다는 느낌을 받았다. 앞으로 나타날 또다른 인물에 기대를 걸어본다.

인물의 온기,
이야기의 맥박

1. 인력(人力)과 인력(引力)

『그 사람을 본 적이 있나요?』(문학동네, 2011)가 출간되고 얼마 지나지 않았을 때다. 김려령 작가를 인터뷰할 일이 있었다. 그는 대뜸 이렇게 말했다. "사람들이 내 작품을 읽고 하는 얘기가 있어요. 이 작품 속의 누가 김려령이냐는 거예요." 비슷한 생각을 하는 사람이 많구나 싶었다. 어떤 이유인지 김려령의 작품을 읽고 있으면 그 안의 누가 김려령일까 궁금해진다.

『그 사람을 본 적이 있나요?』의 경우는 더욱 그랬다. 이 작품에는『내 가슴에 낙타가 산다』라는 책을 낸 오명랑이라는 동화작가가 등장하는데 이 정도는 애교라 하겠다. 어린 등장인물 몇몇은 직접 겪은 것이 아니라면 표현하기 어려울 만큼 정교한 감정선을 그리고 있어서 작가 본인이 아닐까 하는 의심이 든다. 말 나온 김에 밝혀볼 참으로 물었다. "그래서 그중에 누군데요?" 답변은 아무도 아니라는 것이었다. 아무려면 그렇지, 픽션을 쓰는 작가가 '이건 제 얘기예요.'라고 할 까닭이 있나 싶었다. 그러나 이어지는 김려령의 답변은 인물과 작가의 관계에 대한 더 깊은 차원의 이야기로 이어졌다.

"독자가 읽고 이 사람은 누구라고 믿고 싶으면 그렇게 믿으라고 해야죠. 그 인물들은 '나'이기도 하고 '내가 함께했던 사람'이기도 하니까. 살아가다가 끊임없이 나를 밑바닥까지 건드렸던 사람이 있으면 그를 제 작품에 등장시켜요. 제게 어떤 인물을 글로 쓴다는 것은 그 사람을 공개하고 고발하는 것이 아니라 붙잡아주는 일이에요. 작가로서 고백하고 고해하는 행위예요. '나는 너를 몰랐어.' '지금 보니까 네가 맞았어.' 저는 이렇게 말하면서 글을 써요. 그들에게 사무치게 고마워하면서 정작 작품 속에서는 그들의 운명을 함구해요."

'운명을 함구한다', 더 할말이 없었다. 어차피 작가와 독자는 허구의 공간에서 만난 사이다. 캐물어야 할 것은 그 운명의 실존 여부가 아니라 이야기의 운명이 직조된 과정일 것이다.

"작가는 표면만을 다루지 않지요. 만남과 기록이 미처 다루지 못한, 반 발자국 더 들어간 곳을 헤집고 다녀요. 인물과 눈만 마주치는 것이 아니라 그의 눈을 통해 보이지 않는 것을 찾아내요. 숨기고 살지만 결국은 드러나야 하는 내가, 거기엔들 왜 없겠어요. 작품 안에 어딘가 묻어 있겠죠."

작품 속 인물을 기호학적으로 구성된 기능적 요소로 보는 입장에서는 굳이 총체성이나 일관성을 요구하지 않는다. 작가가 만든 인물에는 심리적 실체가 없다. 인물이란 작가가 표현하고자 하는 바가 언어로 나타난 집합체일 뿐이다. 그러나 인물을 미메시스적으로 바라보는 입장은 다르다. 문학작품 속의 인물은 삶 속의 사람을 모방한다. 등장인물도 실재하는 사람처럼 경험과 심리적 특성을 부여받은 사실적 인간이라고 본다. 김려령이 그려낸 인물은 대개 '이 사람 혹시 어디 살고 있나?' 둘러보게 하는 미메시스적인 인물이다. 소설 『완득이』(창비, 2008)에서도 주인공 완득이의 경우는 특히 작가를 많이 닮았다. 완득이를 보면 구성의 기술을 넘어선 '그 아이'가 느껴진다.

　김려령이 이와 같은 고전적 인물 구현 방식을 더 끝까지 밀고 나간 경우가 『그 사람을 본 적이 있나요?』라고 생각한다. 이 작품은 사람의, 사람에 의한, 사람을 위한 이야기다. 책 표지에 벌써 열세 명의 사람이 등장한다. 이들은 옹기종기 모여앉고 우르르 길을 건너고 식탁에 둘러앉으면서 이야기를 끌고 나간다. 비중이 큰 인물의 경우 펄펄 살아 있어서 읽고 나면 진한 찜질방 수다라도 엿듣고 나온 기분이 든다. 아예 작품의 형식도 액자소설을 택했다. 단체 사진처럼 인물을 주르륵 걸어놓을 테니 볼 테면 얼마든지 찬찬히 뜯어보라는 것이다.

　요즘 우리 동화 속 인물은 어떠한 경향을 보이고 있을까. 동화는 단순한 차원의 외재적인 표현을 통해서 인물의 심리를 나타내는 경우가 비교적 많다. 어린이 독자가 아직 숨은 의미나 뉘앙스를 알아차리기 쉽지 않은 탓에, 발로 교실 문을 걷어찬다든가 가방을 내동댕이친다든가 하는 식의 큰 동작으로 마음을 표현한다. 전달이 빨라서 좋기는 한데 장면이 투박하고 단조로워질 수 있다.

　변화를 시도하려는 작가들도 있다. 그들은 어린이 마음의 결을 더 섬세하게 그리고자 노력한다. 하지만 작품 속 인물의 소소한 행위에까지 심리적 개연성을 부여하겠다는 의욕이 넘치다보니 인과를 설명하는 일에 지나칠 정도로 공을 들인다. 이 아이가 손톱을 뜯는 이유는 A, 창밖을 물끄러미 바라본 이유는 B, 하는 식으로 말이다. 사람이라는 존재에게는 조밀한 인과의 조합만으로 설명할 수 없는 모호한 온기와 맥박이 있다. 동화는 '사실보다도 더 사실 같은 허구'이기 때문에 그 온기와 맥박이 독자에게 진짜로 느껴져야 한다. 작가가 짜맞춘 위기와 갈등 해소 전략에 맞추어 역순으로 움직이는 인물은 이런 온기를 지니기가 쉽지 않다. 김려령은 자기 인물의 손바닥을 탁 채어서 독자의 뺨에 대어주는 데 능한 작가다. 독자의 마음을 사로잡는 최후의 열쇠, '사람의 힘'을 아는 작가다.

또 한 사람, 인물의 문제에 고전적인 방식으로 접근하는 작가가 있다. 특수학교에서 교사로 근무하며 꾸준히 작품을 쓰고 있는 공진하다. 그는 『왔다갔다 우산 아저씨』(청년사, 2004)와 『벽이』(낮은산, 2005)를 통해서 사람만큼 감동적인 글감이 없다는 것을 보여주었다. 공진하의 인물은 관찰한 요소를 조합한 것 이상의 자연스러움을 갖고 있다. 작가가 예민하게 군 결과일 것이다. 『벽이』에 등장하는 재현이는 아주 미세한 표정의 변화까지 작가에게 들킨 상태다. 그런데 작가는 자신이 알아차린 '재현이의 마음속 비밀'을 다시 글로 써서 독자에게 전하는 과정에는 상당히 신중하다. 섣불리 많이 알아버린 척하지 않고 주변 정황에 대해서도 과장이나 왜곡을 경계한다. 김려령 작가가 이야기 속으로 데려온 인물의 운명을 끝내 '함구하는 것'과 견주어볼 수 있는 정직하고 고집스러운 절차다.

공진하의 다른 작품 『내 이름은 이순덕』(낮은산, 2011)도 인물이 돋보이는 이야기다. 표제에 사람 이름을 걸었을 때 독자가 기대하기 쉬운 처절한 개인사나 캐릭터의 톡톡 튀는 매력 같은 것은 보이지 않는다. 플롯도 세간의 기준으로 볼 때 밋밋한 편이다. '어린 순덕이와 할머니 순덕이' 사이에는 시골 논둑길처럼 느긋한 기운이 흐른다. 그런데 그 두 사람 사이의 잔잔한 우정이 읽는 이의 마음을 자꾸만 잡아당긴다. 그것이 인력(引力), 또는 인력(人力)이다.

2. 실재와 허구, 하나 : 건널목이 되어주는 사람들

『그 사람을 본 적이 있나요?』는 동화작가 오명랑의 넋두리로부터 시작한다. 그는 노력 끝에 작가가 되었지만 청탁도 없고 다른 수입도 없어 하루살이가 처량하다. 그런 그가 생활비를 벌기 위해서 동네 어린이들을 대상으로 '이야기 듣기 교실'을 연다. 동네 어린이들은 '지겨운 학원 공부보다 낫겠다'는 판단으로 찾아오고 오명랑은 그들에게 자신이 집필하는 장편동화 한 편을 날마다 조금씩 들려준다. 오명랑이 들려주는 동화는 작가 자신의 삶에 대한 고백과 엇갈리면서 숨겨진 작가의 비밀을 하나둘 드러내고 만다. 어느 순간부터 오명랑은 자신의 실제 현실과 자신이 만든 이야기를 이성적으로 구분하고 통제할 수 없어 고민한다.

책 밖의 작가 김려령은, 책 속의 작가 오명랑에게 아이들이 던지는 "혹시 우리 아파트 얘기예요?"라는 물음을 통해 이야기 속 인물들이 미메시스적인 창조의 과정을 거쳐 등장했다는 것을 암시하고 있다. 더욱 흥미로운 것은 작가를 꿈꾸는 나경이가 작품 속 오명랑의 이야기를 동화로 쓰겠다고 자청한다는 것이다. 김려령은 오명랑에게 자신의 이야기를 넘겨주고 오명랑은 나경이에게 또 그 이야기를 넘겨주는 삼중 구조다. 삶과 닮은 이야기는 이야기와 닮은 삶을 만들어내고 또 그 삶에 대한 이야기로 창작되면서 허구와 현실을 넘나든다.

쌍둥이 아이를 교통사고로 잃은 '건널목 아저씨', 아버지의 가정 폭력을 피해 거리로 대피하는 '도희', 엄마의 가출로 단둘이 살아가는 '태석이와 태희 남매'의 이야기는 모두 작품 속 오명랑의 실제 삶과 관련이 있다. 동화를 듣는 아이들은 오명랑이 들려주는 허구적 이야기에 사로잡혀 결말을 기다리지만 그 결말은 오명랑 가족에게 실재하는 아픔 없이 이해할 수 없는 것이다. 작가의 이름이 '오명랑'인 것은 의미심장하다. 사정을 알고 보니 결코 명랑할 수 없는 처지다. 그런데도 가진 마지막 힘을 서로 나누어주면서 하루를 웃음으로 버텨온 오명랑의 웃음이야말로 이 작품의 핵심적인 이미지다.

김려령의 작품을 보면 조건 없이 아이들에게 우호적인 어른이 자주 나온다. 약하고 미숙한 어린이를 격려하면서 무한한 신뢰를 보내는 낙천적인 어른이다. 예를 들자면 『완득이』의 관장님이나 『그 사람을 본 적이 있나요?』의 건널목씨가 그렇다. 자녀 둘을 사고로 잃고 망연자실하여 여기저기 떠도는 그가 아픔을 달래는 유일한 방법은 다른 아이들의 임시 건널목이 되어 그들을 위험에서 보호하는 것이다. 우연한 계기에 그는 한 동네에 눌러앉게 되고 거기서 태희와 태석이, 도희를 만난다. 건널목씨는 스스로 그럴듯한 벌이랄 것도 없는 궁핍한 처지였지만 이 아이들 저마다의 딱한 사정을 알고 철석같이 곁에서 보살펴준다. 정붙일 곳 하나 없던 태석이 남매는 건널목씨가 아니었다면 어떻게 목숨을 부지했을지 모를 정도로 절박했다. 도희의 고민도 어디 내놓을 만한 것이 못 된다. 건널목씨는 부모의 손을 떠난 태석이 남매가 굶지 않도록 보살피고 춥지 않도록 돌보고, 도희의 상처를 보듬어준다. 무엇보다 세 아이가 세상으로 나아갈 수 있는 마음의 건널목이 되어준다.

건널목씨는 스티로폼을 방에 맞게 잘라냈어. 태석이도 도왔지. 호흡이 얼마나 척척 잘 맞았는지 몰라. 건널목씨가 스티로폼을 잘라 꾹 누르고 있으면 태석이가 넓적한 테이프를 쫙 붙였어. 스티로폼을 다 깔고 난 뒤에는 카펫 건널목도 알맞게 접어 깔았고.

카펫 건널목이 이제 진짜 카펫이 된 거야. 일을 마치고 모두 카펫 위에 앉았는데, 맨바닥에 앉은 것보다 훨씬 따뜻했어. 앉아 있을수록 따뜻한 기운이 올라오는 것 같았다니까.

"푹신하고 따뜻해요!"

도희가 바닥을 만지며 신기해했어.

"와, 우리 방에 건널목 생겼다!"

태희는 신났지. 그날은 모두 기분이 좋았던 것 같아. (『그 사람을 본 적이 있나요?』, 136~138쪽)

"내가 너한테는 안전한 건널목이 되어주지 못했구나. 미안하다."

"아니에요, 아저씨를 알게 돼서 얼마나 좋았는데요. 아저씨 못 잊을 거예요." (같은 책, 145쪽)

한 발짝 뒤에 서서 바라봐주는 이런 어른은 우리 동화에서 귀하다. 길을 가르치려 들지 않고 건널목을 만들어주는 어른이라니 멋지다. 동화 속에 괜찮은 어른들이 나오나 싶었더니 힘든 아이들의 후견인을 자청하면서 크고 작은 권위적 메시지를 설파하느라 바빠서 독자들을 실망시킨 작품이 종종 있었다. 그에 비하면 건널목씨는 물처럼 조용한 사람이다. 곁에서 가만히 흐르다가 필요할 때만 잡아주는 든든한 어른이다. 건널목이 아직 없는 곳에 서 있는 아이들을 찾아다녀야 하기 때문에 "여기에 오래 있지 못"하고 떠날 채비를 한다. 그의 운명이 끝내 어떻게 되었는지 작가는 입을 다물었기에 알 길이 없다. 그러나 그가 태석이 태희, 도희와 '보통 사이'가 아니었다는 걸 독자들은 분명히 알고 있다. 인물의 온기란 이런 것이다. 건널목 아저씨가 만들어준 훈훈한 기운을 기억하는 모든 독자는 어느 찻길을 건널 때 문득 주위를 두리번거릴 것이다. "그 사람을 본 적이 있나요?"라고 물으며.

3. 실재와 허구, 둘 : 또다른 순덕이 이야기

앞서 밝혔듯이 『내 이름은 이순덕』은 두 사람의 순덕이 이야기다. 어린 이순덕은 손동작과 기억이 더디고 이름조차 정확히 쓸 줄 몰라서 따돌림받고 꾸지람 듣기 일쑤다. 어떻게든 친구들과 어울리려고 공기놀이를 연습해보지만 순덕이 마음을 알아주지 않는 선생님으로부터 호된 벌을 받는다. 억울하고 속상한 순덕이는 학교를 빠져나와 근처 골목을 작정 없이 걷는다. 우연히 어느 집 옥상으로 통하는 계단을 오르고 그 위에서 화분이며 채소가 올망졸망 자라고 있는 평온한 아지트를 발견한다. 하지만 어쩌나. 그곳은 어떤 할머니의 아지트이기도 했던 것이다. 옥상 햇빛이며 손길을 누리는 채소가 빼곡한데 임자가 없을 리 만무했다. 순덕이는 어떻게든 옥상의 평화를 좀더 누리고 싶어 눈치만 살살 본다.

가까워지고 싶은 마음은 할머니도 마찬가지였다. 토마토, 고추와 독백이나 나누며 지냈을 할머니에게 대낮의 어린 손님이 적잖이 반가웠던 것이다. 두 사람은 옥상 평상에서 공깃돌을 매개로 마음을 터놓는다.

할머니에게 공기놀이의 비법을 배운 순덕이는 약간이나마 마음의 자신감을 얻는다. 이 책의 마지막 부분에 등장하는 잔잔한 반전, 할머니 이름도 이순덕이었고, 할머니 또한 아직껏 자기 이름을 쓸 줄 몰랐다는 결말은 '동병상련' 이야기의 전형적인 마무리에 가깝다. 두 이순덕의 교감은 짐작할 만한 것이다.

그런데 순덕이는 세 사람이었다. 이 작품 뒤에 붙은 '작가의 말'에 또 다른 순덕이가 등장한다. 세번째 순덕이는 작가가 학교에서 가르쳤던 실재하는 인물이다. 작가는 "우리 반 순덕이"가 이야기에 나오는 순덕이의 모델이었음을 밝히고 있다. 순덕이의 마음을 잘 다독이지 못하는 작품 속 선생님도 미숙했던 초보 교사였던 자신이었다고 고백한다. "마음대로 움직이지 않는 손과 발, 아무리 들여다봐도 알 수 없는 글자를 보면서 가장 답답한 사람은 다른 누구도 아닌 순덕이 자신이었을 것"이라고 뒤늦게 제자 순덕이에 대한 안타까운 마음을 전한다.

그렇다고 해서 이 작품 속 '허구의 이순덕'이 작가의 제자였던 '실제 이순덕'과 완전히 동일한 것은 아니다. 두 인물을 고스란히 같은 사람으로 그렸다면 이 작품은 수기일 뿐 동화라고 할 수 없을 것이다. 작가 공진하는 자신이 이야기하고 싶었던 실제 순덕이가 글을 쓰는 과정에서 또다른 순덕이가 되었다고 말한다. 엉뚱하지만 신나는 순덕이가 된 것이다. 벌을 받고 나서 집에 가고 싶다고 울기만 하던 실제 순덕이는 『내 이름은 이순덕』이라는 작품 속으로 들어오면서 학교를 나가 옥상 채소밭을 탐험하고 할머니와 잊지 못할 우정을 맺는 활달한 아이로 변신했다. 실제 순덕이는 "어, 어, 어." 정도가 낼 수 있는 소리의 전부였지만 작품 속 이순덕은 외로운 이순덕 할머니의 재치 있는 말벗이 되어준다.

이 작품 최고의 매력은 세 사람의 순덕이가 절묘하게 하나가 되어 가면서 마지막에는 한마음을 가진 사람처럼 느껴진다는 데 있다. 마음처럼 잘되지 않아 마냥 답답해하는 초반부의 순덕이(실제에 가장 가까운 순덕이)는 '내가 순덕이라고 해도 진짜 이런 기분일 것 같아.'라고 느낄 만큼 사실적으로 묘사되어 있다.

"이 연필 좀 봐라. 이게 뭐니? 너 왜 그랬어?"

순덕이는 할말이 없어서 고개만 푹 숙였다. 자기 연필이 그렇게 된 줄은 정말 몰랐다. 언제부터 연필을 씹고 있었을까 떠올려보았지만 생각이 나지 않았다. 선생님이 들고 있는 연필이 분명 자기 연필이기는 한데 왜 저렇게 보기 흉하게 찌그러져 있는지 알 수가 없었다. (『내 이름은 이순덕』, 32쪽)

옥상 아지트를 발견하고 평상에 드러누워 노래를 부르는 중반부의 순덕이는 상당히 씩씩하다. 학교라는 답답한 울타리에서 시달려온 순덕이에게 옥상은 작은 해방구였을 것이다. 그곳에서는 순덕이의 숨겨진 배짱이 등장하는 것이 전혀 어색하지 않다. 이 순간만큼은 '이름도 못 쓰는 순덕이'가 '순덕이꽃'이 된다. 주눅이 들어 있던 작중인물이 환해지는 순간이다.

그후 어린 순덕이와 할머니 순덕이가 마주치면서 생겨나는 야릇한 긴장감은 '공깃돌'이라는 교집합 덕분에 스르르 사라진다. 작품의 후반부 두 사람이 함께 '이순덕'을 똑바로 쓰기 위해 애쓰는 장면에서 독자는 '하나의 인물'을 응원하는 것 같은 착각에 빠진다. 결말에 이르면 '공기놀이도 잘하고 이름도 쓸 수 있게 되고 젖니도 뺀' 어린 순덕이와 '공기놀이를 가르쳐줄 친구도 생기고 이름도 쓸 수 있게 되고 친구의 젖니도 빼준' 할머니 순덕이가 독자의 마음속에서 겹쳐진다. 그 사람들이 부쩍 좋아진다. 특별히 자극적인 서사 구조를 만들지 않고 인물의 변화만으로도 얼마나 독자의 마음을 움직일 수 있는지 잘 보여주는 작품이다.

4. 사람을 만나고 싶다

직조된 흔적이 너무 강해서, 읽고 나면 정리된 도표와 대화한 느낌이 드는 인물이 있다. 이야기와 유리되어 계산된 매력을 발산하는 판타지의 주인공은 부담스럽다. 이야기의 재미를 위해 전략적으로 배치한 보조 캐릭터가 오히려 작품의 자연스러움을 해치는 경우도 있다. 상당수 동화에서 엄마와 아빠가 비슷하게 그려지는 이유는 '부모'라는 인물을 '경쟁적 교육 현실'이라는 귀결로부터 역추론한 경우가 대부분이기 때문이다. 그 귀결을 '가정 불화' '사업 실패' 어느 것으로 대입해도 기계적 인물이 도출된다는 점에서는 큰 차이가 없다.

반면 앞에서 논의한 두 편의 작품은 '거기에 사람이 있었다'는 걸 새삼스레 깨닫게 해주었다. 작품 속 인물을 총체적 생명력을 지닌 존재로 창조하려고 노력한 경우다. 각각 다른 사람들의 향취가 이야기를 통해 하나의 분위기를 만들어가는 과정을 지켜보면서 소박한 감동을 느낄 수 있었다. 그런 사람 어디 있을 것 같은 주인공을 더 많이 만나고 싶다. 줄거리가 은근히 구식이라고 해도 좋다. 거기에 사람이 있다면 말이다.

우리에게 환상이
필요할 때

1. 너는 네 자리에 있어야 해

2004년 상영되었던 에릭 브레스 감독의 영화 〈나비효과〉에서 주인공 에반은 우연히 과거로 돌아가는 통로를 발견하고 자신과 친구들이 겪었던 불행한 옛일을 지워버리려고 한다. 그러나 그가 과거의 일을 바로잡으려고 손을 대면 댈수록 현재 상황은 더욱 나빠져버린다. 어떻게 해서든 과거를 바꾸어 자신이 원하는 현재를 얻으려고 끝까지 매달리는 에반은 '너는 네 자리에 있어야 해. 네가 누군가를 바꾸려 하면 그들의 원래 모습은 망가지고 말 거야. 더이상 신의 놀이에 끼어들지 마.'라는 주위의 경고를 듣는다.

우리는 왜 현실에 머무르지 못하고 환상을 꿈꾸는 것일까. 왜 판타지 문학은 '내가 있어야 하는 자리'를 떠나기 위해서 예측 불가능한 위험한 상상과 시도를 거듭하는 것일까. 판타지는 현실 세계에서 가질 수 없는 다양한 방법을 통해 주인공에게 놀라운 권력이나 힘을 안겨준다. 좀 전까지는 불가능했던 것이 가능한 세계에 발을 들여놓는 순간 우리는 잠시 '유사 성장'의 기쁨을 맛본다. 주인공은 설령 모든 것이 망가지더라도 자신이 원하는 바대로 실행해보고 싶다는 욕망을 가지게 된다. 신의 놀이가 시작되는 것이다.

특히 시간이라는 범주를 건드리는 판타지는 다른 경우보다 우리 안에 자리잡은 규범을 전복시키는 힘이 강하다. 시간을 건드리지만 않으면 최소한 '나'를 유지하는 데 어려움을 겪지 않는다. 그러나 시간 이동을 통해 환상 세계에 들어선 주인공은 달라진 시간 체계에 편입되었기 때문에 어느 시점에 귀환하게 될지 약속을 얻어내지 못할 뿐 아니라 되돌아간 현실에서 자기 존재의 안전성을 보장할 수 없다는 이중의 벽에 부딪히게 된다. 자신을 포함한 주변인의 과거를 움직여버렸기 때문이다.

시간의 강을 건너 과거로 들어온 주인공은 종종 생각한다. 현실로 돌아가지 말고 아예 여기에서 살아버리면 어떨까. 그만큼 시간을 움직인 대가가 크고 뒷일이 복잡하다는 얘기다. 같은 이유로 시간을 이동하는 동화를 쓰는 일은 공간 이동 동화를 쓰는 일보다 훨씬 어렵다. 논리적 모순을 일으키지 않으면서 연속적인 시간을 불연속적으로 잘라 그 틈에 이야기를 집어넣는 일은 가장 어려운 도전 과제에 속한다.

그래서 대부분의 동화작가는 공간 이동 서사를 통해 '지금 이 자리에 있고 싶지 않은 아이들'의 욕망을 재현한다. 리얼리즘 동화에서 가장 흔한 장치는 여행과 가출이다. 늘 머무르던 곳이 아닌 색다른 공간에서 아이들은 예전의 나와 다른 나의 모습을 보게 되고 카타르시스를 느낀다. 판타지 동화는 공간 이동을 위해 이야기 속에 새로운 방을 설치한다. 그 방은 어지간한 국가보다 더 큰 거대한 세계일 때도 있는데 방이 거대할수록 독자의 기대와 흥분은 높아진다. 이야기 속에 거대한 방을 설계하고 시공하기 위해서는 분량이 필요하다. 큰 집을 지을 때 큰 설계용 종이와 넓은 땅이 필요한 것처럼 말이다. 어린이 독자와 동화작가는 이 방을 놓고 고민에 빠진다. 독자는 '내가 환상 세계에 진입하기 위해서 이 두꺼운 책을 읽을 것인가'를, 작가는 '독자를 환상 세계로 데리고 오기 위해 이렇게 긴 글을 써야 하는 것인가'를 놓고 머뭇거린다.

다수의 어린이 독자는 게임으로 도망간다. 게임은 중첩된 판타지 서사 문맥을 이해하는 부담을 대폭 줄여주면서 환상 공간에서의 체류 기간은 최대한 연장해주는 전략을 사용한다. 문학작품에 비하면 한결 단순하고 반복적인 체류 연장을 거듭하면서 어린이는 이른바 '만렙'을 찍는 날까지 환상 공간으로 이동하여 게임에 매달린다. 책 속 이야기에 빠져들고 그 이야기에서 벗어나는 일보다는 로그인과 로그아웃의 부담이 적어 수시로 들락거릴 수 있는 것도 게임의 매력이다.

그러나 대부분의 어린이용 게임이 재현하는 환상성이란 충분히 입체적이지도 풍부하지도 않아서, 그 안에서 느끼는 카타르시스는 '레벨이 올라가는 순간의 감각적인 자극'에 그칠 때가 많다. 게임이 지금의 나를 잊고 싶은 마음을 채워줄 수는 있겠지만 그 환상 속에서 '나는 누구인가, 여기는 어디인가'를 되묻게 해주는 힘까지 발휘하기는 어렵다. 이에 비하면 판타지 문학은 틈틈이 '나는 누구인가, 여기는 어디인가'를 묻는다. 환상의 여정에 이러한 성찰적 의문이 숨어 있는 것과 없는 것은 차이가 커서 긴장과 두려움의 질을 바꾸어놓는다.

만만한 게임으로 짐을 싸서 도망가는 어린이 독자들을 문학으로 불러들이려는 시도는 여러 차례 있었다. 선자은의 동화 『게임왕』(문학과지성사, 2013)은 표제에 '게임'을 내걸었지만 내용상으로는 문학을 구축한 판타지 동화다. 이 작품의 주인공 민오는 게임광이다. 게임 공간에 들어가면 모든 잔소리와 힘든 일을 잊고 금빛 갑옷의 전사로 변신할 수 있기 때문이다. 게임을 하느라 늘 몸과 마음이 제자리에 없는 민오를 걱정한 엄마는 피시방 출입금지령을 내리고 민오를 게임 중독 치료 캠프에 들여보낸다.

작가는 캠프장이 아닌 '새로운 환상의 방'을 지어 민오를 투입한다. 빨간 버스를 잘못 탄 민오는 알 수 없는 방에 들어가 온몸으로 게임을 겪는다. 게임처럼 시시각각 물이 차오르는 방에서 게임처럼 나무 탑을 쌓으며 숨가쁘게 단계를 통과한다. '죽여야 하는 방'은 심지어 적의 역할을 맡은 친구를 죽여야 나갈 수 있다. 민오는 '이바디'라는 새로운 게임의 피실험자, 살아 있는 베타테스터였던 것이다.

작가는 어린이 독자들이 이미 익숙한 게임 서사의 관습과 이미지를 빌려와서 비교적 짧은 길이 속에서도 이질적 공포가 느껴지는 공간 이동의 경험을 구성해낸다. 어린이들은 이 책이 게임 얘기 같다고 생각하면서 읽다가 어느 순간 게임이 아니라 일상의 일이라는 것을 발견한다. 반대로 작품 속 주인공은 자신의 모험이 일상이라고 여기고 뛰어들었다가 모든 것이 일상이 아니라 게임이었다는 것을 발견한다. 만렙을 찍을 때까지 로그인만 계속하면 되는 게임과 달리 책 읽기는 민오의 귀가와 함께 끝난다. 책을 통한 게임 공간으로의 이동은 게임과 달리 '내가 저 친구를 죽이면 어떻게 되는가'에 대한 대행자적 성찰을 제공하며, 이 고민은 책을 덮은 뒤에도 이어진다. 게임이 레벨의 상승으로 유저에게 반응한다면 책은 독자에게 내가 나를 위해 타인을 죽일 수 있는지 진지하게 검토해보는, 아찔하고 철학적인 경험을 안겨준다.

2. 지금과 그때의 나 자신

앞서 말했듯이 시간 이동 서사를 구성하는 것은 만만치 않은 일이다. 고재현의 『거꾸로 가는 고양이 시계』(책읽는곰, 2012)는 '고양이 시계'라는 동일한 장치를 사용하여 여러 명의 주인공이 시간 이동을 떠나는 연작 판타지를 시도한다. 이 책에는 준표, 희주, 기영이, 세은이가 각각 주인공으로 등장하는 독립된 단편동화 네 편이 실려 있다. 이들은 모두 고양이 시계를 얻었으며 바꾸고 싶은 과거를 가졌다는 공통점이 있다.

문제는 이 어린 주인공들이 바꾸고 싶어하는 과거의 사건이 결코 가볍게 듣고 넘어갈 만한 일이 아니라는 것이다. 네 번의 시간 여행에는 누군가의 생명을 건 간절함, 가슴 밑바닥의 자존감과 죄책감, 관계의 파괴에 대한 절절한 고민이 얽혀 있다. 과거로 간 준표는 날마다 범죄자와 목숨을 다투는 형사 아빠의 치명적인 부상을 자신의 몸으로 막을 기회를 얻는다. 희주는 엄마가 생명을 걸고 자신을 낳는 난산의 순간을 지켜보게 되고, 기영이는 자신 때문에 축구 선수의 미래를 포기했던 형의 교통사고 현장에 개입할 수 있게 된다. 세은이는 절친한 친구 아라와 싸우다 발생한 큰 사고를 돌이킬 수 있는 시간으로 되돌아간다.

작가는 네 편 모두에 동일한 진입, 해제 장치를 사용했다. 환상 진입 순간에는 반드시 "치르르치르르" 알람이 울리고 그 소리를 멈추려고 시계 옆 단추를 누르면 동시에 사방이 밝은 빛으로 가득차면서 그 빛이 거대한 파도처럼 출렁거리며 밀려와 덮치는 패턴을 사용한다. 얼핏 전형적으로 보이는 이 진입 장치는 '고양이 목숨은 아홉 개'라는 속설과 어우러져 묘한 신비감을 풍긴다. 이번에는 누구에게 차례가 돌아갈지 아무도 모르는 이 고양이 시계는 '아홉 명의 아이, 아홉 가지 호기심, 아홉 개의 소원, 아홉 개의 여행'을 완수할 때까지 세상 어딘가를 떠돌고 있을 거라는 마무리가 연작의 구조적 완성도를 크게 높여준다. 네번째 이야기에 나오는 세은이의 친구 아라가 고양이 시계를 갖게 되는 장면이 작품의 마지막인데, 독자는 이 대목에서 다섯번째 시간 여행의 내용을 궁금해함과 동시에 6·7·8·9회차 중 한 번쯤은 자신이 그 주인공이 될지 모른다는 설렘을 안게 된다.

작가가 까다로운 시간 여행 네 번을 논리적으로 큰 무리 없이 구성해낼 수 있었던 비결은 모든 여행에서 주인공이 타인의 무언가를 결정적으로 바꾸기 전에 여행을 끝내버린 데 있었다. 따라서 주인공은 이야기 속에서 시간 이동을 했지만 독자가 목격한 것은 시간 이동으로 '누군가의 삶을 바꾸는 것'이 아니라 '숨겨진 자신의 내면을 목격하는 것'까지였던 셈이다. 앞에서 본 영화 〈나비효과〉가 그랬듯 대부분의 시간 이동 서사는 이동으로 인한 미래의 혼란과 부작용을 다루는 것에 초점을 맞추는 데 비해 이 작품은 혼란은 최소화하면서 주인공의 실존적 고민을 조명하는 일에만 집중한 것이다.

독자는 주인공이 시간 이동을 하는 순간 그가 '신의 놀이'를 시작했다는 불안감을 느끼면서 그의 행동을 지켜본다. 그러나 주인공은 과거의 무엇을 바꾼 것이 아니라 자신을 바꾸어 돌아온다. 그가 건드렸을지도 모르는 과거의 한 부분은 오늘날 일상의 감당할 만한 변화 정도로 무난하게 연결된다. 작가는 시간 여행의 핵심적 매력인 공포감을 줄이는 대신 과거의 자신을 이해하게 되는 과정이 주는 감동에 무게를 실었다. 주인공들은 신의 놀이에 뛰어든 것이 아니라 자신을 지켜보는 '인간의 놀이'를 벌이고 돌아온 것이다.

나는 급히 돈을 내고 아라에게 시계를 내밀었다. 이 시계가 아라를 과거로 데려다줄지도 모른다. 아라도 부모님한테 무슨 일이 있었는지 알면 많은 걸 이해하게 될 거다. 그게 무서운 것이든, 부끄러운 것이든, 혹은 화가 나거나 미안한 것이라도. (「세은이 이야기」, 『거꾸로 가는 고양이 시계』, 181쪽)

시간 이동의 공포감이 줄어들자 마지막 주자인 세은이가 친구 아라에게 고양이 시계를 사주는 위와 같은 결말도 자연스럽게 되었다. 독자는 자신에게도 고양이 시계가 찾아오기를 기다리는 마음으로 책을 덮는다. 만일 섣부르게 타인의 과거를 건드리려고 시도했다면 이 책도 결말 처리 방식을 놓고 대혼전을 피하기 힘들었을 것이다. 무엇을 건드리고 온 건지 알 수 없게 만드는 작가의 선택은 이 책을 읽게 될 독자들에게 시간 이동의 심리적 안정감을 보장해주면서 환상성의 매력은 보존하는 매우 영리하고 독창적인 방식이었다고 생각한다.

3. 여기와 거기의 나 자신

이경화의 『너 때문에 세상이 폭발할 것 같아』(뜨인돌어린이, 2013)는 위에 언급한 고재현의 작품과 비슷한 짜임이면서 공간 이동을 벌이는 판타지 연작동화다. 이 작품도 등장인물의 이름을 내세워 범준, 선재, 은채, 성현, 한나의 이야기를 각각 단편으로 다루었다.

이 작품에서 공간 이동을 도와주는 매개체는 '환상특급' 열차다. 고양이 시계와 달리 이 열차는 차장이 매번 다른 동물로 바뀐다. 『거꾸로 가는 고양이 시계』와 다른 점이 있다면 환상특급 열차가 진입 장치로서 기능하기는 하지만 해제 장치로 등장하는 것인지는 불분명하다는 점이다. 현실로 돌아온 것인지 아닌지를 밝히지 않았기 때문에 문은 끝까지 열려 있다. 환상 공간으로 이동하여 소원을 성취한 아이들은 '여기 계속 살았으면 좋겠다'는 두번째 소원을 갖게 되는데 작가는 아예 이것까지 실현해준 셈이다.

환상특급을 탄 아이들은 깜짝 놀랄 만큼 달라진 자신을 경험한다. 약골 범준이는 열차 탑승 후 슈퍼맨이 되고, 동물 흉내내기 대장 선재는 다들 동물처럼 자연스럽게 살아가는 세상에서 큰 칭찬을 받고 난생처음 기운찬 에너지를 맛본다. 성현이는 '돈 없는 세상'에서 돈 때문에 가로막혔던 꿈과 용기를 되찾는다. 빵점만 맞던 빵집 한나도 '공부 못하는 애가 잘하는 세상'으로 건너가 왕별 스티커를 받는다.

소원 성취 서사는 옛이야기에서 자주 나오는 구조다. 그런데 이 작품이 그 이상의 통쾌한 즐거움을 주는 이유는 이 공간과 다른, 전복적 규범을 가진 공간에서 자신을 지키면서 소원을 이루기 때문이다. '거기'에 간 주인공들은 원래 자신이 가졌던 모습 그대로 듬뿍 사랑을 받는다. '여기'에서는 '너 때문에 세상이 폭발할 것 같아.'라는 비난과 잔소리를 들었지만 '거기'에서는 '좋아! 좋아!'라는 격려의 응원을 받는다.

작가는 환상특급이 우리를 찾아오는 순간은 '나 때문에 세상이 폭발할 것 같은 그 순간'이라고 말한다. 그 '터질 것 같은 나'를 잠재울 것이 아니라 제대로 터뜨려서 세상보다 더 큰 나로 만들어야 한다는 것이 작가의 메시지다. 이 책은 어린이를 위한 '유토피아' 이야기처럼 현실에 대한 강한 대립항들로 채워져 있다. 공부하기 싫으면 공부 안 하고, 돈 벌기 싫으면 돈 없어도 아무 물건이나 가져오는 세상이라니, 지나치게 허무맹랑한 이야기라고 생각할 수도 있을 것이다. 그러나 찬찬히 살펴보면 작가는 '있을 수 없는' 이상 세계를 그려낸 것이 아니라 '있었으면 싶은' 또는 '있어야 하는' 환상적 공간을 구성하기 위해 노력했다. 「선재 이야기」에 등장하는 "인간은 동물이다."라는 명제나 "흠, 아주 동물적이군. 좋아 좋아."라는 칭찬은 생태계에서 본연의 지위를 잊은 채 물질에 경도된 인간에 대한 날카로운 풍자다. 「성현 이야기」에서 독자는 책을 읽는 짧은 순간이지만 돈 없어도 아무런 문제가 없는 세상의 편안한 기분을 생생하게 느낀다.

공부 못하는 것과 상상력을 곧장 연결한 점이나 돈 없는 세상이더라도 물질이 부족하면 마찬가지 갈등이 생겨난다는 간단한 사실을 고려하지 않은 점 등은 이 책의 개연성을 떨어뜨리는 약점이라고 할 수 있다. 저학년 어린이들이라도 빵집 한나가 공부를 못하는 것이 풍부한 상상력의 필요충분조건이 아니라는 것 정도는 안다. 성현이네 마을의 무한한 재화는 어디서 나오는지도 질문할 것이다. 하지만 환상특급을 탄 아이들이 미지의 '거기'에서 안락함을 누리는 것은 이 작품이 가장 고전적인 판타지의 목적을 충실히 실현한 것이라고 할 수 있다. 책을 통해 상상 속에서 규범이 호쾌하게 전복된 '거기'를 다녀와본 아이들이라면 '여기'에서 훨씬 용감한 도전을 시작할 수 있을 것이다.

4. 잘못된 것은 없어

판타지는 '무엇이 잘못이고 무엇이 옳은가'에 대해 끝없이 의문을 제기한다. 그 의문을 위해서 시간을 거슬러올라가고 공간을 옮겨가본다. 이성적인 것이 옳은가, 동물적인 것이 옳은가, 나는 그때 형을 도왔어야 했나, 나를 지켰어야 했나.

우리가 환상을 필요로 하는 때는 언제인가. 환상은 선과 악의 정의를 내리거나 명확한 참과 거짓을 구분하기 위한 장치가 아니다. 지금 여기가 아닌 다른 시공간에서 잘못과 잘못 아닌 것에 대해 돌이켜보는 과정을 통해 '나 자신을 발견하는 것'에 의미가 있다. 오늘 언급한 작품들에는 무수히 많은 이름이 나온다. 그들은 자기 이름을 내세운 이야기를 가지고 있다. 환상은 시공간에 대한 서사가 아니라 바로 그 이름에 대한 서사인 셈이다.

요즘 내가 지금 어디에 있는지, '좌표'를 모르겠다는 사람이 많다. 어른이 그러할 때 어린이들도 마찬가지다. 이럴 때 판타지는 좌표 이동의 태세를 갖추고 우리 곁에 있다. 내 이름을 걸고 나를 향해 질문할 용기만 갖고 있다면.

바보가 아닌
바보 이야기

1. 책과 가난의 상관관계

좋아하면 가난해진다는 물건이 하나 있다. 책이다. 누구는 이야기를
좋아하면 가난해진다고 말하기도 한다. 이야기가 실려 있는 종이 묶음
이 책이니, 그 말이 그 말이다. 여기서 주목하는 것은 '가난하다'가 아니
고 '가난해진다'는 것이다. 도대체 책이 얼마나 매혹적인 물건이기에 세
상 사람들이 다 좋다고 매달리는 '돈'에 연연하지 않게 만드는 것인가.
책을 읽느라 돈을 못 버는 것인가, 책을 모으느라 돈을 날리는 것인가.
책이 돈과 초연한 삶을 살도록 안내하는 것일까. 세 가지 다일 듯하다.

그들도 정말 책을 좋아해서 가난해진 것일까. 내가 흠모해마지않던
몇몇 작은 책방의 주인들 말이다. 그들은 어느 날부터 하나둘씩 책방
문을 닫고 자취를 감추었다. 오래된 책방에 들어섰다가 켜켜이 쌓인 책
탑 너머에 앉은 주인장의 눈빛과 마주칠 때면 나는 알 수 없는 경외감

을 느끼곤 했다. "무슨무슨 책 있어요?"라고 조심스레 입을 떼면 "아, 그 책! 잠깐만……."이라는 나지막한 대답이 돌아온다. 나는 책방 주인들이 툭 내던지는 "아, 그 책!"이라는 말이 그렇게 신비롭게 들릴 수가 없었다. 어떤 책이든 이미 다 통달한 양 느긋한 말투. '아마도 저들은 새책이 나오는 족족 몽땅 읽어치우는 게 틀림없어.'라는 짐작만으로도 존경스러웠다.

초등학교 때 짝꿍 이름은 다 잊었어도 들락거린 단골 책방의 이름만큼은 단 하나도 잊히지 않는다. 당장 열 개도 더 댈 수 있다. 요즘은 인터넷 서점도 있고 전자책을 내려받는 사람도 늘어났다. 손에 딱 잡히는 가뿐한 기계 안에 수천 권을 넣어서 다닐 수 있다는 건 듣기에도 매혹적이다. 이러다가 책방 문을 열 때 훅 풍겨나오는 쿰쿰한 종이 냄새의 기억을 자랑하는 사람들도 점점 줄어들겠다.

2. 위험한 책

그럼에도 손으로 넘기는 책장의 느낌과 책방의 공간을 기억하는 세대가 사라진다는 건 받아들이기 어려운 일이다. 책에 대한 감정을 공유한다는 것은 역사를 대하는 마음가짐을 공유하는 것과 비슷한 의미를 지닌다. 두툼하고 먼지만 풀풀 날리는 그 책더미를 쌓아올린 자들, 글자를 하나하나 옮겨 적고, 때론 활판에 찍으며 살아온 사람들이야말로 수천 년 역사의 베틀 위에서 문화를 직조한 장본인이었기 때문이다.

옛날로 거슬러올라갈수록 책을 옮기는 사람들의 몫은 대단했다. 고대 수메르에는 많은 필경사가 있었고 각각 전문 분야가 달랐다. 그들은 상당한 사회적 지위를 누렸으며 학교는 우수한 필경사를 양성하는 역할을 맡았다. 그 무렵에는 책을 쓰는 일과 책을 옮겨 적는 일을 뚜렷이 나누지 않았다. 5100년 전에 학교 교재로 제작된 수메르의 점토판 책에는 'GAR-AMA'라는 필경사의 이름이 선명하게 새겨져 있다. 그들이 지식의 보증인 역할도 담당했다는 것을 알 수 있다. 수메르인의 학문은 오늘날 학자들도 경탄할 만큼 여러 분야를 체계적으로 섭렵하고 있었는데 그곳에서 생산된 모든 새로운 지식과 사상은 책이라는 교점을 통과하여 세상으로 나아갔다. 필경사는 가장 먼저 그 지식을 접했기에 누구보다 혁명적이고 누구보다 위험한 사람들이었다.

책방이라는 공간도 마찬가지다. 불과 100여 년 전까지만 해도 책은 손쉽게 사고파는 물건이 아니었다. 책을 거래한다는 것은 상대를 충분히 믿어야 가능한 일이었기에 책방에는 은밀한 긴장감이 넘쳤다. 같은 책을 읽었다는 이유만으로 함께 목숨을 잃는 일이 허다했다. 어느 시대든 금서의 목록을 보면 역설적으로 그 시대가 나아가고자 하는 방향을 읽을 수 있다. 누가 누구에게 어떤 책을 전해주었는가는 역사의 흐름을 여러 차례 바꾸었다.

오늘날 어린이들에게 책은 어떤 의미를 가질까. 많이 읽으면 칭찬받고 안 읽으면 핀잔 듣는 따분한 종이 묶음 정도일까. 책의 재미를 알아야 한다고 떠드는 엄마 아빠가, 정작 내가 재미있어하는 책은 읽지도 못하게 한다며 따지고 들지 모른다. 막연히 오락의 역할을 하기에는 참 밋밋하고 둔한 것이 책이다. 예전처럼 지식이 희소성을 지닌 것도 아니고 지식의 유통 경로가 여러 갈래로 나뉘었기 때문에 책이 무슨 특별한 권위를 갖는 것도 아니다. 당위적인 설득으로 우리 어린이들이 책을 만나게 하는 것은 옳지 않다. 우격다짐으로 과연 몇 권의 책을 읽힐 수 있겠는가. 읽어도 다 토하고 말 것이다.

어른이든 어린이든 책 앞에서 설레고 책 앞에서 두려워지는 마음이 무엇인지 알지 못한다면 책의 매력 속으로 걸어들어가기 어렵다. 무겁고 부담스러워도 자꾸 그 안으로 들어가고 싶어져야 비로소 책을 좋아하게 되었다고 말할 수 있을 것이다. 책의 무게를 안다는 것은 비밀스러운 진리가 갖는 무게를 안다는 것이다. 책의 매력에 빠져든다는 것은 역사에 동참하게 된다는 것이다. 같이 읽은 자들과 사람과 세상에 대한 책임을 나눈다는 뜻이다. 정말 책을 좋아하게 만들고 싶다면 흥미나 꼬임수가 아니라 존재론적으로 책에 접근해야 한다. 그런 이야기를 담고 있는 어린이책을 찾아보았다.

3. 귀하디귀한 책, 그보다 더 귀한 사람

이영서의 『책과 노니는 집』(문학동네, 2009)은 책 자체에 대해서 다룬 동화책이다. 책을 소재로 한 다른 나라 동화는 몇 편 소개된 적이 있지만 우리 동화 가운데 이 작품만큼 책에 대해서 본격적으로 다룬 작품은 없었던 것으로 기억한다.

작품의 주인공은 약계 책방에서 일하는 소년 장이다. 하지만 이 작품의 줄거리를 관통하고 있는 진짜 주인공은 책이라는 생소한 물건이다. 왜 여기서 책이 생소한가 하면 우리가 흔히 알고 있는 그런 책이 아니기 때문이다. 서점에서 뚝딱 살 수 있고 친구에게 빌려주어도 되고 라면 냄비를 받쳐두어도 아무렇지 않은 그런 책은 여기에 나오지 않는다. 무섭도록 소중한 책들이 나온다. 주인공의 아버지는 단지 책을 베껴 썼다는 이유로 온몸이 짓이겨지도록 매를 맞고 끝내 숨을 거둔다.

작품의 시대 배경인 1700년대 후반은 소리소문 없이 새로운 책이 전파되던 때다. 천주학에 대한 책, 새로운 농업기술에 대한 책, 천체와 우주에 대한 책이 사람들의 손을 타고 돌아다녔다. 대개 중국을 오가는 사신들을 통해 건너온 이 책들은 세상을 바라보는 여러 가지 다른 방식을 이야기하고 있었다. 읽은 사람들은 마음이 뒤숭숭해졌다. 권력을 가진 사람들은 그 변화를 달갑게 여기지 않았다. 책을 가진 자, 책을 만든 자를 처벌하여 잠잠하게 만들려고 하였다. 그러나 책은 그것이 비록 물리적인 모양을 갖췄으되 읽는 즉시 정신으로 곧 다운로드된다. 책을 불태우고 책을 쓴 사람을 잡아들일 수는 있었으나 책을 읽은 사람들의 정신까지 가두지는 못하였다. 어떤 책을 처벌하면 처벌할수록 그 책에 대한 사람들의 관심은 높아졌다. 이른바 '금서의 원리'다. 그런 가운데 봐도 괜찮은 책과 보면 안 되는 책을 두루 취급하는 약계 책방은 크고 작은 탄압 속에서도 나날이 번창해간다.

장이는 아버지가 돌아가시기 전에 일감을 받던 약계 책방 주인 최 서쾌의 도움으로 책 심부름을 하면서 자기 앞길을 개척한다. 냉정하면서 지혜로운 최 서쾌와 장이를 둘러싼 사건, 천주학 책을 나르면서 일어나는 갈등이 작품의 줄거리다. 작가는 이 작품을 통해 책의 소중함이라든가 책을 탄압하는 사회에 대한 비판을 드러내놓고 펼치지는 않는다. 뜻하지 않은 변고로 아버지를 잃은 어린 소년 장이가 어떻게 꿋꿋하게 자라나는가에만 초점을 맞춘다. 하지만 필사가 직업이었던 장이 아버지에 대한 묘사 부분을 읽다보면 책에 깃든 정성과 가치를 깨닫게 된다.

필사쟁이 아버지는 글을 베끼다 졸리고 뻐근하면 일부러 소리내어가며 읽고 썼다. 장이는 필사를 하는 아버지 곁에서 옹알거리며 글 읽는 소리를 따라했다. (…)

사람들은 죽은 아버지의 필체를 좋아했다. 단정하고 판으로 찍은 듯 고르다고 했다. 한자 한자 눈동자를 따라 자연스레 흐르는 아버지의 글씨가 편하다고 했다. (…)

"획이 반듯하고 침착한 것이 네 아버지 글씨를 닮았구나. 하지만 들쭉날쭉 글씨가 고르지 않아. 바둑판을 그려놓고 고르게 쓰는 연습을 하거라."

아버지를 따를 수는 없지만 최 서쾌는 장이의 글씨도 칭찬을 했다. (『책과 노니는 집』, 54~55쪽)

지금 우리가 손에 들고 있는 책은 물론 손으로 옮겨 쓴 책이 아니다. 하지만 이 책 또한 장이 아버지 같은 사람의 필사적인 노력이 있었기에 우리에게 전해내려왔다. 오늘의 책은 오늘만의 책이 아닌 것이다.

장이의 회상 속에 등장하는 장이와 아버지의 대화는 '책은 무엇인가'에 대해 들려주는 아름다운 장면이다.

"간밤에는 무슨 이야기를 쓰셨어요?"

아버지는 손에서 붓을 떼지 않은 채 질문에 답을 해주었다.

"우리에겐 밥이 될 이야기, 누군가에겐 동무가 될 이야기, 그리고 또 나중에 우리 부자에게 손바닥만한 책방을 열어줄 이야기를 썼지." (같은 책, 75~76쪽)

책은 밥이고 동무다. 홀로 남겨진 장이에게 새로운 동무를 만나게 해준 길잡이이기도 했다. 책에 대한 안목이 높기로 장안에서 소문난 약계 책방 주인 최 서쾌는 책만 알아보는 것이 아니라 사람도 알아볼 아는 이다. 최 서쾌 주위에는 항상 책을 좋아하는 좋은 사람들이 모여들었다. 천주학에 관심을 가진 홍 교리나 언문소설을 좋아하는 미적 아씨는 늘 장이의 편이 되어준다. 특히 홍 교리와 장이는 같은 책을 읽었다는 것만으로 나이와 신분을 뛰어넘어 마음이 통하는 동무가 된다.

책은 아버지의 목숨을 가져갔기에 장이에게는 원수나 다름없는 물건이지만 그가 자기 삶의 의미를 발견할 수 있었던 것은 책이 있었기 때문이었다. 홍 교리의 말처럼 "어려울 때 물을 곳이 있고 심심하고 답답할 때 재미를 줄 곳이 있다는 것"만으로도 얼마나 든든한가.

아쉬움이 있다면 이야기의 선이 굵지 않아서 등장인물들의 매력이 떨어진다는 점이다. 날카롭게 보여도 다정한 최 서쾌를 비롯하여 홍 교리, 지물포 오씨, 미적 아씨, 낙심이까지 장이 주변에는 대개 맘씨 좋은 사람들이 있다. 장이를 괴롭히는 인물로 허궁제비가 등장하지만 장이의 우군이 너무 많기에 대립각이 치열하지 않다. 홍 교리 댁에서 겪는 천주학 사건도 당시 사료에 나온 사건의 비극성에 비해 조용하게 다루어져 박진감이 떨어진다. 그 사건 안에서 장이의 역할도 미미한 편이다. 천주학 사건을 더욱 구체적으로 묘사하면서 소용돌이의 한복판에 주인공 장이를 직접 들여보내도 되지 않았을까 싶은 생각도 든다.

하지만 이 작품은 역사동화이다. 허구성을 들여오더라도 해당 시대의 상황은 정직하고 진실하게 묘사하는 것이 역사동화를 쓰는 사람의 기본 태도이다. 작가가 소년 장이를 천주학 사건에 주도적으로 개입한 영웅으로 묘사했더라면 이야기야 흥미진진해졌겠지만 역사동화로서 진실성이 훼손될 수도 있었겠다. 당시 사회가 정치적으로 민감한 사건을 놓고 책방의 심부름꾼 어린이에게 주도적인 역할을 맡길 만큼 개방적인 구조는 아니었기 때문이다.

『책과 노니는 집』은 소박하지만 자기 한계를 분명히 지키고 있다. 서가에서 '동녘 동' 자가 붙은 책만 허겁지겁 추려내면서 홍 교리의 목숨을 지켜주고자 발버둥치는 장이의 모습은 단지 어떤 책을 읽었다는 이유로 사람을 해치는 당시 사회의 부조리를 가감 없이 보여준다. 책 몇 권이 귀할진대 사람의 목숨보다 귀하다고 볼 수는 없는 것이다.

4. 우리는 바보가 아니다

역사동화라기보다는 초등학교 고학년 어린이나 청소년을 위한 역사물로 분류되는 책 중에 안소영의 『책만 보는 바보』(보림, 2005)가 있다. 조선조 실학자 이덕무가 1761년에 쓴 「간서치전」에서 모티프를 얻어 쓴 작품이다.

『책과 노니는 집』과 시대적 배경이 일치하는 데다 책으로 우정을 맺는 사람들의 이야기를 다루고 있어서 두 작품을 나란히 읽으면 흥미롭다. 이 책에서는 이덕무, 유득공, 홍대용, 박제가, 이서구 등 실존했던 실학자들이 풍부한 모습으로 재창조된다. 사료를 바탕으로 정교하게 엮은 이야기이긴 하지만 인물을 묘사한 부분에서는 작가가 허구적 상상을 넉넉하게 보탰다는 것을 느낄 수 있다.

이 책은 바보처럼 책을 사랑하는 매우 현명한 사람들의 이야기이다. '책만 보는 바보'라는 표현은 이덕무의 겸양이자 역설이다. 서얼 출신에 변변한 중앙 벼슬자리와는 거리가 먼데도 초지일관 책을 파고 앉은 그들을 두고 사람들은 바보 같다고 했을지 모른다. 그들의 바보처럼 집요

하고 도전적인 독서 태도가 결국 실학의 밑거름이 되었고 조선 근대의
정치와 문화를 일깨운 자주적인 출발점이 되었다.

> "공에는 위, 아래가 따로 없어. 어디가 가운데라 할 수도 없지. 중국 사람
> 들의 입장에서 본다면 우리는 동쪽 변두리의 작은 나라에 불과하겠으나, 우
> 리의 입장에서 본다면 중국도 북쪽의 큰 땅덩어리에 불과하네." (『책만 보는
> 바보』, 157쪽)

책 속 세상에는 위와 아래가 따로 없었다. 서얼이든 아니든 평등했다.
이 작품에 등장하는 바보 현인들은 책 안의 자유를 마음껏 누리며 백
성을 위한 세상을 설계했다. 별다른 반전도 없이 펼쳐지는 이야기인데
도 책을 덮을 때까지 몰입하게 되는 것은 이들의 진심이 책 전체에서 느
껴지기 때문이다.

책은 진심을 전한다. 그러기에 다른 사람의 마음을 움직일 수 있다.
변화를 두려워하는 사람은 책이 두려울 것이다. 반대로 생각해보면 책
이 있는 한 우리는 두려울 것이 없다. 어떤 어려움이 닥치더라도 책을
읽고 생각하면서 현실에서 변화를 만들면 되기 때문이다.

장이 아버지가 당했던 일 같은 것이 오늘날 우리 사회에도 버젓이 일
어나고 있다. 변화를 두려워하는 사람에게 문자는 여전히 탄압의 대상
인 모양이다. 다들 책만 보고 있는 사람이 바보인 줄 알지만 사실 그들
은 바보가 아니다. 진짜 바보는 책만 보는 이들을 바보라고 생각하는 어
느 누군가인지도 모르겠다. 책을 태운다고 그 정신까지 태울 수 있다고
생각하는 어느 누구인지도 모르겠다.

어른의 상처를
복원하는 아이들

1. 도로시의 은빛 구두와 은본위제

1900년작 프랭크 바움의 『오즈의 마법사』에서 주인공 도로시는 은빛 구두를 신고 등장해 환상의 나라를 탐험한다. 이 작품이 창작되기 4년 전 미국의 대통령 후보 윌리엄 제닝스 브라이언은 은본위제를 공약으로 내걸었다. 당시 미국의 화폐제도는 금본위제였는데 중앙은행이 보유한 금이 부족해 연방정부는 원하는 만큼 화폐를 찍어낼 수 없는 형편이었다. 그래서 화폐가치가 급속히 올라갔고 돈을 빌려서 써야 하는 농민, 노동자, 소상공인 들은 큰 부담을 안게 되었다. 금보다는 더 흔하고 값이 싼 은을 기준으로 화폐를 찍어내자는 은본위제는 이런 배경에서 서민들의 큰 지지를 받았다.

디플레이션으로 고통을 겪던 1900년대 초 미국 서민들의 삶은 『오즈의 마법사』 안에 고스란히 나타난다. 농민을 상징하는 허수아비, 대공장 노동자를 상징하는 양철 나무꾼은 물론, 도로시 일행을 괴롭히는 서쪽마녀와 동쪽마녀도 그 무렵 막강한 권력을 휘두르던 금융자본과 산업화 세력을 빗댄 것으로 알려져 있다. '오즈(Oz)'는 금과 은의 양을 측정하는 단위 '온스(ounce)'의 약자이기도 하다. 작품 속 도로시의 은빛 구두는 노란 벽돌길(금본위제)을 밟으며 걷는 여행길에서 남달리 신비한 힘을 발휘하는 것으로 설정되어 있다. 이 정도 단서라면 프랭크 바움이 암묵적으로 은본위제를 지지했다고 보는 것도 무리는 아니다.

책을 읽는 어린이는 그 함의를 전혀 느끼지 못할 수도 있겠지만 동화가 어른들의 현실을 숨기거나 비틀어서 작품 속에 묻어두는 일은 드물지 않다. 어른이 된 동화작가의 현실 속 고민은 이야기 속에 어떤 식으로든 묻어난다. 은빛 구두를 신은 어린 도로시의 걸음걸음은 '지금보다 더 나은 살림살이'에 대한 당시 어른들의 간절한 희망이었던 셈이다. 동화는 종종 이렇게 이중의 독자를 향한 중첩된 서사와 상징을 구현한다.

오늘날 우리 동화 속 주인공들 또한 어른의 희망을 대행하거나 어른들의 상처를 치유하는 역할을 맡곤 한다. 1984년 권정생의 『몽실 언니』를 읽고 더 많은 눈물을 흘렸던 것은 어쩌면 당시의 아이들보다 긴 전쟁의 상흔과 분단의 아픔을 떠올린 수많은 어른이었을 수도 있다. 황선미의 『마당을 나온 암탉』이 초판을 발행했던 2000년은 도로시가 은빛 구두를 신었던 1900년으로부터 딱 100년 후이며, 우리나라는 극심한 경제 불황을 겪고 있었다. 2000년 4월 17일은 우리나라 증시 사상 하락폭과 하락률에서 최고를 기록했던 날이다. 멀쩡하던 직장이 하루아침에 문을 닫고 실직한 사람들은 거리로 내몰렸다. 그들에게 '잎싹이'의 이야기는 어른이 아이들에게 들려주고 싶은 따뜻한 사랑과 성장의 이야기면서 앞으로 '제2의 삶'을 일궈나가야 하는 어른 자신들을 절실하게 붙들어주는 이야기이기도 했다.

지금의 동화는 어떠한가. 역시 어른은 이야기 속에서 어린이에게 큰 빚을 지고 있었다. 100여 년 전 미국의 어른들이 도로시에게 자신의 희망을 담은 구두를 신겼던 것처럼 오늘의 우리 어른들은 동화에 등장하는 어린이 주인공들에게 끊어진 가족을 이어달라고, 축 늘어진 꿈의 밧줄을 당겨달라고, 엄마와 아빠의 아픈 상처를 보듬어달라고 당부하고 있었다.

2. '아이'를 보는 'I(나)'의 시선—『어떤 아이가』

"저는 이 집에서 그동안 여러분과 함께 살았던 어떤 아이입니다." 송미경의 단편동화집 『어떤 아이가』(시공주니어, 2013)에 실린 작품 「어떤 아이가」의 일부분이다. 작가는 자신과 함께 살았다고 주장하는 '어떤 아이'를 바라보는 아이, 문재의 시선에서 이야기를 써나간다. 문재는 어느 날 어떤 아이의 쪽지를 받으면서 지금은 사라진 그의 존재를 깨닫게 된다. 형의 발냄새는 물론 내 점퍼 오른쪽 주머니의 구멍까지 집안 사정을 속속들이 아는 '어떤 아이'는 가족사진까지 같이 찍었지만 그동안 가족들에게 전혀 발견되지 않았다. "나에게는 물론이고 서로에게도 관심 없는 새로운 가족"을 찾아 그 집에서 얹혀산다던 그 아이는 이제 문재네 집에 사는 것이 지겨워져서 다른 집을 찾는다고 고백하고 떠나간다.

이 작품 속 어떤 아이는 누구일까. 어떤 아이는 더부살이를 하는 가상의 존재이다. 유령일 수도 있다. 그러나 "누구긴 누구겠냐? 니들 중한 명이지."라는 아빠의 말이나 "잊고 있었거든. 난 문재 너 본 것도 오랜만이잖아."라는 형의 말에서 알 수 있듯이 모두 다 바쁜 이 집안에서 아무런 존재감도 없는 문재 자신이기도 하다. 문재는 스스로 '문제아 문재'라고 지칭하면서 어떤 아이와 구별되는 자신의 실체를 확인받으려 한다. 하지만 아빠는 "내 아들도 헷갈리는 마당에"라고 내뱉으며 문재가 그 아이가 아니라는 걸 확인해주려 하지 않는다.

문재네 가족은 겹겹의 파이와 비슷해서 겉보기에는 앙상하게 달라붙어 있지만 바스러지기 일보 직전이었다. 이런 문재네 가족들을 한 사람 한 사람 살뜰히 돌보고 있었던 것은 어떤 아이였는데, 그것이 문재 자신일 수 있다는 신호는 작품 여기저기서 발견된다. "형! 나 초등학교 4학년 된 지 세 달째거든! 무슨 형이 이래?"라는 항변이나 "어디서 많이 본 듯도 하고 낯설기도 한 어떤 아이"라고 되짚는 대목이 그렇다. 그동안 형의 공부방을 남몰래 환기해온 것도 아빠의 물심부름을 소리 없이 전담해온 것도 이 집안 문제아로 불리던 막내였을 수 있다는 것은 무엇을 의미하는 걸까. 어른의 무관심 속에 방치될 뿐 아니라 오히려 어른을 보살피는 짐을 지기도 하는 것이 오늘날 어린이의 처지다. 작품 속 '어떤 아이'는 단순한 기인일 수도 있지만, 문재가 그동안 소외되었던 '나(I)' 자신을 들여다보고 억울하기 짝이 없는 자신의 심정을 돌려서 드러낼 수 있도록 만들어주는 장치로 기능하기도 하는 것이다.

다른 단편 「어른 동생」에는 어른의 마음을 가지고 태어났지만 아이 행세를 하면서 살아가야 하는 기이한 운명의 다섯 살 동생 미루가 등장한다. 가족 모두의 돌봄을 받고 있다고 여겨지는 어린 미루가 실제로 남몰래 돌보아온 것은 몸의 나이 서른네 살인 삼촌 정우다. 정우 삼촌은 태어날 때부터 평생 열세 살의 마음을 가지고 있었던 것. 작가 송미경은 동생의 숨은 정체성을 알아차리고 겁에 질려버린 언니 하루의 심경을 치밀하게 따라가면서 다섯 살 조카에게 위로받아야만 겨우 마음을 가눌 수 있는 백수 청년 정우의 삶을 서글프게 그려낸다. 이 작품은 '물리적 나이'의 의미에 의문을 던지면서 '위로받는 자'와 '위로하는 자' 사이에 위계를 두지 않는 수평적 인간애를 드러낸다.

"그냥 서로 척 보면 알아, 그런 사람들끼린. 서로 비밀로 하고 살아가는 거야. 친구로 지내면서." (「어른 동생」, 『어떤 아이가』, 44쪽)

이 작품을 여러 연령대의 사람들과 읽어보았는데 미루가 울보 삼촌을 도닥이는 장면에서 맘이 울컥했다는 청년들이 많았다. 다섯 살 미루가 하루에게 주방놀이 장난감을 사주는 장면도 더 어린 아이가 큰 아이(어른)를 돌보는 구조라는 점에서는 미루-정우 관계와 비슷하다. 누가 누구를 보살핀다는 것은 어쩌면 환상에 불과하다. 상처 입은 사람들끼리는 척 보면 안다. 그런 사람들끼리는 서로 비밀로 하고 살아간다. 친구로 지내면서.

책에 실린 마지막 단편은 「아버지 가방에서 나오신다」이다. 기인기담류의 전통을 새롭게 이어가고 있는 이 작품집 안에서 가장 강렬한 이미지를 펼쳐내는 이야기다. 엄마들은 봄맞이 여행을 떠나면서 아이들에게 아버지가 들어 있는 가방을 맡긴다. "틈날 때마다 아버지 가방을 마른 수건으로 잘 닦고" "하루 세 번 아버지 가방의 지퍼가 열리며 손이 나오면 밥을 드려야" 한다는 당부와 함께.

엄마가 사라지고 난 뒤 아이들은 아버지 가방을 뜀틀 삼아 놀이에 빠져든다. 자신들이 돌보아야 하는 존재가 아버지라는 것조차 잊은 채 놀이 삼매경에 빠져드는 아이들의 모습은 더없이 아이답고, 가방 속 아버지가 이대로 굶어 죽을지 모른다는 사실은 묘한 해방감을 안겨준다. 바퀴 달린 가방으로 상징되는 아버지들의 '설정된 권위'는 '각설탕 일곱 개를 쥐여준다'거나 '막대 걸레로 대충 문질러버린다'는 형식적 돌봄과 함께 통쾌하게 무너진다. 아이들은 우연히 '자유로운 아빠'의 모델을 경험하면서 가방에 갇히지 않은 진짜 아빠를 원하게 된다.

"아버지 가방에서 아버지를 꺼내자!"
누군가 말을 했다.
물론 어떻게 그런 끔찍한 상상을 할 수 있느냐며 반대하는 아이들도 있었지만 곧 모두 마음을 합쳤다. 우리는 아버지 가방에서 아버지를 나오게 할 방법을 생각했다. (「아버지 가방에서 나오신다」, 같은 책, 116쪽)

아이들은 그동안 단 한 번도 외출한 적 없는 가방 속 아버지가 지퍼를 열고 나오게 하려고 최후의 방법을 사용한다. 작가는 그 과정을 감춤 없이 썼다. 불과 물이 등장하는 이 장면은 연상되는 파괴적 이미지가 선명해서 다음 문장을 읽기가 조심스러울 정도다. 비록 아버지들의 죽음이 아니라 재탄생으로 이어지는 구성이라 하더라도 소설이 아닌 동화에서 이만한 강도까지 자극의 수위를 올렸어야 했는지에 대해서는 의문이 있다. 가방과 아버지라는 이미지를 연결해서 다루었던 소설로 김숨의 『백치들』(랜덤하우스코리아, 2006)이 있다. 이 소설에서 가족의 생계를 위해 중동의 사막으로 떠났던 아버지들은 커다란 돈 가방을 끌고 돌아와 스스로 가방의 지퍼를 열었으며 그 안에는 한줌 뜨거운 모래가 들어 있었던 것으로 묘사된다.

송미경 동화 속 아버지들은 김숨의 소설 속 아버지보다 훨씬 무기력하다. 오늘날 아이들의 눈에는 아버지가 그렇게 보인다고 판단했던 것 같다. 동화 속 아버지들은 자식들이 뜨겁게 달구고 물을 끼얹은 중에 그 속을 헤치고 간신히 기어나왔다. 열어놓고 보니 가장의 권위는커녕 "아무것도 모르는 벌거벗은 아빠"였고 아이들은 그 말라붙은 몸을 씻어주고 엉킨 머리를 빗긴다. 철없이 우는 아빠들을 앉혀놓고 아이들은 "아빠들을 처음부터 키우겠다"면서 관계의 역전을 시도한다. 더이상 어른이 물려준 가방을 대신 짊어지거나 끌지 않고 어린이 자신들의 미래와 행복을 위한 세계를 구성하겠다고 선언하는 것이다. 그러나 아이들이 꿈꾸는 새로운 세계는 어른의 삶과 분리된 것이 아니다. 나약해진 어른들의 상처를 복원하고 건강하게 치유하는 행동으로부터 시작한다. 그들의 꿈은 어른과 아이 모두를 위한 것이며 놀이를 통한 재건에 뛰어드는 것은 역시 어린이들이다.

3. 보살펴줄 사람은 나밖에 없었다—『몇 호에 사세요?』

김소연의 단편집 『몇 호에 사세요?』(뜨인돌어린이, 2013)에 실린 단편들에도 어른을 챙기는 아이들이 등장한다. 그러나 사건들이 일상 속에서 일어날 만한 평범한 차원이라는 점에서 『어떤 아이가』와 차이가 있다. 「몇 호에 사세요?」의 재민이는 자기 집에 산다고 주장하는 낯선 할머니를 만난다. 재민이는 할머니의 아픔을 궁금해하지만 맞벌이로 바쁜 재민이의 엄마는 치매에 걸린 할머니의 위험한 행동을 염려한다. 할머니가 재민이의 안전을 위협할까 걱정하는 것. 그러나 정작 생각이 얕은 엄마나 아빠를 돌보고 자신의 안전을 지키는 것은 어린 재민이다. 엄마가 몸살을 앓던 날, "아빠는 토요일에도 회사에 나가니까 엄마를 보살펴줄 사람은 재민이밖에 없었다"는 대목은 그가 이미 오래전부터 '돌보는 것'에 익숙해진 어린이라는 것을 보여준다. 그랬기 때문에 재민이의 눈에는 할머니의 공허한 슬픔이 보였던 것이다. 재민이는 이웃 할머니의 슬픔도 돌봐드리기로 한다.

> "할머니가 기억 못 하면 내가 하면 되지."
> 재민이는 할머니 앞으로 다가섰다.
> "몇 호에 사세요?" (「몇 호에 사세요?」, 『몇 호에 사세요?』, 71쪽)

재민이는 할머니가 손자들의 소식을 애타게 기다리느라 아파트를 배회한다는 사실을 알고 없는 소식을 '만들어서' 전한 다음 삼각 김밥 하나를 건네드린다. 이 일을 마치고 난 뒤에 재민이가 털어놓는 "가볍지도, 그렇다고 꼭 무겁지도 않은 발걸음"이라는 속마음은 그가 어디까지 타인에게 자신의 마음을 개입시켜야 하는지 고민하고 있음을 보여준다. 누군가를 돌보는 일은 상대의 삶의 무게를 정직하게 받아야 하는 묵직한 일임을 어린이들도 어렴풋이 안다.

같은 책의 다른 단편 「꽃병」은 알코올 의존자 아버지를 둔 두 아이의 우정을 그렸다. 알코올 의존증으로 일찌감치 부인과 멀어지고 틈만 나면 딸을 데리고 낚시터에 나가는 지영이의 아버지는 어른이지만 자기 자신을 잘 통제하지 못한다. 날마다 아빠의 "딱 소주 한 잔만"이라는 애원을 뿌리쳐가며 휘청거리는 아빠의 삶을 지켜줘야 하는 지영이는 낚시터 가겟집 아줌마의 딸 선주가 아빠에게 함부로 술을 팔았다는 것에 분

노한다. 선주와 실랑이를 벌이던 지영이는 선주의 아빠도 심한 알코올
의존증으로 병원에 입원 중이라는 사실을 알게 된다.

> "난 아빠가 술병 꺼내는 것만 봐도 막 불안해."
>
> "왜?"
>
> "난 엄마가 없거든." (「꽃병」, 같은 책, 196쪽)

같은 아픔을 가진 채 엄마와 단둘이 악착같이 살아가는 선주는 필사
적으로 주정뱅이 아빠를 돌보아야 하는 지영이의 마음을 이해하고 받
아들인다. 그들에게 '어른 돌보기'는 생존 그 자체다. 지영이는 물가에
서 술 취한 아빠를 잃을 뻔한 다음부터는 "절대로 술을 못 마시게 하는
일"을 위해 눈을 부릅뜬다. 선주는 엄마가 가게를 비운 사이에 도둑이
라도 들까봐 잔심부름을 도맡아 한다. 아빠가 술을 절대로 마시지 않겠
다고 약속한 다음에만 지영이는 겨우 "구름처럼 가벼운 발걸음"이 된다.

과거에도 가족을 돌보아야 하는 어린이가 나오는 동화는 여러 편 있
었다. 1960~70년대에 흔히 볼 수 있었던 소년 소녀 가장을 다룬 작품
들이었다. 고사리손의 그들이 지탱해야 했던 것이 가정경제와 산업화의
길목에 선 국가경제였다면 지금의 동화 속 '돌보는 어린이'들은 몰락하
는 어른의 마음을 돌보고 있다. '우리 세대는 망했다'는 말이 갓 스물 넘
은 청년들의 가슴속을 부유하는 현실에서 삼촌의 절망을 돌보고, 아빠
의 무기력을 돌보고, 신열에 들뜬 엄마의 상처를 어루만지는 것이 아이
들 몫으로 남겨진다. 지나치게 잔인한 일이다. 그러나 어린이들은 쉽게
주저앉아버리는 어른과 달리 이 '돌봄의 과제'를 묵묵히 해내고 있다.
여기서 포기한다는 것은 성장이라는 소중한 '비밀의 화원'을 포기하는

것이기에.

4. 누가 이 아이들에게 짐을 지웠을까?

어른의 욕망과 어린이의 욕망은 따로 떨어져 있지 않다. 고통 또한 마찬가지다. 따라서 어른이 쓰고 어린이가 읽는 동화에 그 이중의 시선과 경험이 혼재되어 드러나는 것은 자연스러운 일이다. 그러나 앞의 작품들을 보면 더 무거운 짐을 지는 것은 어린이 쪽인 것처럼 보인다. 어른들은 가방 안으로 숨거나, 가방을 맡기고 떠나버리거나, 낚시터에 앉아 술을 먹거나, 기타를 치며 운다. 어린이는 그런 어른들이 돌보지 못한 것을 돌보고(「꽃병」), 먹이지 못한 이에게 밥을 먹이며(「아버지 가방에서 나오신다」), 어깨를 도닥여 달래고(「어른 동생」), 삼각 김밥을 건네면서 손주의 소식을 전한다(「몇 호에 사세요?」). 희망을 상실하고 방치하고 포기하고 무너지는 것은 어른이며 되찾고 챙기고 일으키고 부지런히 복원하는 것은 어린이들이다. 누가 아이들에게 이 짐을 지웠을까?

작가는 이야기 속에서 왜 어린이들에게 이처럼 가혹한 무게를 나누어주었는가. '현실이 그렇기 때문'이라는 말이 하나의 답이 될 것이다. 그렇다면 우리는 현실을 바꾸기 위해서 노력해야 한다. 어린이에게 어른의 짐을 지우는 사회는 온당치 않다. 누구라도 어린이의 건강한 유년을 착취하지 않아야 하며, 약자인 그들을 보호하는 것은 어른의 의무다. 동화 속 어린이들이 굳이 어른의 짐을 나눠서 지지 않아도 되게 하는 것은 작가의 목표이며 우리 공동체의 목표이기도 하다.

또 하나는 '어린이만이 이 무거운 현실로부터 우리를 일으킬 수 있기 때문'이라는 대답이 있겠다. 이것은 토론해보아야 할 문제다. 전쟁 직후나 극심한 경제 불황이 찾아왔을 때를 돌아보면 어른들은 동화를 많이 읽었고 동화 속 어린이에게 의지했다. 그러나 어린이는 어른을 위기로부터 구원하기 위해서 존재하는 천사가 아니다. 아동문학은 누구의 마음과 가장 먼저 공명해야 하는가. 동심에 의존하고자 하는 어른의 마음에 더 먼저 닿는다면 그것은 아동문학이 아니라 성인을 위한 문학일 것이다. 어른에 앞서 어린이의 마음에 닿기를 원하지만, 이를 구분하기란 쉽지 않다. 동화작가는 늘 글로써 자신을 먼저 달래고 싶은 욕구와 어린이에게 들려줄 글을 쓰는 존재라는 자각 사이에서 갈등한다. 자칫 잘못하여 자신을 위로하기 위해 어린이를 어른과 다른 특수한 윤리적 지위에 올려놓는 것은 낭만을 가장한 폭력적 태도가 될 수도 있다.

앞에서 읽은 두 권의 동화집은 어른의 허락을 받지 않고 자율적으로 성장하는 어린이의 시선을 당당히 보여준다. 그런 점에서 분명 '아동을 위한 문학'이다. 책에 실린 작품들이 보여주는 깊은 슬픔은 '아이의 눈'에서 출발했기에 어린이를 어른들이 겪는 고통의 비상구로 활용하려 한다는 비난에서는 살짝 비껴설 수 있다. 하지만 '아동을 위한 문학'이 이처럼 무거워야 하는 현실에 대해서는 여전히 안타깝고 몹시 아프다. 그들을 위한 문학은 더 가벼워져야 한다. 사회가 정상이라면.

21세기의
미성년 홈리스 수감자를
위하여

1. 집 없는 어린이

우리 어린이들에게는 집이 없다. 자가보유율이라든가 장기임대아파트 당첨 여부, 이런 걸 말하는 게 아니다. 반질반질한 부엌이나 대형 텔레비전이 설치된 몇 제곱미터 이상의 거실을 가진 세대주의 자녀라 하더라도 마찬가지다. 여기서 말하는 집은 '거주지'가 아니다.

우리에게 집이란 무엇일까. 우선 집은 '홀로 또는 함께 머무르는 곳'이다. 나와 함께 머무를 수 있는 존재가 사람만은 아니다. 옛날 중국 사람들은 돼지와 한집에서 살았다. 한자로 '집 가(家)' 자는 한지붕 아래에서 돼지(豕)와 함께 지내는 모습을 나타낸 것이다. 일본어에서 집을 의미하는 '야(屋, ya)'의 어원은 한글의 '나무'와 같다. 이렇게 집에는 동물, 식물, 사람이 더불어 머무른다. 더 나아가 집은 산과 강과 흙이 어우러진 곳이다. 우리말 '오두막'에서 '오두'는 산을 뜻하는 옛말이다. 기와집의 고어 '디새집'에서 '디새'는 '딧(딘)'으로 흙이라는 뜻을 지닌다. 흙으로 지은 집이라는 뜻도 있겠지만 흙의 집도 된다. 나와 다른 생명, 자연이 어우러진 터전이 바로 집이다.

또한 집은 우주를 꿈꾸는 곳이다. 주몽신화에 보면 유리 태자가 자기 집의 창틀을 타고 하늘을 나는 장면이 나온다. 집은 우리가 상상하는 우주의 축소판이면서 우주로 향하는 길이기도 했다. 민속신앙에서는 신이 집에 들어와 사람과 함께 산다고 믿었다. 가옥신인 '성주', 부엌신인 '조왕'은 물론, 뒷간에는 '측신'이 버티고 있다. 집은 신의 왕래가 가능하도록 열려 있어야 하며 그래야만 사람도 건강하게 잘 살 수 있다고 생각했다. 문을 꼭 닫아걸지 않는 풍습도 여기서 왔다.

집은 안식처이다. 옛사람들이 무덤에 물건들을 같이 묻을 때 집 모양의 토기를 함께 묻은 것은 이승을 떠나서 편안히 머무를 곳이 없을까봐 염려한 까닭이다. 언제든 돌아올 수 있는 곳이고 편안히 잠들 수 있는 곳이 집이다. 마음대로 하고 지내도 상관없는 곳이다. 시설이나 규모를 떠나 안락해야 집이다. 윤선도는 '바위 아래 띠집을 지어도 이것이 내 분이다.'라고 읊지 않았던가.

그렇다면 왜 우리 어린이에게 집이 없다고 하는 것일까. 물론 그들에게는 거주지가 있다. 하지만 가장 많은 시간 동안 머무르는 곳은 학교나 학원이며, 집에 돌아가도 우주를 꿈꿀 자유보다는 텔레비전을 잠깐 보거나 게임을 할 자유를 얻기에 급급하다. 무엇보다 오늘날 우리들의 집은 그다지 안락하지 않다. 인구 대부분이 거대 도시를 중심으로 몰려 있어 집 앞 골목에서조차 자동차, 오토바이와 어깨 겨룸을 해야 한다. 집 밖의 모든 것을 차단하는 창호 시스템과 보안장치도 발달했다. 원거리 통근에 지친 부모는 몸을 누이는 순간에도 아이들에게 다음날의 시험 스케줄을 묻는다. '오늘은 또 몇 시에나 잘 수 있느냐'가 집에서 서로 물을 수 있는 몇 안 되는 질문이 되어버렸다. 잠들지 못한 아이들은 학원 버스 안에서 무거운 가방에 얼굴을 묻고 잠든다. 잠들지 못하고 꿈꾸지 못하는 집은 집이 아니다. 어린이 홈리스의 시대다.

2. 어린이를 집 밖에 가둔 사람들

적지 않은 어린이가 집을 잃었으나 그것을 아쉬워하는 사람은 많지 않은 듯하다. 어린이를 어딘가에 수감시키는 일에 골몰한 사람들에게 어차피 집이란 관심의 대상이 아니기 때문이다. 규격을 갖춘 제도는 대개 수감생활과 비슷한 면이 있다. 학교라고 해서 예외는 아니다. 규칙을 따라야 하고 일정한 시간 동안 그 안에 머물러야 한다. 정해진 일을 수동적으로 수행해야 하는 것도 비슷하다. 물론 수감 시설에 비하면 학교는 훨씬 민주적이고 능동적이며 재미있는 공간일 테고 그래야만 한다.

학교를 나온 어린이들은 줄지어 학원으로 간다. 서열식 학교 경쟁은 감옥처럼 가차없고, 맹목적인 학원 순례는 행군보다 고되다. 가정에서나 학교에서나 수인 취급을 받으며 '왜 앞서지 못하느냐'는 질책에 시달리는 이 어린이들이 안식을 얻을 곳은 과연 어디일까.

아이들이 집을 되찾는 일은 학교가 달라지는 것, 나아가서 사회가 달라지는 것과 연관이 깊다. 이를테면 학교를 좀더 민주적인 공간으로 바꾸어서 집도 좀더 집답게 되돌려보자는 움직임인 학생인권조례가 있다. 이를 비롯한 학생인권신장정책을 몇몇 교육청에서 내놓기도 했다. 학생들이 학교에서 받고 있는 부당하고 비민주적인 처우를 인정한 것이다.

그런데 여기에 강력하게 반대하면서 학교를 좀더 치밀한 수감 시설로 만들어야 한다는 의견이 교육계 일각에서 나왔다. '우리 아이들을 망치게 될 것이 분명하기 때문에' 학생 체벌을 비롯한 각종 학내 강제규정은 지속되어야 한다는 강경한 의견을 보면서 '우리 죄수들을 망치게 될 것'이라는 간수장의 목소리가 겹쳐 떠올랐다. 교도소에서도 체벌은 금지된 지 오래다. 국민이라면 누구나 가야 하는 학교를 교도소보다 더욱 수위 높은 폐쇄적 수감 시설로 운영하여 무엇을 얻으려는 것일까. 창의적 학생이 아니라 수감자를 양산하는 폭력적이고 가학적인 사회가 어떤 말로를 향해 갈지 정말 모르는 것일까.

호러동화집 『하얀 얼굴』(안미란 외 6인, 창비, 2010)에 실린 단편 가운데 김종렬의 「수업」은 학교 감옥의 실체를 선명하게 묘사한 작품이다. 첫 문장만 보아도 흡사 감옥이나 정신병원의 폐쇄 병동이 떠오른다. "사방이 가로막힌 하얀 방 안에 네 명의 아이들이 있었다."로 시작하는 이 동화는 "여, 여기서 나, 나갈 수 있을까?"라는 질문과 함께 독자를 서서히 공포에 몰아넣는다. 이 아이들의 발목에 채워진 강철 발찌는 견고하고 감시의 눈은 철저하다. 하얀 방은 다른 하얀 방으로 이어지지만 경쟁에서 진 누군가는 갇힌 채 남아야 한다. 대답이 늦는 자, 수학 문제를 빠르게 풀지 못하는 자는 이 감옥 같은 방에서 나갈 수 없다. 급기야 '양보하는 마음'을 테스트하는 단계에 이르자 마지막까지 살아남은 아이는 자신에게 나갈 권리를 양보하는 친구에게 속삭인다. "이곳을 나가면 꼭 데리러 올게."

사방에서 이 비열한 경쟁을 뚫고 홀로 문을 빠져나온 아이들이 다시 흰 벽 앞에 줄지어 서는 마지막 장면은 섬뜩하다. 작품 속 등장인물의 말처럼 졸업할 때까지 수업은 계속된다. 이긴 자 또한 여전히 갇힌 자다. 친구를 데리러 간다고? 구해주겠다고? 감옥 안에서?

하얀 방을 전전하는 아이들이 더 처절하게 여겨지는 이유는 그들을 안아줄 집조차 실종된 상황이기 때문이다. 에디슨에게는 손잡고 함께 학교를 뛰쳐나와준 엄마가 있었고, 아인슈타인에게는 학교가 거절한 그를 반년 동안이나 들로 산으로 데리고 다닌 부모가 있었다. 작품 속 아이들은 어떨까. 엄마도 아빠도 또다른 간수장의 얼굴을 한 채 눈을 부릅뜨고 있는 한 '집에 간다'는 것은 별다른 의미가 없다. 학교 체벌에는 분노하면서도 학원 체벌은 더 가혹하게 주문하는 부모들이 무수한 형편이다. '1등을 하면' 내 아이만은 어떻게든 저 감옥에서 먼저 출소할 수 있으리라 생각하기 때문이다. 이것이 환상이라는 경고가 이 작품이 보여주는 공포의 핵심이다. 「수업」의 마지막 장면은 누구도 감옥에서 나갈 수 없다는 기괴한 순환의 이미지를 탁월하게 보여준다. 호러동화를 표방했음에도 작품이 실제 현실보다 크게 무서운 얘기가 아니라는 점에서 실패한 셈이다.

3. 책은 꿈꾸는 집

학교에 이어 학원은 더욱 효율적으로 편재된 제2의 감옥이다. 재수생이나 입소하는 줄 알았던 기숙사형 스파르타 학원은 더 어린 학생을 대상으로도 성업 중이다. 스파르타인들은 자신들의 이름이 21세기 대한민국에서 이렇게 자주 불릴 줄 상상이나 했을까. 쉬쉬하면서 각종 기형적인 학습 캠프가 생겨난다. 초등학생들을 데려다가 '펜션'에서 합숙시키면서 무섭도록 집중적으로 공부를 시켜 진도를 '빼준다'는 기묘한 캠프에 대한 소문을 들었다. 아니나다를까 초등학생의 사교육 캠프를 다룬 작품이 나왔다. 그것도 아주 기상천외한 방식으로 말이다.

정옥의 『이모의 꿈꾸는 집』(문학과지성사, 2010)은 어느 '수준 높은 독서 캠프'에 참가한 주인공 진진의 이야기다. 진진의 엄마뿐 아니라 진진 자신도 '특목고 마법'에 단단히 매료된 사람들이다. 하얀 방에 갇힌 아이들이 이겨서 여기를 나가면 자신은 해방될 수 있다고 믿듯이 진진도 엄마도 특목고는 출소를 앞당겨주는 특별한 문이라고 생각한다. 특목고에 떨어져서 '수인'으로 남느냐, 특목고에 붙어서 당당히 다음 문(실은 감옥의 다른 문)으로 입성하느냐를 놓고 극도로 긴장하던 이들 모녀는 어느 날 새로운 정보를 입수한다. '특목고 입학에 도움이 되는 아주 특별한 캠프'가 있다는 것이다. 진흙탕 같은 경쟁 때문에 사교육 정보란 학부모들 사이에 기밀처럼 다뤄진 지 오래다. "자기한테만 알려주는 건데, 무조건 거기에 갔다 와야 특목고 가는 데 유리하대." 뭐 이런 식으로 정보가 돌아다닌다. 이 캠프의 정체를 알 수 없는 것도 그 탓이다.

세상에 떠다니는 정보 중에는 사실과 영 딴판인 것도 있는 법이다. 진진이네 경우가 그랬다. 이 대단하시다는 사교육 프로그램은 알고 보니 넉살 좋고 책 좋아하는 한 아줌마가 만든 '스스로 책 읽기' 프로그램이었다. 유명하기는커녕 찾아온 사람도 진진이 딱 한 명이다. 자신을 이모라고 부르라는 이 사교육 사기꾼의 행각은 작품의 주요 관심사가 아니다. 진진이는 느긋한 책벌레 아줌마와 보낸 기간 동안 '진짜 책의 맛'을 터득했다. 이런 사기라면 당할 만하다.

'이모의 꿈꾸는 집'은 책으로 가득한 집이며 그 책들이 저마다 말을 하는 집이다. 책 속에는 지식이 있으며, 그것은 '입력해야 할 대상'이라고만 여기던 진진이에게 살아서 돌아다니는 책 안의 다양한 감정들은 놀라울 따름이다. 진진이는 책을 읽는 것이 아니라 '책에게 자신의 마음이 읽히는 순간'을 경험하고 책의 마음을 사로잡기 위해 이야기 속을 뛰어다닌다. 이 작품에는 안소영의 『책만 보는 바보』, 박태옥의 '태일이' 시리즈, 아즈마 기요히코의 '요츠바랑' 시리즈, 막심 고리키의 『어머니』 등 우리가 서점에서 만날 수 있는 책의 실명이 등장한다. 어딘가에 이런 꿈꾸는 집이 있을 것 같은 상상을 불러일으킨다. 아무렴, 없으리란 법은 없다.

이 작품이 앉은 위치는 절묘하다. 특목고 입시 학원이라는 감옥을 스스로 청하여 걸어들어가는 진진이의 모습을 통해 우리를 둘러싼 '나 홀로 출소 이데올로기'가 얼마나 단단한가를 비판적으로 보여준다. 방학에도 집에 있지 못하고 감옥을 전전해야 하는 현실을 냉정하게 전한다. 진진이 모녀에게 집은 수감생활을 돕는 '베이스캠프'에 불과하다. '이모의 꿈꾸는 집'이라는 제목은 의미심장하다. 진진이는 여기에 와서야 비로소 빨래를 널고 밥을 먹고 바람을 쐰다. 고양이 등을 쓰다듬고 이웃집 친구와 수다를 떨고 눈사람을 만든다. 무엇보다 처음으로 진짜 책 읽기를 한다.

집은 이런 곳이다. 우주를 꿈꾸는 곳이다. 회사가 학교가 주지 못하는 평온함을 듬뿍 안겨주면서 새로운 사람으로 태어나게 하는 곳이다. 내 꿈을 어떤 잣대로도 잘라내지 않는 곳이다. 진진이의 혈육이 아니지만 캠프 주인이 '이모'인 것도 이런 까닭이다. 진진이에게 감옥 바깥의 숨을 맛보게 해준 '이모'는 분명 가족이 해야 하는 일을 해냈다. 캠프에서 돌아온 진진이는 이제 '집이 있는 아이'다. 집의 소중함을 깨달은 아이가 앞으로 어떻게 학교생활을 꾸려나갈지, 진진이의 달라질 행보가 궁금하다.

4. 자연이라는 해방구

모든 아이가 학교가 감옥이라는 자각에 시달리는 것은 아니다. 정도의 차이가 있지만 초등학교 저학년 어린이들은 고학년이나 중학생보다는 학교를 즐거워한다. 아직 따뜻한 집의 힘이 살아 있는 활기 넘치는 가정도 많다. 그렇더라도 도시의 집은 집의 기능을 하는 데 한계가 있다. 산과 흙과 강이 어우러져 풀과 나무와 강아지, 토끼가 함께 살던 것이 우리네 집의 뿌리다. 사람들이 더 살기 편한 집을 찾아서 도시로 모이는 사이에 진짜 집들은 외롭게 사람을 기다리고 있다. 이상교의 『오래된 흙벽집』(청어람주니어, 2009)은 바로 그런 집 얘기다.

> 먼지를 대강이라도 떨어내려고 시계를 떼어내는데, 반반하고 움푹 파인 괘종시계 위에서 새 한 마리가 홀짝 날아오르더라고 했다. (『오래된 흙벽집』, 14쪽)

한 달 집세 10만 원이라는 말에 매형네 더부살이를 청산하고 시골집으로 내려간 꼬라비 삼촌은 방학을 맞은 조카 재현이를 그 집으로 불러들인다. 재현이는 시골에 오라고 하면 덜컥 좋아라하고 내려가는 털털이가 아니다. 거기 가면 씻고 먹기가 얼마나 불편한지 가늠할 줄도 알고 줄무늬 수영복 입고 수영장에 가는 것이 더 근사할 거라는 계산도 할 줄 안다. 계획이 틀어지는 바람에 어쩌다 흙벽집에 가게 되긴 했지만 탐탁지 않다. 밤이면 기분 나쁜 새소리나 들리는 이런 집에 며칠 더 있어봤자, 라는 생각이다. 그런 재현이에게 삼촌은 흙벽집의 비밀을 들려준다. "흙벽집이 밤이면 코를 곤다."는 것이다. 재현이는 그 비밀을 확인하기 위해 몇 밤 더 머물며, 흙벽집의 진짜 매력을 알게 된다. 그리고 그 집을 넘어서는 해방의 즐거움을 누린다.

작가는 '코를 고는 집'이라는 설정을 끝까지 유지한다. 주인공이 마침내 드르렁 소리를 듣게 하는 것이다. 꿈 같기도 하고 꿈이 아닌가 싶기도 한 흥미로운 장면이다. 도시의 집은 집과 바깥이 엄격히 분리되어 있지만 시골집은 그렇지 않다. 눈 감고 잠자리에 누워도 온갖 소리와 냄새가 날아다닌다. 나는 집이고 집은 마당이고 마당은 곧 산이고 들이다. 집에서 잠드는 것은 들에서 잠드는 것과 크게 다르지 않다. 내가 잠들면 산도 들도 잔다. 하물며 집이 코 좀 곤다고 해서 뭐 이상할 것이 있겠는가.

"쉿! 너도 곧 알게 될 거야. 사람의 숨, 나무, 꽃, 새, 풀, 물고기, 흙 같은 것들의 숨은 모두, 서로서로 바꿔 쉬는 거래." (같은 책, 126쪽)

마지막에 재현이가 발명가 아저씨의 말을 떠올리는 장면은 나와 집과 자연의 호흡이 하나가 되는 순간에 대한 얘기다. 작가는 '코 고는 집'이라는 설정을 통해 내 마음을 닫아건다면 자연과 함께 숨쉴 수 없다는 만고의 진리를 전달하고 있다. 마땅히 나누어 쉬어야 하는 숨을 서로 나눌 수 없다면? 인간의 미래는 말할 필요도 없다.

5. 어린이들의 내 집 마련

「수업」의 아이들이 집을 완전히 상실했고 『이모의 꿈꾸는 집』의 진진이가 부분적으로나마 희망을 보여주었다면 『오래된 흙벽집』의 재현이는 우리가 잃어버렸던 본래의 집이 어떤 집인가를 알려주고 있다. 물론 재현이도 다시 도시의 집으로 돌아가야 한다. "나는 조금 더 이 마을에 머물고 싶어졌다."라는 재현이의 말에서 그가 진짜배기 집의 느낌을 감지했다는 걸 알 수 있다. 이미 집이 무엇인지 잘 알지 못하고 지내는 우리 아이들로서는 본래의 집이 어떤 것인가를 경험하는 것 자체가 소중하다. 인위적인 현장체험 행사나 '자연은 소중하다'는 식의 당위적 설명만으로는 그 경험을 얻기 어렵다. 지속적이지도 않거니와 자발적인 느낌이 일어나지 않기 때문이다. 진진이와 재현이가 그랬던 것처럼 나도 그런 집을 가져보고 싶다는 생각을 책이 줄 수 있다면 일단 시도는 성공한 셈이다.

'가짜 내 집 마련' 경쟁에 시달리느라 집을 잃은 것은 어른도 마찬가지이기에 부모와 자녀가 함께 달라져야 '본래의 내 집 마련'도 가능할 것이다. 누구도 누구를 가두려 하지 않으면서 집과 학교가 평화롭게 공존하는 세상은 이상에 불과한 것일까.

잔인한 시대,
다른 길을 걷는
아이들

1. 어린이는 어른의 영토가 아니다

최근 한 어린이가 쓴 시집 속의 시가 사회적 논란이 되었다. 학원에 가기 싫은 아이의 공포를 공격적 언어로 표현한 이 시는 시의 구절을 문자 그대로 대응시킨 섬뜩한 일러스트와 함께 공교롭게도 '어린이날'을 즈음해서 회자하기 시작해 각종 온라인 매체와 지면을 뜨겁게 달궜다. 작품에 대한 문학적 논의는 접어두고 보면, 이번 사건을 통해 들여다본 어른들의 민얼굴은 몹시 부끄러웠다. 출판사는 "시를 쓴 어린이가 원해서 이 시와 일러스트를 실었다"는 말로 편집 책임에서 빠져나가려는 태도를 보였고, 적지 않은 언론은 이 시를 '잔혹동시'로 명명한 뒤 자극적인 헤드라인을 붙여 댓글 전쟁을 부추기고 검색 링크 상위권을 노렸다. 댓글 창에서 어른들은 시를 쓴 어린이의 사생활에 대한 무차별 인신공격을 퍼부었다.

시를 쓴 어린이는 순식간에 실명과 얼굴, 학교 이름이 밝혀지면서 정신 감정 운운하는 폭력적 비난을 감당해야 했다. 출판사는 어린 저자의 의사를 묻지 않은 채 논란 이튿날 곧바로 판매 중지와 전량 회수 및 폐기를 선언했으며 저자의 부모는 "딸이 쓴 내용이 우리 사회의 가장 아픈 부분인데 이것이 논란이 됐다고 해서 폐기하는 건 적절하지 않다"며 법원에 폐기 금지 가처분 신청을 냈다가 며칠 후 철회했다. 철회의 이유를 묻자 부모는 "일부 크리스천들이 이 책을 '사탄의 영이 지배하는 책'이라고 우려했기에 크리스천으로서 철회를 결심하게 되었다"고 말했다. 한 어린이가 쓴 시를 읽은 어른들이 아이를 괴물로 몰아붙인 이 기이하고 잔인한 해프닝은 모니터 앞에 앉은 전국의 어린이들에게 그대로 생중계되었다.

무엇이 일군의 어른들을 즉각적으로 흥분하게 만든 것일까. 학원에 가고 싶지 않다는 어린이들의 비명이 '엄마'로 상징되는 기성세대를 향해 짐작보다 처절하게 표현된 것을 보면서 그들을 밤낮 학원에 가도록 만든 공동의 주체들은 큰 두려움을 느꼈을 것이다. 어른들의 개탄은 끝을 모르는 경쟁 체제가 만들어낸 암울한 미래를 그들 내면에서 구체화한 것이다. 결국 공포의 대상은 어린이가 아니라 어른들이 만들고 있는 공동의 미래다. 어른들은 어린이가 성숙한 시적 언어를 구사할 수도 있다는 사실을 조금도 인정하지 않으면서 시에 표현된 것보다 한층 잔혹한 언어를 사용해서 어린이의 자율적 상상을 통제해야겠다는 집요함을 보였다. 어린이라는 존재를 자신들이 다스려야 할 영토로 생각하는 어른들의 일그러진 얼굴이 드러난 셈이다.

오히려 침착했던 것은 시를 쓴 어린이였다. 공기놀이를 잘한다는 이 어린이는 사건 이후 한 인터뷰에서 "어린이들이 어른들보다 더 무서운 생각을 하면 안 되는 건 아니지 않느냐"면서 "시는 시일 뿐인데 진짜라고 받아들인 어른들이 많은 것 같다"고 말했다.

어린이는 수많은 시도를 거치면서 한 사람으로 성장한다. 그 안에는 시인이나 작가가 되어보는 일과 같은 문학적 시도도 포함되며, 다른 작가들에게 그러한 것과 마찬가지로 여기에는 어떤 금기나 억압도 있어서는 안 된다. 물론 출판을 통해서 공식적인 저자가 되는 일은 또다른 문제다. 창작의 즐거움을 누리던 어린이가 저자가 되는 순간 어린이는 자신과 작품을 상업적으로 이용하려는 시도나 냉정한 문학적 평가, 윤리적 비판을 비롯한 여러 사회적 반향 앞에 노출된다. 하지만 그것을 스스로 책임지고 감당하기에는 어려움이 있다.

현대 아동문학은 어린이가 자신의 목소리를 솔직하게 드러낼 수 있는 세상을 일관되게 지향해왔다. 어린이들의 용기 있는 말을 지키고 존재의 성장을 응원하고 대신 공격받기 위해서, 어른인 동화작가가 있다. 그렇다면 지금 한국 아동문학은 어떻게 어린이의 말을 지켜주고 있을까. 하루가 멀다 하고 기이하고 잔인한 폭력이 일상을 파괴하는 시대에 그 속에 서 있는 가장 약자인 어린이의 목소리는 어떻게 기록, 표현되고 있는지 몇몇 화제작을 중심으로 살펴보기로 한다.

2. 기울어진 삶과 아늑한 평화

"이봐, 나는 어린아이들한테 꼭 필요한 혀를 팔아. 갈 테면 가보라고. 후회하게 될 테니." (「혀를 사왔지」, 『돌 씹어먹는 아이』, 18쪽)

송미경은 단편동화집 『돌 씹어먹는 아이』(문학동네, 2014)를 펴내면서 그 뒤표지에 "어른들을 위한 이야기만 빼고 아이들을 위한 이야기는 모두 다 팝니다요, 팝니다요."라고 적었다. 앞에 인용한 구절은 책 속의 단편 「혀를 사왔지」의 한 장면이다. 기묘한 것을 파는 '무엇이든 시장'에서 주인공은 혀를 사온다. 혀가 없었기 때문이다. 혀가 없었으므로 말을 해본 적이 없었던 주인공은 건방진 당나귀에게 누런 동전 세 개를 주고 사들인 부드럽고 미지근한 혀를 씻지도 않고 덥석 삼킨다. 입을 열자마자 혀는 마음 안에 갇혀 있던 말을 쏟아낸다. 어제 만든 맛없는 빵을 떠넘기는 커다란 빵집 주인에게 '아저씨 때문에 맛있고 값싼 동네 빵집이 세 군데나 문을 닫은 걸 아느냐'고 내질러주고 말 없고 여린 자신을 끈질기게 괴롭히던 진효성에게 "이 썩은 돌콩 같은 놈" "네 코를 떼어다 팔면 들쥐도 사지 않을걸?"이라고 일갈한다. 혀를 얻은 주인공은 "놋그릇을 두들겨대는 숟가락처럼" 세상을 향해 쏘아대고 돌아다니며 그간의 억울한 관계를 뒤집는다. 마지막으로 밥 먹는 시간에도 얼른 먹고 문제집 풀어야 한다며 다그치던 엄마 앞에서 처음으로 제 생각을 또박또박 전한다. 그리고 이렇게 묻는다. "왜 놀라세요? 나는 듣기만 해야 하는 애인데 말을 하니까요?"

혀도 팔고 눈썹도 팔고 손가락 연골도 파는 '무엇이든 시장'은 몸을 포함한 세상 모든 것을 물질적 교환의 대상으로 삼는 우리 사회의 모습을 노골적으로 드러낸 것이다. 능숙한 혀 장사꾼이면서 주인공을 대놓고 우롱하는 거만한 당나귀의 모습은 내면의 모욕감을 자극함으로써 상품에 대한 욕망을 일으켜 부를 축적하는 홈쇼핑 광고의 구조를 닮았다. 시장은 난장판이지만 여기서 구입한 혀는 뜻밖에 주인공을 '듣기만 해야 하는 애'에서 비로소 '말을 하는 애'로 바꾼다. 전복적 상상이다.

주인공이 혀를 사와서 먼저 한 일은 자아존중감의 복원이었지만 두번째 한 일은 아늑한 침대에 누워 초콜릿 크림빵을 맛보는 일이었다. 실컷 마음속 진실을 외치고 난 주인공이 다시 장터에 들러보니 혀는 이미 다 팔리고 없다. 얼마나 많은 어린이가 원했으면 이처럼 빨리 동났을까. 주인공은 다른 가슴 답답한 어린이 손님을 위해서 자신의 혀를 팔기로 결심한다. 자신들이 원하는 것을 벗어나면 말하지도 느끼지도 못하게 강요했던 어른들에 대한 시원하고 명랑한 복수다.

다른 단편 「나를 데리러 온 고양이 부부」는 자유와 평온을 찾기 위해 집을 나가는 어린이의 이야기이다. 지은이는 어느 날 자신을 아비가일이라고 부르는 고양이 부부를 만난다. 예고 없이 학교로 찾아온 고양이 부부는 지은이에게 자신들이 알고 보면 네 진짜 엄마와 아빠라면서 그동안 사람 손에 자라게 해서 정말 미안하다고 말한다. 어떻게 이런 불안한 삶을 견뎌왔느냐는 것이다. 학원 숙제와 학습지에 떠밀려 압정에 박힌 듯 지내던 지은이는 고양이 부부의 천연덕스러운 고백에 혼란을 느낀다. 이런 삶이 지겹거나 심심할 때는 있었지만 한 번도 불안하다는 생각을 한 적은 없었기 때문이다. 하지만 고양이 부부가 지은이를 데려가겠다고 찾아온 상황에서도 정해진 일과의 톱니바퀴를 돌리는 일에만 열중하는 엄마와 아빠를 보면서 지은이는 그동안 느끼던 답답함의 실체를 깨닫는다. 가방도 모자도 놓아두고 고양이 부부를 따라 집을 나온 주인공이 담장 위로 뛰어오르며 던지는 질문은 "길에서 살아가는 걸 잘할 수 있을까?"이다. 그가 선택한 '길에서 살기'는 더이상 엄마 아빠 들처럼 기울어진 삶과 타협하지 않고 자신의 정체성을 찾겠다는 당당한 선언이다. 어떻게든 경쟁의 컨베이어 벨트 위로 아이를 밀어올리려는 사람 부모의 날이 선 다그침에서 벗어나겠다는 것이다. 물론 길고양이의 삶도 못지않게 불안할 것이다. 그러나 그 안에는 진짜 나를 찾는 모험이 있다. 이러한 선택을 지켜본 고양이 부모는 '때가 되면 할 수 있다'는 말로 격려하고, 길을 떠난 지은(아비가일)은 날렵하고 부드러운 몸 안에 잠재되어 있던 자신만의 힘을 새삼스럽게 깨닫는다.

표제작인 「돌 씹어먹는 아이」에서 작가는 돌을 먹는 연수와 흙을 삼키는 아버지, 못을 먹는 어머니를 등장시킨다. 그동안 아무도 모르게 각자 이질적인 것을 즐겨먹었던 이들은 어느 날 이 사실을 털어놓게 되고 서로 이해하며 울먹인다. 세상의 기준으로는 '기괴한' 4단 도시락을 펼쳐놓고 신나게 먹는 그들의 소풍 장면은 차이를 차별로 강요하는 사회를 정면으로 공격한다. 돌을 씹어먹는 것은 병이 아니니 고칠 필요가 없다는 하얀 수염 할아버지의 말과, 그동안 얼마나 힘들었는지 다 안다면서 가족들이 함께 벌레 먹는 누나를 감싸 안는 장면은 뭉클함을 불러일으킨다. 작가는 다르다는 이유로 냉소와 비난의 대상이 되었던 소수자들의 시선으로 우리 사회에 내재한 폭력적인 태도를 고발하고, 정작 공동체의 평화를 날카롭게 위협하거나 이물감을 주고 있는 이들은 누구인가를 묻는다. 이 작품에서 돌, 흙, 못 같은 소재는 '남과 다른 특별한 취향'을 상징하기도 하지만 한편으로는 딱딱하고 먹먹하고 아픈 상처를 꾸역꾸역 씹어 삼키며 말없이 살아가야 하는 우리들의 모습과 겹치면서 이중의 울림을 자아낸다. 이 집의 엄마는 가장 맛있는 못으로 "낡은 집을 허문 곳에나 가야 구할 수 있다"는 감칠맛 나는 녹슨 못을 꼽는다. 이는 다수자가 소수자를 타자화하면서 굳건하게 쌓아올린 낡은 차별의 벽을 허물지 못하면 인생의 진짜 감칠맛은 영원히 느끼지 못할 것이라는 암시를 전한다.

3. 무력한 아빠 대신 내가 아빠가 되어

2014년은 우리나라의 어른들이 부모 역할에 대해 마음의 사직서를 낸 해이기도 하다. 봄날 수학여행길에 나선 사랑스러운 자녀들은 1년 반이 지났음에도 정확한 원인조차 밝혀지지 않은 비극을 만났고, 믿기지 않는 상황에서 세상을 떠났다. 그동안 성장제일주의의 이 사회가 겪었던 사고와 희생이 적지 않았지만 세월호의 비극은 그 집결지라고 할 만큼 총체적인 시스템의 부패와 무능력을 고스란히 보여주었다. 이 사건의 목격자는 전체 국민이었으나 증언에 대한 봉쇄는 철저하다. 유족은 슬픔의 구조를 들여다보지도 못했는데 망각을 위한 시도는 착착 진행되었으며 '이제 지난 일'이라는 은폐의 주문이 펄럭이며 살포되어 진실을 뒤덮고 있다. 저 많은 언니 오빠 들의 생명을 외면하는 비윤리적이고 무책임한 어른들의 모습을 실시간으로 지켜본 수많은 어린이는 어떤 마음이었을까. 2014년을 겪은 어린이들은 무의식적으로 '우리에게는 엄마 아빠가 없다'는 사실을 차갑게 받아들였을지도 모른다. 죽어가는 순간에도 손을 내밀어주지 않는 사회, 그런 사회는 더이상 부모의 이름을 말할 자격이 없다.

부모가 나를 위험으로부터 지켜주지 못할 것이라는 자각은 어린이를 스스로 부모 되기를 선택하는 상황으로 밀어넣는다. 부모의 자리에 공백이 생길 때 아이가 심리적으로 부모 역할을 대신 수행하는 것을 '부모화'라고 하는데 우리 아동문학 속 어린이들은 조심스럽게 부모화의 길을 선택하고 있다. 하지만 이것은 결코 바람직한 현상이 아니다. 성장하는 어린이는 부모의 보호와 사랑 속에서 마음껏 자신의 가능성을 탐색하며 자라야 한다. 전쟁 상황도 아닌데 '차라리 내가 아빠 엄마 대신 영웅이 되겠어요.'라며 나서는 아이들이 많다는 것은 그들의 눈에 비친 우리 사회가 얼마나 불안하고 병든 모습인가를 반증하는 것이다.

최영희의 『슈퍼 깜장 봉지』(푸른숲주니어, 2015)는 아동문학에 꾸준히 등장하곤 하는 씩씩한 슈퍼맨 이야기지만 주인공의 캐릭터가 독특하다. 어른이 믿음직스럽게 자기 몫을 다하던 시대에는 '멋지고 좋은 어른'이 슈퍼맨의 역할을 맡았다. 세상에는 나쁜 어른도 있지만 정의롭고 좋은 어른도 있으므로 좋은 어른은 약하고 상처받는 어린이가 고통받을 때마다 슈퍼맨이 되어 나타나주었다. 어린이는 이 든든한 정의의 심부름꾼들을 보면서 나도 언젠가 저들처럼 성장할 수 있다는 희망을 얻었다. 어린이를 괴롭히던 나쁜 어른들은 슈퍼맨 앞에서 꼼짝도 못한 채 나동그라졌으며 이때 어린이들이 얻은 카타르시스는 앞으로 살아갈 세계의 선의를 긍정하고 신뢰하는 밑거름이 되었다.

그런데 이 작품에서는 슈퍼맨이 어린이 자신이다. 주인공 아로에게는 아빠가 없다. 아직 학교 친구들에게 말하지 못한 채, 이 사실을 가슴속 돌덩이처럼 안고 살아간다. 아로는 친구들이 아빠를 자랑하고 함께 돌아다니는 모습을 볼 때마다 구석으로 피해 움츠러든 채 깜장 비닐봉지에 입을 대고 숨을 쉰다. 아빠가 돌아가신 이후 그 상처 때문에 과다호흡증후군을 얻었기 때문이다. 산소가 부족해 숨이 턱턱 막히는 순간마다 응급 대처를 위해 깜장 봉지를 사용하곤 하는데 친구들은 그런 아로를 놀린다. 어린 아로의 정신적, 육체적 어려움은 언제나 혼자 극복해야 하는 문제이고 주위에는 도움을 청할 마땅한 어른이 없다. 위기의 순간마다 고립된 아로를 구하는 것은 결국 아로 자신이다. 그는 깜장 봉지 덕분에 초능력 세계와 연결되고 덕분에 슈퍼 깜장 봉지 요원으로 새롭게 태어난다. 강력한 힘을 얻어 스스로 아빠 역할을 맡게 된 아로는 약하고 겁 많은 친구를 도와주고 악당 기태에게서 자기 자신을 구한다.

흥미로운 것은 이 작품 속 악당인 기태도 사실은 약한 자신을 스스로 구하려고 바둥거리는 부모화된 어린이였다는 점이다. 아로가 짐작하기에 기태에게는 원래 기운이 센 데다 듬직한 형이 있어서 아무 걱정이 없는 줄 알았는데 알고 보니 기태 형은 기태의 편이 아니었다. 놀아주지도 않으면서 걸핏하면 소리를 지르는 무섭기만 한 존재였던 것이다. 조력자가 없는 세계 속의 아이들은 서로 만나 세상을 구할 방법을 의논한다. 어른 영웅과 어른 악당 대신 어린 슈퍼맨과 악당 역할을 하던 두 아이가 치킨집에서 회담하는 장면은 이들이 부모를 대신해 일찍 어른이 되어버렸다는 것을 보여준다.

> 어른들이 맥주 한잔하면서 할 얘기가 있듯이, 아로와 기태도 사이다 한잔하면서 할 얘기가 있을 테니까. 하지만 기태는 코를 박고 먹기만 했어. 어색하기는 아로도 마찬가지였어. 슈퍼 영웅과 악당으로 지낸 세월이 길어서인지, 둘은 마주보고 앉아 있기조차 서먹서먹했지. (『슈퍼 깜장 봉지』, 104~105쪽)

치킨집 사이다 건배로 의기투합한 두 아이는 담배꽁초를 함부로 버리는 중학생을 향해서 힘을 모아 돌진한다. 긴 다리에 뾰루지투성이의 그 중학생 악당은 두 어린이의 기개에 눌려 순식간에 사라져버린다. 어른이 진실을 지켜주지 못해 아이들이 영웅이 되어야 하는 시대를 맞이하는 어른들의 쓸쓸하고 부끄러운 자화상이 이 작품 안에 감추어져 있다.

4. 외로움을 사랑하는 방법

한동안 집단 따돌림을 다룬 동화가 많이 나왔다. 유치원이나 학교에
다니는 어린이에게 가장 큰 두려움은 공동체 안에서 자칫 혼자가 될지
모른다는 것이다. 따돌림은 눈에 보이지 않지만 심장을 겨냥하는 날카
로움을 가지고 있어서 잠깐의 경험만으로도 치유하기 어려운 상흔을 남
기고 따돌림당하는 사람의 의식주에 관한 모든 의욕을 꺾어버린다. 어
린이가 밥을 잘 먹지 않으면 가장 먼저 집단 따돌림이나 학교 폭력을 의
심해야 하는 것이 그 때문이다.

강한 자가 약한 타자를 공격함으로써 자신의 존재 기반을 획득하는
것은 동물의 왕국에서 볼 수 있는 모습이다. 그런데 어른들이 보여주
는 현실은 어딜 가나 약육강식이고 어른의 관계 모델을 보고 배운 어린
이들도 나날이 힘을 내세워 친구를 대한다. 자신을 지킬 방법을 모르는
나약한 어린이들은 쉽게 강자에게 굴복하거나 결탁한다. 피해자-방관
자-가해자의 구도가 수시로 이동하면서 교실 안 분위기를 좌지우지하
는 경우가 많다.

교육 현장에서 느끼기에는 한 학급에 70명 이상이 다니던 시절과 요
즘처럼 20명 남짓이 다니는 상황은 교실 분위기만 해도 큰 차이가 있다
고 한다. 최약자가 고립되기에 더 쉬운 구조라는 것이다. 학급 구성원이
많으면 A가 나를 따돌리더라도 B나 C를 찾아서 놀면 된다. 그러나 모
든 구성원이 눈에 훤히 들어오는 교실 안에서는 강약의 서열이 선명하
고 한번 따돌림의 표적이 되면 대피할 곳이 없다. 새로운 공동체를 형성
하는 방식으로 약자가 자신을 방어해나가기가 힘든 것이다. 그렇다고
집에 가면 도와줄 형제자매가 있는 것도 아니다. 맞벌이에 외동이 많은

요즘 아이들은 점점 더 깊은 쓸쓸함 안으로 숨어든다.

남찬숙의 『혼자 되었을 때 보이는 것』(미세기, 2015)은 그런 어린이들의 현실을 정확히 읽고 색다른 시각으로 대안을 만들어가는 따뜻한 작품이다. 이 책은 흔한 왕따 극복의 경험 대신 "멋진 이유로 혼자가 된 아이"를 격려한다. 주인공 시원이는 눈병 때문에 학기 초부터 장기 결석을 하고 그사이에 이미 만들어져버린 교실 그룹 안에서 어디에도 합류하지 못해 외로움을 느낀다. 그런데 시원이가 선택하는 길은 자신을 밀어내는 그룹에 굴복하고 청원하기보다는 외로움의 장점을 누리는 것이다. 사람이 살아가다보면 혼자 되었을 때 보이는 것이 있고 거기에는 어느 정도 고통스러운 외로움을 지불할 만한 가치가 있다는 것이 시원이의 생각이다.

시원이는 복잡하게 꼬인 배신과 경멸의 틈새시장으로 자기를 억지로 밀어넣지 않고 눈을 들어 관계의 다른 가능성을 상상한다. 또래 집단의 날카로운 세력 다툼에서 한 발 벗어나니 생각지 못했던 고요함이 찾아왔다. 그리고 고요함 덕분에 교실 안에 존재했으나 깨닫지 못했던 또다른 섬, 그림자 같은 아이인 같은 반 민지를 발견하게 된다.

이 작품 속 부모들은 언제나 아이의 고립을 염려하면서도 그를 오히려 고립시키는 모순된 태도를 지녔다. 친구를 사귀려고 하면 "그 애가 어떤 애인지 엄마도 봐야 한다"고 말하고 그런 부모들의 눈길이 무서워 아이들은 마음이 가는 대로 손을 내밀지 못한다.

"그러니까…… 내 말은…… 내가 누구와 어디에서 사는지 다 말했는데도 괜찮다고 했는지. 왜냐하면…… 다른 엄마들은 나를 별로 좋아하지 않는 것 같았거든. 예전에 그런 적이 있었거든……."

민지가 쓸쓸한 표정으로 말했다. 순간 나는 오늘 아침 엄마가 했던 말이 떠올라 속으로 뜨끔했다.

"엄마들은 우리 아파트 사는 애들을 꺼리는 것 같아. (…) 할머니랑만 산다고 하면 부모님에 대해 이것저것 물어보고…… 그러고는 나를 대하는 눈빛이 달라졌거든."

민지의 말을 듣고 나는 또 한번 속으로 뜨끔했다. 이번에는 엄마가 아니라 나 때문이었다. 민지가 하는 이야기는 엄마들만의 이야기가 아니었다. 나도, 그리고 다른 아이들도 종종 그런 말을 했다. (『혼자 되었을 때 보이는 것』, 89쪽)

주인공 시원이가 단단한 성장의 모퉁이를 도는 것은 바로 이 부분이다. 혼자였던 동료 민지를 발견하고도 그를 놓고 이런저런 거리를 재왔던 것은 엄마를 비롯한 어른들뿐이 아니었다는 사실을 깨닫는 것이다. 자기 마음 안에도 이미 어른을 닮은 논리가 있었다는 것을 아프게 되돌아보면서 시원이는 민지에게 손을 내민다. 이전 세대와는 다른 길을 걷는 아이로 자란다. 자기 안의 모순을 읽고 변화를 결심하는 것, 그것이 성장이다.

5. 문학의 희망은 어린이에게서

얼마 전 기분 좋은 소식을 들었다. 몇 달 전 화재로 큰 곤경을 겪은 조그만 동네 재래시장에 어버이날 아침 일흔여덟 개의 종이 카네이션이 달렸다는 얘기다. 시장 골목을 걸어 통학하는 그 동네 이름 모를 여고생이 한 일이었다. 이 학생은 화재 이후 복구가 어려운 상인들의 형편을 안타깝게 바라보다가 어버이날 저분들에게 카네이션을 드리면 좋겠다고 생각했단다. 아파트 담벼락에 이런 계획을 적은 손글씨 대자보를 붙이고 지나던 이웃들은 한마디씩 응원의 말을 적은 쪽지를 그 곁에 붙였다. 동네 사람들의 손을 보태 만든 일흔여덟 개의 카네이션은 시장이 문을 닫은 밤 모든 가게 문에 하나씩 매달리게 되었다. 이른 아침 일하러 나온 떡집 할머니, 치킨집 아저씨는 냉랭하게 지나치던 동네 사람들의 숨겨진 따뜻한 마음을 확인하고 감격해 어쩔 줄 몰라했다고 한다. 재미있는 것은 이 과정에서 낯모르는 그 대자보 속 여학생을 알게 되면 전해주라며 치킨값, 과잣값을 맡기고 간 동네 어른들도 적지 않았다는 사실이다.

잔인한 시대의 문학은 어린이의 눈, 청소년의 손으로부터 구원받을 것으로 생각한다. 문학이 이들에게 준 힘이, 이들의 건강한 눈이, 잔인한 시대로부터 문학을 지켜줄 것이다. 그것이 지금 이 순간 아동청소년 문학에 아직 희망이 남아 있는 이유다.